JN067520

二見文庫

捨てる人妻、拾う人妻

橘　真児

目次

第一章　拾ったパンティは誰のもの？　7
第二章　人妻の寂しさ、回収します　84
第三章　奥さん、分別しますよ　162
第四章　男の夢をリサイクル　228

捨てる人妻、拾う人妻

第一章　拾ったパンティは誰のもの？

1

「じゃあ、おれは通りの右側を拾っていくから、松井《まつい》君は左側を頼むぞ」

仕事の先輩に言われて、松井一雄《かずお》は「わかりました」と返事をした。

ここは東京の北多摩に位置する市の、閑静な住宅街である。時刻は午前九時を回ったところだ。

一雄の勤め先は、市から委託された清掃会社である。各家庭から出るゴミを集めるのが主な仕事だ。

この市では、戸建て住宅は道路に面した敷地内に置く、戸別収集を行なっている。すべての通りを塵芥車《じんかい》——ゴミ収集の専用車で回り、一軒一軒確認しなければならないのだ。決して効率がいいとは言えない。

一方で、利点もある。

出すゴミは曜日ごとに決まっているが、大勢の人間が住んでいるのであり、守らない者がどうしても出てくる。集積所だと、違反したゴミがどこの家のものかわからず、収集されず置きっぱなしになったり、散乱したりということがままある。

ところが、出す場所が家の前なら、そういうことはない。自身のテリトリーを汚すことなど誰も好まないから、決まりをきちんと守る。カラスに荒らされないようネットで防御もするし、ゴミがあたりに散らかることもない。

そもそも集積所を設置すると、ご近所トラブルの元になりがちだ。誰だって我が家の近くにゴミなど置かれたくないから、設置に反対する。ようやく場所が決まっても、ゴミの出し方を巡っての諍《いさか》いに発展することになる。

よって、効率がよくなくても利点のほうが大きく、戸別収集を取り入れる自治体が増えているらしい。

今日は燃えるゴミの収集である。量があるので、三人一組での作業だった。

ひとりが塵芥車を運転し、ゆっくりと走らせる。あとのふたりは家の前のゴミを集め、後ろから投げ入れるのだ。ゴミは回転板でかき上げられ、荷台の奥に次々と押し込まれる。

一雄は通りの左側を早足で進み、指定のゴミ袋に入れられたものを次々と拾い集めた。袋小路の奥に家があるところはダッシュで向かわないと、置いて行かれることになる。

まあ、そういうときは声をかければ、ちゃんと待ってもらえる。仕事仲間は年齢も経歴も様々ながら、みんな気のいいひとたちばかりなのだ。

袋が同じ大きさであっても、重さはそれぞれに異なる。燃えるゴミだから、再生できない紙くずや布製品、台所の調理ゴミが多いのだが、中にはずしっと肩に負担がかかるものがある。

(水を切らないで生ゴミを出したんだな)

この仕事を始めてまだ三カ月ほどであるが、近頃では持っただけで中身がなんとなくわかるようになった。ほのかに漂う酸っぱい匂いからして、まず間違いあるまい。

ゴミを圧縮する過程で、水分はある程度絞り出せるものの、湿っていれば燃えづらい。そうすると、焼却時に余計な燃料が必要になる。

その費用は、税金でまかなわれるのだ。環境にもよくない。

個々人がほんのちょっと気遣うことで無駄がなくなり、生活環境もよくなるのに。小走りでゴミを集めながら、一雄は世の中を憂うのであった。

とは言え、彼自身も、決して模範的な市民だったわけではない。

一雄もこの市に住んでいる。二十九歳にして独り身であり、安アパートで気ままな暮らしを送っていた。

アパートやマンションなどの集合住宅では、さすがに戸別回収はできない。その場合、建物ごとに集積所を設置する。

ゴミ清掃員になる以前の一雄は、常にきちんとゴミ出しができていたわけではない。それこそ生ゴミなど、水が滴りそうなものでもかまわず指定の袋に入れていた。また、何が資源ゴミになるのかもしっかり確認せず、思い込みで出していたのである。

そういういい加減な行動を改め、ゴミ収集の決まりを守れるようになったのは、この仕事に携わったおかげと言えよう。

もっとも、一雄はゴミ清掃員を本業であるとは考えていない。あくまでも生活費を稼ぐための手段であり、やりたいこと、やるべきことは他にあるというスタンスだった。

一雄はミュージシャンである。但し、メジャーデビューなどしておらず、当然ながらそれだけでは食べていけない。仮に逮捕され、報道されることになったとしても、自称としか呼ばれないレベルであった。

ギターを始めたのは高校生のときだ。大学在学中は、主に軽音サークル内だけの活動だった。ライブハウスに出演するようになったのは、大学を卒業してからである。

音楽を続けるため、就職はしなかった。ライブに出ればすぐに業界関係者に認められ、デビューできるのではないか。そんな夢みたいな期待を抱いていたのである。

けれど、現実は厳しい。一雄はわりあい早い時期に、試練と直面することとなった。

もともとは仲のいい友人と組み、ふたりでギターを鳴らして歌っていたのである。ライブハウスだけでなく、路上や広場でも演奏して、聞きに来てくれるファンも一定数存在した。

ところが、友人は一年も経たないうちに、田舎へ帰ってしまった。就職もしないで音楽を続けることを、彼は親に反対されていた。それに加え、郷里に恋人がいたことも、音楽に見切りをつける理由になったようだ。何しろ、先の保証がまったくないのだから。

そうなると、一雄も強く反対できない。指を咥《くわ》えて見送るしかなかった。

半年後、親に紹介された会社でうまくやっていることと、恋人と正式に婚約したことを知らせるメールが友人から届いた。裏切られたという思いが燻《くすぶ》っていたため、一雄は返信しなかった。それにより関係は完全に途切れ、以来、ソロでやってきたのである。

ギターは友人よりも、一雄のほうがうまかった。持ち歌も、ほとんど一雄が作曲したものだ。それゆえ、ひとりでもやっていけると、ある程度の自信はあったのである。

しかし、ひとつだけ不得手なものがあった。作詞だ。そっちは友人が得意としていたため、任せっきりにしていた。

おかげで、せっかくいいメロディが浮かんでも、ありきたりの言葉しか乗せられない。ソロになってからできた歌は、曲はよくても詞が凡庸という評価が定着し、それをライブでMCからネタにされることもあった。

そのためか、ライブシーンでもさほど注目されず、パッとしない日々が続いている。

音楽では生計が立てられない。よって、生活の糧を得るための仕事が必要だった。

アルバイトは、工事現場や運送業といった肉体労働から、居酒屋やコンビニの店員、さらにはポスティングなど、いろいろなことをやった。身分としてはミュージシャンよりも、フリーターと呼ばれるのが相応しかったろう。

それらの仕事は、ライブに支障が出ない日時を選び、シフトを組んでもらった。常に音楽を優先させていたのは、自称であってもミュージシャンだという意地ゆえであった。

そうして一向に芽が出ないまま、月日だけが無情に流れる。気がつけば、三十歳が目前であった。

三十になっても四十になっても活躍しているミュージシャンなんて、いくらでもいる。けれど、彼らの多くは若いときにデビューしているのだ。遅咲きでうまくいく例なんて、著しく限定される。

一雄はいよいよ焦ってきた。

不定期のアルバイトではなく、勤務時間や休日の決まっている仕事を探したのは、いずれ就職する場合を想定してのことだ。きちんと会社勤めができるよう、慣れておくために。できれば音楽だけで食べていきたいものの、そんな甘い世界でないことは、長い下積みで嫌というほどわかっていた。

求人情報を探したところ、希望にどんぴしゃりのところが見つかった。今の清掃会社である。しかも、その会社に収集を委託している市は、一雄の住む地元であった。

ゴミ収集は土日にはないから、週末はきっちり休める。但し、ウイークデーの祝日は、基本的に収集があるとのこと。また、ゴミを集めれば終わるので、早ければ昼過ぎに、遅くとも夕方前には退勤できるという。

給与も含めて、条件としては希望通りだった。しかしながら、一雄が即座に申し込まなかったのは、仕事そのものに抵抗があったからだ。

ゴミは汚くて臭いというのが、一般的なイメージであろう。それを集めるのは文字通りに汚れ仕事であり、抵抗を覚えるのは当然と言える。

とは言え、ゴミの出し方は決まっている。燃えるゴミと燃えないゴミは指定のゴミ袋があり、その他のゴミも出し方が細かく決められていた。

よって、市民が決まりを守ってきちんと出しているのなら、想像しているほどの汚れ仕事ではないかもしれない。

一雄は、本当は都心に住みたかった。しかし、そちらは家賃が高いために、北多摩にアパートを借りたのだ。

そこは一雄が通っていた大学もある文教地区で、生活水準が比較的高い住民が多いようである。だとすれば、ゴミもきちんと出すのではないか。

何より地元だし、分別の仕方もある程度わかる。だったら心配ないかと、一雄は求人に申し込んだ。すぐに採用が決まり、働き始めて早三カ月が経過した。

振り返れば、まずまず順調にやってこられたように思う。

仕事そのものは、ごく単純である。家々を回り、ゴミを塵芥車に投げ入れればいいのだ。

だが、基本的に単純作業というのは、肉体への負担が大きいものである。

粗大ゴミを除けば、ひとつひとつのゴミ袋はそれほど重くない。水をよく切っていない生ゴミはそこそこ重量があっても、たかがしれている。

しかし、それを拾いあげ、塵芥車に放り込むことを何百回、何千回と繰り返せば、まず確実に腰をやられる。

勤務初日、実際に働きながら先輩にアドバイスをされたとき、『とにかく、慣れないうちは無理をするなよ。単純な仕事だから覚えることなんてほとんどないし、とにかくからだを大事にして、休まないようにしてくれ』彼は手を休めることなくそう言った。本業は舞台俳優とかで、ゴミ清掃の仕事は十年以上もやっているという。日に焼けた浅黒い肌をしており、正直、あまり俳優っぽくない。顔のシワの感じからして、四十代も半ばを過ぎているのではないか。作業用ユニフォームの背中や脇には、三十分も経たないうちに汗の染みが広がっていた。

一雄は、話半分にしか聞いていなかった。いちおう二十代であり、体力にもそこそこ自信があった。ギターを弾きながら歌うのだって、見た目以上に大変なのである。

ところが、始まって一時間も過ぎると、腰がかなりつらくなってきた。ゴミ自体の重さはさほどなくても、屈んだり伸ばしたりを繰り返すことは、肉体にかなりの負担がかかるらしい。腰だけでなく、膝もガクガクと不安定になった。

それでも、先輩たちに必死で食らいつき、一日目はどうにか終了した。そして、その晩から早くも筋肉痛となり、翌日は地獄の苦しみを味わった。

最初はそんなふうだったが、日が経つにつれ、からだが仕事に慣れてくる。筋肉痛も、二週間も経たずになくなった。

だからと言って、何年も勤めている先輩たちと、まったく同じというわけにはいかない。

たとえば、ゴミの袋を持ちあげただけで、燃えるゴミの中に不燃ゴミが混じっているのを見抜くなんて芸当は、一雄には到底無理だ。彼らと同じぐらいの経験を積めば、それも可能になるのだろうが。

最初に仕事を教えてくれた舞台俳優は、小さな劇団に所属していると教えてくれた。演劇だけで食べていけるのは一部の人間だけで、他の劇団員たちも会社勤めをしながらというふうに、兼業の者がほとんどだという。

そのため、舞台稽古や公演は、主に土日とのこと。平日の決まった時間に働けるからと、彼はこの仕事を選んだそうである。

同じ会社に勤めているゴミ清掃員は、三分の一ぐらいが正社員で、あとはアルバイト社員だ。一雄や先の舞台俳優のように、他に仕事や本業を持っている者も多い。聞いただけでも芸人や小説家、一雄と同じくプロのミュージシャンを夢見る者もいた。

他のアルバイトと掛け持ちをしている者もいる。それは外国人に多いようだ。働きぶりは真面目だし、祖国に送金しているのかもしれない。

ゴミ収集は市に委託された仕事だから、勤務時間も、給与の支払いもきちんとしている。二足のわらじを履くのに相応しい仕事と言えよう。

ただ、それゆえに悩みもある。

（おれはこの先、ずっとこの仕事を続けることになるのかな……）

仕事に慣れ、楽にこなせるようになればなるほど、居場所を確定されてしまったようで落ち着かなくなる。ここは本来の居場所ではないのだと、仕事をしながら自らに言い聞かせることが多くなった。

さりとて、音楽活動がぱっとしないのも相変わらずである。ゴミ収集をしながらいいメロディが浮かぶなんてこともなく、これでいいのだろうかと惑うばかりの一雄であった。

2

（あ、そろそろだな）

お目当ての場所が間もなくであることに気がつき、一雄は密かに胸をはずませた。足取りも軽くなる。

どんな場合にも愉しみを見出すのが、人間という生き物なのか。単調なだけの仕事でも、そのさなかにひとつでも心惹かれるものがあれば、俄然やる気が出るものである。

ゴミ収集のとき、一雄の唯一と言っていい心の拠り所は、宇治原《うじはら》家の奥さんに会うことだった。

戸別収集をしていても、住人と顔を合わせることはまずない。塵芥車のエンジン音を聞いてゴミを出してなかったことを思い出し、慌てて家から出てくるひとがたまにいるぐらいだ。

ところが、けっこうな頻度で外に出て、収集を見守るひとがいる。それが宇治原というお宅の若奥さんなのだ。

年は二十代の半ばぐらいではないか。最初は、そこの家の娘さんかと思ったのである。

けれど、エプロンをしているし、物腰も落ち着いている。何より、左手の薬指に、銀色のシンプルな指輪が嵌められていたのだ。

気になって、あとで年の近い同僚に訊ねたところ、あの家の奥さんだよと教えてくれた。彼は、彼女の旦那さんと知り合いだったのだ。奥さんは希代美《きよみ》という名前で、二十五歳であることもわかった。

『本当にいい女だよな』

彼はしみじみと言った。それについては、一雄も同意見だった。

あどけなさと色気を兼ね備えた美貌は、陳腐な言い回しながら女神のよう。ひと好きのする笑顔が、特に愛らしいのだ。初めて彼女にほほ笑みかけられたとき、一雄はその場に立ちすくんだほどであった。

収集のとき外にいるのは、忘れずに持っていくよう見張っているのか。最初はそんなふうに考えたものの、程なく誤解だったとわかった。

特に燃えるゴミや、資源用のプラスチックはカラスに狙われるため、ポリバケツなどの入れ物を使うか、ネットを掛けるかしなければならない。一雄たちはゴミを集めるだけであり、バケツもネットもそのままにしておく。

ほとんどの家はあとで片付けるようだが、希代美は収集が終わると、直ちにネットやバケツをしまうのである。いつまでも玄関先に出しておくのはみっともないと、そうしているようだ。

それだけのことなら、いくら美人でも惹かれることはないはず。清掃員たちのあいだで彼女の人気が絶大なのは、毎回『ご苦労様です』とねぎらいの言葉を掛けてくれるからなのだ。

しかも、とびっきりの笑顔で。

一雄たちは仕事中だから、いちいち立ち止まって応じることはない。移動しながら会釈するのが関の山だ。

それでも必ず挨拶をしてくれる若妻は、大袈裟でなく清掃員たちのアイドルだった。すでに他の男のものであることに、仲間の誰もが悔しさを噛み締めていたであろう。

まあ、人妻でなければお付き合いができるなんて、保証はないけれど。

今日も希代美の家が近づくにつれ、胸の鼓動が高鳴ってくる。幸いにも、一雄は宇治原家側の収集であった。よって、近くでご尊顔を拝めるのである。

できれば「ありがとうございます」と、お礼を言いたい。しかし、異性との交流に慣れていないため、自然なやりとりができるかどうか自信がなかった。

大学時代、同じ音楽サークルの女子学生といい感じになったものの、キスをしただけで関係は終わった。その後は、恋人と呼べる相手ができたことはない。ライブハウスに出演するようになり、出待《でま》ちの女の子とライブの打ち上げをして、酔った勢いでラブホテルに入ったのが一雄の初体験だった。以来、グルーピーっぽい女の子と、数回そういう行為に至ったのが、彼のセックス遍歴のすべてである。

よって、一般的な男女交際はごくごく少ない。童貞でこそなくても、女性に対しては未だに奥手だった。若くて美しい奥さんに気後れを覚えるのは、無理からぬことである。

せめて笑顔を返そうと思っていると、宇治原家が見えてきた。

（あれ？）

一雄は何度も瞬《まばた》きをした。いつもなら希代美は玄関の前にいるのに、今日は姿が見えなかったのである。

彼女は毎回、外に出ているわけではない。ネットや入れ物を必要としないゴミのときや、雨の日はさすがに収集を待っていなかった。

けれど、今日は燃えるゴミの日だ。宇治原家はいつも、青いポリバケツに入れている。おまけに天気もいい。なのに、どうしていないのだろう。

だが、他にすることがあるのかもしれない。主婦だって暇ではないのだ。

仕方ないと諦め、一雄は宇治原家の玄関ドアをチラ見しながら、ポリバケツの蓋を開けた。

（え——）

動きが止まったのは、異質なものが目に入ったからだ。

燃えるゴミは、市の指定ゴミ袋に入れることになっている。ところが、綺麗に洗ってあるポリバケツの底にあったのは、半透明のレジ袋だったのである。それも、かなり小さなものだ。

希代美が収集日を間違えたのか。いや、そのポリバケツは燃えるゴミに使われているものだ。外側にマジックペンで「燃えるゴミ」と書かれているから間違いない。

おまけに、そのレジ袋に入っているものは、ただのゴミに見えなかった。

一雄はどうすべきかを瞬時に判断し、レジ袋を取り出して素早くポケットにねじ込んだ。心臓がバクバクと大きな音をたてていたのは、もしやという思いがあったからだ。

何食わぬ顔でポリバケツの蓋を戻し、次のお宅へ向かう。ポケットに入れたものが気になって、一雄は仕事に集中するためにかなりの努力を要した。

仕事を終えてアパートに帰ったとき、時刻はすでに午後五時を回っていた。いつもより遅くなったのは、収集し忘れた家が三軒もあってクレームの電話が入り、あとでそのお宅にもう一度向かったからである。

仕事を始めたばかりの頃は収集せずに通り過ぎて、先輩に注意されたことが何度かあった。今ではそういうことはなくなっていたのに、ついやらかしてしまったのは、宇治原家で手に入れたレジ袋が気になったからだ。

その中身を確認する前に、一雄はシャワーを浴びた。汗を流してからだの汚れも落とし、すっきりしたかったからである。

それは、神聖なものを確認する前の儀式にも等しかった。

ブリーフを穿いただけの格好で、敷きっぱなしの蒲団の上に正座する。作業着のポケットからバッグに移し替えて持ち帰ったものを、腫れ物でも扱うみたいにそろそろと引っ張り出した。

「やっぱりそうだ……」

声に出してうなずく。半透明のビニール越しでも、間違いないと確信できた。だからこそ、朝も急いでポケットにしまったのだ。

しっかりと縛られた袋の持ち手部分を開け、震える手で中身を取りだす。赤みがかったピンク色に、白いレースの装飾が施されたそれは女性用の下着——パンティであった。

宇治原家が夫婦ふたり住まいであることは、夫の知り合いだという同僚に聞いている。つまりこれは、あの美しい若妻のものなのだ。清楚なデザインからして、まず間違いあるまい。

(これを希代美さんが……)

揃えた両手の上に載せた薄物を、一雄はまじまじと観察した。

希代美がこれをゴミとして出したとは考えられない。リサイクルに出せない衣類は燃えるゴミであるが、彼女はちゃんと指定のゴミ袋を使う。その他の収集でも、きまりやエチケットをきちんと守るひとなのだ。

燃えるゴミのときも、生ゴミが臭うことはない。リサイクルの新聞紙や雑誌、段ボールなども、いつも綺麗にまとめてある。空き缶やペットボトルも専用の入れ物を用意し、かさばらないよう潰している。

そんなひとが、指定のゴミ袋を使わないはずがない。しかも、パンティ一枚のみというのも不自然である。

これはきっと、収集する誰かの目につくよう、あそこに入れておいたのではないか。しかしながら、誰があのポリバケツをチェックするのかなんて、事前にわかるはずがない。

（つまり、おれたちの誰でもいいから、日頃の感謝を込めてプレゼントをしてくれたってことなんだな）

それがどうしてパンティなのかは、いささか悩むところである。

もっとも、同僚たちは例外なく希代美のファンなのだ。彼女が身に着けたものであれば、是非とも欲しいと奪い合いになるのは目に見えている。

そのあたりを看破して、セクシーな贈り物を選んだのだろうか。

（だけどこれ、洗ってあるのかな？）

ぱっと見は新品のようである。少なくとも、長く愛用していたものとは感じられない。

一雄はそれを鼻先に持ちあげ、香りを確認した。

(え?)

心臓の鼓動が大きくなる。洗剤の香料とは異なる、妙になまめかしいかぐわしさがあったのだ。

(それじゃあ、これは)

鼻息が自然と荒くなる。予想を確認するべく、一雄はピンク色のインナーを裏返した。

「ああ」

思わず感嘆の声を洩らしたのは、明らかな痕跡があったからである。美しい若妻が、これを穿いていたという証が。

クロッチの裏側には、白い綿布が縫いつけてあった。細かい毛玉がぽつぽつとあるそこは、中心部分が掠れたように黄ばんでいる。

さらに、糊が乾いたみたいな付着物も見て取れたのである。

こんなふうに女性の下着を観察するのなんて、まったく初めてのことだ。そのため、手にしただけでも昂奮が大きかったのであるが、あられもないしるしを発見したために、牡の劣情がヒートアップする。

（ここに希代美さんのアソコが――）

見た目ではまず間違いない。では、匂いはどうかと、荒ぶる鼻息を懸命に抑えながら、布に染み込んだエッセンスを吸い込んだ。

チーズのようなヨーグルトのような、発酵した乳製品を思わせる香りが鼻奥に悩ましい。嗅ぐ場所を変えると、親しみのある磯くささも感じられた。おそらくオシッコの名残だ。

燃えるゴミのポリバケツに入っていたわりに、嫌な移り香はない。バケツは希代美がいつも綺麗にしていたし、袋も密閉してあったからだろう。

それゆえ、美しい人妻の淫靡な残滓《ざんし》を、心置きなく堪能することができる。

（これが女のひとの、アソコの匂い……）

これまで女性と関係を持ったときには、コトの前にシャワーを浴びていた。行為のさなかに、秘苑に口をつけたこともあったけれど、そこはボディソープの清潔な香りしかしなかった。

よって、異性の正直な秘臭を嗅ぐのは、これが初体験であった。

単純に香りとしての善し悪しを判定されたら、決して高評価は得られないであろう。だが、美人で気立てのいい若妻の、普通であれば決して知ることのできないプライバシーなのだ。その事実だけでも、充分すぎる価値がある。

何より一雄自身が、抗い難い魅力の虜となり、嗅ぎ続けずにいられなかったのである。

(なんて素敵なんだ!)

どこか動物的で生々しいのに、こんなにも好ましいのはなぜだろう。愛しい人妻の恥ずかしい匂いなのをもちろんながら、そればかりでなく、本能的に惹かれる部分があるように思える。

気がつけば股間の分身が、ブリーフの前を猛々しく突き上げていた。嗅覚への刺激のみで、ここまで昂奮させられたのは初めてだ。

一雄はパンティを鼻にあてがったまま、片手でブリーフを脱ぎおろした。素っ裸になって蒲団に身を横たえると、硬くなったシンボルを握る。

「むううっ」

快美が背すじを貫き、呻《うめ》きがこぼれる。熱いトロミが、早くも尿道を伝う感触があった。

そうなれば、あとは欲望一直線で悦びを求めるのみだ。

「う——くうう」

募る歓喜に身をよじりつつ、行為に没頭する。中学生のときにオナニーを覚えて以来、数え切れないほどしてきたが、かつてないほど気持ちよかった。

（ああ、なんだこれ……）

蕩けんばかりの愉悦にひたる一雄の脳裏に、希代美が浮かぶ。

笑顔で挨拶をし、ねぎらいの言葉をかけてくれる優しい人妻。エプロン姿にも癒やされていたし、今日は顔を見られなくてがっかりしたのだ。

それがまさか、こんな素晴らしいお宝が手に入るなんて。

（ああ、希代美さん、希代美さん）

クロッチの裏地を嗅ぎながら、胸の内で何度も名前を呼ぶ。これが彼女の秘められたパフュームなのだと思うことで、性感曲線が急角度で高まった。

多量に溢れたカウパー腺液が、上下する包皮に巻き込まれてクチュクチュと泡立つ。適度なヌメりで摩擦される亀頭粘膜は、今にもはち切れそうに膨張しているようだ。

昂奮と快感が過去に例を見ないほど著しかったため、絶頂も早かった。からだのあちこちをピクッ、ビクンとわななかせ、快楽の極みへと到達する。

（あ、いく）

ティッシュを用意する余裕などなかった。香り高いエキスを、天井に向かって勢いよく噴きあげる。

びゅるんッ——。

糸を引いて宙に舞ったものが、腹の上に落下する。次々と放たれるぶんも似たような軌跡を描き、牡の肌に淫らな模様を描いた。

「くはっ、ハッ——あふぅ」

一雄は息を荒ぶらせつつ、分身をしごき続けた。少しでも長く、オルガスムスを愉しみたかったのだ。

しつこく刺激されたことで、海綿体が充血を解くタイミングを逸したらしい。高潮の波が引いたあとも、そこは勢いを保ったままであった。

ならばと、続けざまの二回戦に突入する。これは性欲の有り余っていた十代の頃にもなかったことだ。

こすられる肉根は、最初は鈍い痛みを感じたものの、程なくムズムズする快さにまみれる。嗅ぎすぎたせいなのか、下着の淫臭が薄まった気がしたので、一雄はクロッチに舌を這わせた。

残念ながら、匂いほどには味がなかった。感じられたのは、ほんのわずかな塩気である。

（これが希代美さんの、アソコの味なんだ）

自らに言い聞かせることで、劣情がふくれあがる。昂りで頭の芯が絞られる気すらした。

唾液で湿らせたところを唇で挟み、繊維にひそむエッセンスを吸いながらペニスを摩擦する。精液が指にまといついていたため、ヌルヌルとすべるのがたまらない。

一度果てた直後にもかかわらず、早くも次の波が押し寄せてくる。味が消える前に終わりたくて、一雄は手の上下運動を速くした。

「むううう」

全身に快い痺れが行き渡る。目がくらみ、程なく頂上に行き着いた。

（あああ、出る）

歓喜のトロミが屹立の中心を駆け抜ける。それはビュッ、ビュッと、一度目の勢いにも負けずにほとばしった。

「むふっ、ふううう」

呼吸がつらくなり、一雄はパンティを口から落とした。開いた喉に酸素を吸い込み、悦楽の流れに漂う。

（すごすぎる……）

絶頂の余韻が薄らぐにつれ、分身も力を失う。握り手をはずすと、軟らかくなった秘茎は陰毛の上に横たわった。

「ハァ、はあ――」

胸を大きく上下させ、気怠さにまみれる。二度も射精したぶん、普段の自慰の比ではなく疲労が著しい。

ザーメンの青くささにも物憂さを募らせつつ、一雄はのろのろとからだを起こした。自身の肌にのたくる白濁のトロミを見て、我知らず眉をひそめる。

（うわ、すごく出た）

二回ぶんなのに加え、昂奮が大きかったから量も多かったようだ。

枕元のボックスを引き寄せ、体液をティッシュで拭う。最初に出たほうはかなり濃くて粘っこく、薄紙を何枚も消費した。

肌がベタベタする。もう一回シャワーを浴びたほうがいいかなと思ったものの、からだが怠くてそんな気になれない。いっそ、このまま眠ってしまいたかった。

そのとき、蒲団の上のパンティが目に入る。

（しまった。もったいないことをした！）

今になって後悔する。匂いも味も、すべて吸い取ってしまったのだ。もっと大切に使えば、二、三日は夜のお供になってくれただろうに。

残念がる一雄であったが、ここに来て疑問が頭をもたげた。

（ていうか、これって本当に、希代美さんのパンティなのか？）

昂りと欲望が鎮まったことで、いくらか理性的になれたらしい。

宇治原家のポリバケツに入っていたから、若妻のものに違いないと信じ込んだのである。だが、根拠と言えるのはそれぐらいで、本当にそうだと証明できたわけではない。

そもそも、希代美のように清楚で素敵な奥様が、自身の匂いが染みついた下着を誰かにあげるなんて、はしたない真似をするだろうか。そう考えると、別人の仕業ではないかと思えてくる。

では、彼女ではないとすると、いったい誰なのか。

バケツは外に出ていたのだから、中に燃えるゴミが入っていたはずである。別人のパンティだったとすれば、誰かが燃えるゴミとパンティの入った袋とを取り換えたことになる。

（だけど、何のためにそんなことをするんだ？）

考えられるのは、希代美に恨みを抱く者が、彼女の評判を落とすためにやったということである。使用済みの下着を仕込めるのは女性だろうし、愛らしい若妻の人気に嫉妬しての犯行なのか。

とは言え、そんなことをしても、希代美に不利益が生じる保証はない。パンティを持ち去った者が、可愛い顔をして淫乱だなどと、悪い噂を広めない限りは。

しかしながら、これを見つけるのは清掃員に限られている。みんな希代美のファンであり、一雄のようにこっそり持ち去ることはあっても、あとで彼女を貶めるなんてことはしないはず。むしろ、得難いプレゼントに感謝して、ますます好きになるであろう。

（だいたい、あそこは通りに面しているし、誰にも見つからずにゴミとパンティを取り換えるなんて無理だよな）

やはりこれは、希代美のものと判断して差し支えなさそうだ。それでも信じるに足る証がほしくて、一雄はレジ袋の中を確かめた。何か証明するものが入っていないかと思ったのだ。

すると、さっきは気がつかなかった小さなメモを発見する。

【電話してください】

綺麗な字で書かれた短い文には、携帯の電話番号が添え書きされていた。

（これ、希代美さんの番号なのか？）

パンティが彼女のものなら、そうに違いない。そして、これはやはり、誰かに持っていってもらいたいと意図したものだったのだ。

一雄はスマホを手に取ると、迷うことなく電話をかけた。呼び出し音が二回鳴っただけで、先方が出る。

『はい』

名乗らなかったものの、その返事だけで一雄は確信した。紛れもなく希代美の声だと。

次の瞬間、べつの可能性に思い至って戦慄する。

あのパンティは希代美を貶《おと》しめるためではなく、拾った者を嘲笑うために仕掛けられたのではないか。若妻のものだと信じて電話をかければ、ヘンなことを言わないでと罵られ、恥をかくであろうと。

（ひょっとして、おれたちゴミ清掃員に恨みを抱く者が――）

一雄は言葉を失い、身を堅くした。どうすればいいのかわからず、パニックに陥る。

『もしもし？』

訝《いぶか》るような希代美の声。怪しんでいるのは確実なのに、全身がフリーズしたようになって、通話を切ることもできなかった。

すると、電話の声が明るくはずむ。

『ひょっとして、ゴミ収集の方ですか？』

その問いかけで、一雄の全身から一気に緊張が抜けた。

パンティを持っていった者からの電話だと、希代美にはわかったのだ。つまり、あれはやはり彼女のものだったのである。

「は、はい」

つっかえながら返事をすると、ふふっと小さな笑い声が聞こえた気がした。

『こうしてお電話をしてくださったということは、わたしの下着を気に入ってくださったんですね』

気に入ったとはどういう意味なのか。気立てのいい若妻の言葉だけに、深読みするのがためらわれたものの、

「ええ、も、もちろん」

一雄はとりあえず肯定した。

『よかった……あの、お名前を教えていただけますか？　お顔はわかるんですけど、お名前はわからないので』

などと言うところをみると、パンティを持っていくところを、家の中から窺っていたのではないか。顔バレしているのなら、今さら隠す必要はない。

「松井一雄といいます」

『松井さんね。あしたはゴミの収集はお休みですよね？』

平日は毎日何らかの収集があるのだが、月に一度、何もない日がある。明日がちょうどその日だった。

「ええ、そうですね」

『ご予定はあるんですか？』

「いえ、特に何も」

『でしたら、ウチにいらしてくださいな』

思いがけない誘いの言葉に、一雄は耳を疑った。

「え、宇治原さんのお宅にですか？」

『はい。そうですね、午後二時ぐらいに』

「わ、わかりました」

『では、お待ちしてますね』

電話が切れたあとも、一雄はスマホを耳に当てたまま、茫然となっていた。希代美の澄んだ声を、幾度も反芻しながら。

（……希代美さんの家に行けるのか）

何のために呼ばれたのかはわからない。けれど、使用済みの下着を与えられたあとなのだ。淫靡な展開を期待せずにいられない。

妄想が際限なくふくらんで、その晩、一雄はなかなか寝つかれなかった。

3

約束の時間きっかりに、一雄は宇治原家の呼び鈴を押した。

『はーい』

間を置かずに、スピーカーから返答がある。

「あ、あの、松井です」

緊張を隠せずに名乗ると、『少々お待ちください』と言われる。それから十秒と経たずに、玄関のドアが開けられた。

「いらっしゃいませ」

笑顔で迎えられるなり、頬が自然と緩む。昨日、会えなかったためなのか、会えたことが嬉しくてたまらない。清楚なエプロン姿も、いつも通りに素敵だ。

それでいて、パンティに染み込んでいた淫らなフレグランスが蘇り、無性にドキドキした。

「こ、こんにちは」

「さあ、どうぞ。入ってください」

「はい」

招かれるまま、一雄は宇治原家に足を踏み入れた。

外見はごく一般的な建売住宅なのに、中に入るとやけに立派なお宅に招かれた気分になった。新築で、どこもかしこもきちんと片付いていた上に、家具や置物が洗練されていたからだろう。

(希代美さんの趣味なんだろうな)

通されたリビングダイニングは広く、一雄は大きなテレビの向かいにあるソファを勧められた。三人掛けでクッションが柔らかく、尻が深く沈んだ。

「ちょっと待っててくださいね」

若妻がカウンター付きのキッチンに下がり、カップをふたつ運んできた。コーヒーのいい香りが漂う。

「さあ、どうぞ」

カップが前のローテーブルに置かれ、一雄は恐縮して頭を下げた。

「ど、どうも。おかまいなく」

どぎまぎしたのは、希代美がすぐ隣に腰を下ろしたからである。意外とおしりが大きいのか、一雄よりもからだが沈んだため、彼女のほうにからだが傾いた。

密着しそうになったのを、足を踏ん張ってどうにか堪える。次の瞬間、
ふわ——。

愛らしい人妻の体臭が、鼻腔に流れ込んだ。香水やコロンとは異なる、彼女本来のかぐわしさだ。

パンティに染み込んでいた匂いに共通するものを感じ、一雄は動揺した。それを誤魔化すためにカップを手に取り、コーヒーをすする。

最初から砂糖とミルクが入っており、甘さは一雄の好みにどんぴしゃりだった。おかげで気持ちが落ち着き、ふうとひと息つく。

「あの、それで――」

希代美がためらいがちに話を切り出した。

「は、はい。何でしょう」

一雄は居住まいを正し、背すじをのばした。

「わたしの下着、どうでしたか?」

いきなり感想を求められ、うろたえる。

「ど、どど、どうでしたって?」

さすがにいい匂いでしたなんて言えず、訊き返す。すると、若妻が恥じらって目を伏せた。

「……あの、使ってくださったんですか?」

こちらを窺うように、チラチラと視線をくれながらの質問。何に使ったのかなんて、いちいち確認するまでもなかった。

(希代美さんが、そんなことを訊くなんて!)

だが、彼女は恥ずかしい匂いの染みついた、使用後の下着を与えてくれたのである。当初から自慰行為に使ってもらうためだったと考えるのが自然だ。

ならば、ここは正直に答えるしかない。

「はい……使いました」

正直に告げるなり、頬が熱くなる。すると、希代美が目を見開き、こちらに身を乗り出してきた。

「それって、匂いを嗅いで？」

「は、はい」

「くさくなかったんですか？」

「そんなことないです。あの……とっても素敵な匂いがしたから、たまらなくなって――」

あからさまな告白に、さすがに軽蔑されるかもと情けなくなる。ところが、彼女は嬉しそうに白い歯をこぼしたのだ。

「よかった……」

「え？」

訳がわからずまばたきを繰り返す一雄に、希代美が抱きつく。

「ありがとう。おかげで安心しました」

いったいどういうことなのか。混乱しつつも、濃厚になった彼女の匂いにうっとりして動けなくなる。衣服越しでもからだの柔らかさを感じ、劣情の血液が下半身に殺到した。

(あ、まずい)

分身がふくらむのを察知して、一雄は焦った。このことを希代美に悟られたら、さすがに非難されるに違いない。

勃《た》つんじゃないと心の中で命じても、不肖のムスコは言うことを聞かない。ぐんぐんと伸びあがり、ズボンの前をあからさまに隆起させているのが見なくてもわかった。

「あ、ごめんなさい」

希代美が謝って身を剝がす。夫のいる身で、さすがにはしたないと気がついたのか。

「ああ、いえ」

何でもないフリを装いつつ、一雄は素早くペニスの位置を調節し、股間のテントが目立たないようにした。もちろん、彼女に気づかれないように。

「だけど、どうしてあれをポリバケツに入れておいたんですか?」

訊ねると、若妻が俯く。今さら羞恥がこみ上げたのか、髪から覗く耳が赤く染まった。

「……実は、確かめたいことがあったんです」

「え、確かめるって？」

「わたしのアソコがくさいんじゃないかって、気になったものですから」

予想もしなかったことを告げられ、啞然となる。こんなにいい匂いのする奥さんが、どうしてそんなことを気にするのか理解できなかったのだ。

だが、きっかけになりそうな出来事が浮かんで、もしやと確認する。

「ひょっとして、旦那さんに何か言われたんですか？」

夜の営みで、夫に性器の匂いを非難されたのかと思ったのだ。

「いいえ」

希代美は首を横に振ったものの、悲しげに顔を歪めた。くさいと言われたわけではなくとも、夫が関係しているのは確からしい。

「じゃあ、態度で示されたとか」

「いえ……逆に、何もしてくれないんです」

「え？」

「わたしは、その、おしゃぶりをして、ちゃんとサービスしてるのに、ウチのひとはお返しをしてくれないんです」

露骨な告白に、聞かされた一雄のほうが居たたまれなくなった。

(つまり、希代美さんはフェラチオをしてるのに、旦那さんはクンニをしてくれないってことなのか?)

そのため、自分に原因があるのではないかと、心配になったらしい。

「ええと、旦那さんと結婚する前に、他の男性とお付き合いをされたことはあるんですか?」

「ええ、それなりに」

「そのときの相手は、その、ちゃんとお返しをしてくれたんですか?」

「はい」

うなずいてから、希代美が恥じらって目を伏せる。若くて美しい人妻と、性的な会話をすることで、一雄もあやしい気分になってきた。ブリーフの中で秘茎が脈打ち、先走り汁を多量にこぼすほどに。

「だったら、アソコの匂いを気にする必要はないと思いますけど」

「でも、結婚して体質が変わったのかもしれません。オリモノも量が増えて、前よりも粘っこくなった気がするんです」

などと言われても、男の立場では何とも答えようがない。男女交際の経験だって貧しいし、女性のからだのことなんてわからないのだ。

ただ、もしかしたらと思い出したことがあった。

「旦那さんって、おいくつなんですか？」

「わたしと同い年なので、二十五歳です」

まだ若いのに、妻とふたり一軒家に住んでいるのか。よっぽど名の知れた会社に勤めているのか、あるいは、家が金持ちなのか。

「だったら、無理ないかもしれませんね」

「え、どうしてですか？」

「雑誌で読んだことがあるんですけど、女性のアソコを舐められない若い男が増えているそうなんです。女性には平気でサービスをさせるのに、自分がするのは抵抗があるっていう」

「そうなんですか？」

初めて聞いたのだろう、希代美が目を丸くした。

一雄とてその情報は、ゴミ収集の仲間内で回し読みした、二流週刊誌の記事で仕入れたのだ。よって、信憑性がどこまであるのか定かではない。ただ、なるほどあり得る話だなと、読んだときに納得したから憶えていたのである。

「じゃあ、松井さんも、女性のアソコを舐められないんですか?」

「え?」

「まだお若いんですよね?」

「まあ、いちおう二十代ですけど」

一雄は小さく咳払いをし、

「おれはちゃんと舐めます」

大して経験もないくせに、胸を張って答えた。

「男としての務めだと思ってますから」

大袈裟なことを言うと、美人妻が「そうですか」とうなずく。それから、何かを求めるみたいにじっと見つめてきた。

(……まさか、おれに舐めてもらいたいのか?)

求められているのかと、胸の鼓動が大きくなる。

「ところで、松井さんは何回ぐらいしたんですか?」

「何回って?」

「だから、わたしの下着で、その……」

オナニーの回数を訊かれているのだと、彼女が言い淀んだことで理解する。さ

すがに二回もしたなんて恥ずかしくて、一回だけだと答えようとしたものの、

(希代美さんは、アソコがくさいんじゃないかって気にしてるんだ。そんなことはないって、ちゃんと伝えなくっちゃ)

一雄は羞恥をかなぐり捨て、事実を口にした。

「二回しました。それも続けて」

「え、本当に?」

「はい。希代美さんの下着がとってもいやらしい匂いで、すごく昂奮したんです。おかげで、精液もたくさん出ました」

そこまで言われたおかげで、彼女は完全に自信を取り戻したようだ。

「そんなに気持ちよくなったんですか……エッチですね」

なじられても、目が嬉しそうに細まっていたから、かえってドキドキする。すると、希代美が何かに気がついたように小首をかしげた。

「あら、わたし、松井さんに名前をお教えしたかしら?」

一雄が下の名前で呼んだから、怪訝に思ったらしい。

「ああ、えと、同僚に教えてもらったんです。こちらの旦那さんと知り合いの方がいて」

「まあ、そうなんですか」

合点のいった面持ちを見せた彼女に、一雄も疑問が浮かんだ。

「だけど、どうして下着をゴミに出したんですか？　たぶん、おれたちの誰かに拾わせようとしたんでしょうけど、たとえば昔の恋人とか、気心の知れたひとに確認してもらえばいい気がするんですけど」

「そんなひと、近くにいません。仮にいたとしても、知り合いだとかえって恥ずかしいです」

たしかに、性器の匂いがどうなのか確認するのに、知った人間が相手では気まずいであろう。赤の他人のほうが、後腐れがなくていいかもしれない。

「それに、ゴミを収集している方なら、ある程度のくささにも慣れているかなと思って」

希代美が申し訳なさそうに言う。普段からゴミの悪臭にまみれていれば、本当に匂いがキツくても、嫌悪を覚えまいと考えたらしい。

生ゴミの嫌な臭いに辟易することはあっても、そう毎日嗅いでいるわけではない。まあ、慣れたというのは事実かもしれないが、女性のかぐわしさとの区別ぐらいはつく。

「ですから、くさくなんかないんです。おれは希代美さんの匂いが大好きなんですから」

これに、若妻が複雑な面持ちを見せる。汚れた下着に染み込んだ臭気を好きだなんて言われても、素直には喜べなかったであろう。それでも、

「ありがとうございます」

と、礼を述べるあたり健気である。

「……だけど、よかったです」

「何がですか？」

「松井さんに、アレを持っていっていただいて。わたしの匂いを気に入ってくださったばかりか、二回もオナニーをしていただけるなんて」

直球の単語を口にされ、一雄はドキッとした。けれど、希代美のほうは特に意識していない様子で、平然としている。案外、性的な話題について、抵抗感は薄いのではないか。

そうでなければ、穿いたあとの下着を男に託し、アソコがくさいかどうかを確認するなんて、突飛なことは思いつくまい。それを嗅いで自慰をしてくれることを、願っていたフシすらあるのだ。

（けっこうエッチなひとなのかも）

だからというわけではないものの、せっかくの機会である。できれば、もっと深い関係になりたい。

その気持ちがぐんと高まったおかげで、普段なら勇気がなくて言えないようことを、一雄はためらうことなく口に出せた。

「もしもまだ気になるんでしたら、今ここで確かめてもいいですよ」

「え？」

「希代美さんの、アソコの匂いを。それに、旦那さんにしてもらえないのが物足りないのなら、おれが代わりに舐めてあげます」

ストレートではなくとも口淫奉仕を申し出て、調子にのりすぎたかと反省する。希代美の眼差しに、驚きと戸惑いが浮かんだのだ。

これは拒まれるかと諦めかけたとき、

「いいんですか？」

彼女が身を乗り出すように確認してきたものだから、一雄は天にも昇る心地を味わった。

「も、もちろんです」

こちらもつんのめるように即答する。

4

若妻としての慎みなのだろう、希代美はシャワーを浴びるから待ってほしいと言った。しかし、それでは意味がない。

「駄目です。そんなことをしたら、希代美さんの素敵な匂いがなくなっちゃうじゃないですか」

反論され、彼女は「でも……」と迷いをつぶやいた。いくら汚れた下着を嗅がれたあとでも、秘苑を直に確かめられるのは羞恥が著しいのだろう。

それでも、舐められたいという気持ちが勝ったようだ。

ソファに腰掛けた若妻の前に、一雄は膝をついた。

「足をあげてください」

相手が年下でも、女性との親密な交流に慣れていないため、要請する声が震えてしまう。

「うう……」

恥じらいの呻きをこぼしつつ、希代美は両足をソファにあげた。エプロンの下は、薄手のスカートだった。膝が立てられたことで太腿をすべり、女らしい美脚があらわになる。

それから、股間に食い込む藍色のパンティも。

ミルクを煮詰めたような、なまめかしい女くささが熱気のように漂う。肌の匂いに、秘められた部分の蒸れた臭気がミックスされたものだ。

訪問客を迎える前に下着を替えたり、シャワーを浴びたりしなかったのは間違いない。汚れた下着を与えた男を招いたのであり、こういう展開になるのは予想がついたはずなのに。そんな暇もないほど家事に追われていたのか、あるいは、生々しい秘臭を直に確認してもらいたかったのか。

（え？）

一雄は胸を高鳴らせた。淫靡な縦ジワを刻んだクロッチの中心に、明らかな濡れジミを発見したのである。

クンニリングスへの期待が高まり、早くも熱情の蜜をこぼしていたようだ。いや、その前に、ふたりで話していたあいだにも、淫らな気分が高まっていたのかもしれない。

どちらにせよ、彼女が充分その気になっているのは確かだ。

(これが希代美さんのアソコ——)

まだ見えていないのに、下着のシワだけで中身が想像できて、喉の渇きを覚えるほどに昂る。気がつけば、一雄は吸い込まれるように接近し、人妻の股間に顔を埋めていた。

「キャッ」

希代美が悲鳴をあげ、太腿を閉じる。柔らかくてなめらかなお肉で圧迫され、一雄はうっとりした。

(ああ、素敵だ)

内腿の感触もさることながら、鼻奥にまで流れ込んだあられもないパフュームに、頭が痺れる心地がする。それはあのパンティに染み込んでいたものより、酸味と磯くささが強く感じられた。

もちろん、まったく不快ではない。昨日と同じで、そのままずっと嗅ぎ続けていたかった。

「ね、ねえ、ホントにくさくないんですか?」

涙声の問いかけが聞こえる。ソファが軋みをたてるほどにヒップがくねっているから、かなり居たたまれないのだろう。

返事をする代わりに、一雄はクンクンとあからさまに鼻を鳴らした。

「ああ、いやあ」

彼女が嘆いたのと同時に、クロッチの内側で女芯がキュッとすぼまる。それによって新たなラブジュースが溢れたようで、布の湿りが著しくなった。

愛液のさらなる湧出《ゆうしゅつ》を促すべく、一雄は鼻面を中心にめり込ませ、ぐにぐにと圧迫した。

「あ、あっ、ダメぇ」

声音が艶めかしさを帯び、内腿がわななく。下着越しの刺激でも、かなり感じているふうだ。

淫靡なフレグランスも濃密になり、頭がクラクラする。秘められたところを確かめたい気持ちが、大いにふくれあがった。

一雄は若妻の腰を抱くように、両手を奥に差し入れた。薄物のゴムに指をかけ、引き下ろそうとすると、

「ま、待って」

希代美が焦った声をあげた。

「このままだと恥ずかしいから、ちょっとどいて」

彼女がどうしたいのかわからなかったものの、もともと女性に無理強いができる性格ではない。一雄は素直に離れた。拒まれて中止させられるのではないかと、不安を抱きながら。

しかし、幸いにもそうはならなかった。

足を床におろし、のろのろと腰を浮かせた希代美が、一雄に背中を向ける。ソファに両膝をつき、背もたれに摑まって前屈みになった。

「舐められるところを見るのは恥ずかしいから、これでしてください」

スカートに包まれたヒップを差し出して、彼女が告げる。さっきの体勢だと、クンニリングスをされる場面を見おろすことになるから、抵抗があるようだ。

あるいは、夫以外の男に秘部を舐められるところを目にしたら罪悪感が募り、快感にのめり込めないと考えたのか。ただ、ポーズとしては、こっちのほうがずっと恥ずかしい気がするのだが。

それでも、他ならぬ本人の要望である。こちらも彼女の視線を気にせずに、秘苑をじっくり観察できるのだ。

むしろ好都合だと思ったとき、スカートの後ろ側にあるファスナーに気がついた。めくるよりも、脱がせたほうがやりやすいだろう。

ホックをはずし、ファスナーを下ろしても、希代美は何も言わなかった。彼女もそうしてほしいと望んでいたのか。

スカートが重力に逆らうことなく落ち、丸みに張りついたパンティがあらわになる。

(うわ、こんなふうになってたのか)

藍色の薄布は後ろ側が全面レースで、おしりの割れ目が透けていた。それは下着のラインがアウターに浮き出ないよう考えられた、機能的なデザインなのかもしれない。だが、男にとっては、セクシー以外の何ものでもなかった。

加えて、二十五歳の人妻尻は、意外とボリュームがある。レースの裾から美味しそうなお肉がはみ出しており、それも牡の劣情を煽った。

「ね、ねえ」

希代美が焦れったげに豊臀を揺する。早くパンティを脱がせてほしいのだ。性器を見られたいわけではなく、舐められたくて。

もちろん、一雄も異存はなかった。

再びゴムに指をかけ、今度は制止されることなく薄物を剝ぎ取る。白さの際立つ双丘が、ぷるんとはずんで外気に晒された。

「ああ……」

感動の声が自然と洩れる。ふっくらと盛りあがったかたちの良いおしりは、ナマの女体を見慣れていない一雄には、崇高な美術品のごとく映った。同時に、昂奮も大いにかき立てられる。

丸みを分断する深い谷の底に、ちんまりしたツボミがひそんでいた。早く見たい、舐めたいと求めていた女性器より、一雄はまずそちらに心を奪われた。

(希代美さんの、おしりの穴だ)

排泄口であることは承知している。けれどそこは、もしかしたらセックス以上に見られたくない、恥ずかしい行為の象徴であるがゆえに、背徳的な感情を揺さぶられたようだ。

おまけに、そこから排出されるものが想像できないほど、愛らしい眺めであったから。

定規で引いたみたいに整った放射状のシワは、ほんのりくすんだ桃色に染められている。産毛が濃くなった程度の短い毛が、疎らに囲んでいることを、彼女は知っているのだろうか。

(女のひとも、おしりの穴に毛が生えるんだな)

ごく当たり前のことも、美しい若妻のプライバシーゆえ、とんでもない秘密を暴いた心持ちになる。

一雄は惹かれるままに、尻の谷に顔を近づけた。

「ああん」

息がかかったのか、希代美が悩ましげに喘ぐ。可憐なアヌスが、見ないでと咎めるようにすぼまった。

とは言え、男の視線が女陰ではなく秘肛に注がれているなんて、彼女は想像らしていないのではないか。

谷間には、細かなきらめきがあった。常に閉じているところだから、汗が溜まって蒸れやすいのだろう。熟成された酸味臭が、鼻奥をツンと刺激した。

(舐めたい――)

ヒクヒクと、かすかに蠢く秘め穴を、味わいたくてたまらなくなる。けれど、いきなり肛門に舌を這わせたら、さすがに非難されるのではないか。クンニリングスをさせてもらえなくなる可能性もある。

そちらは機会を窺い、改めて挑むことにして、一雄は顔の位置を下げた。不揃いの縮れ毛がまぶされた、肉の裂け目が視界に入る。

（これが……）

秘肛の可憐さにときめいたあとだから、生々しいという印象が強い。はみ出した花弁も色が濃く、いかにも男を咥え込む器官というふうだ。

とは言え、過去に関係があった女性のそこと、ほとんど相違はなかったのである。笑顔の素敵な奥さんに惹かれていたために、性器も愛らしくあってほしいという意識が働いたのだろうか。だからこそ、先にアヌスへと目がいったのかもしれない。

ただ、その生々しさゆえに、欲望が高まったのも事実である。

（すごくいやらしい）

コクッとナマ唾を呑み、鼻を蠢かせる。淫靡なフレグランスが鼻腔に流れ込み、悩ましさが募った。

ふと視線を落とせば、太腿のところで止まっている藍色の下着が目に入る。裏返っていたため、クロッチを彩るいくつものシミが見えた。

（ああ、こんなに）

オナニーに使用したパンティよりも、汚れ方が著しい。乾いていない真新しいトロミは、つい今し方付着したものではないのか。

事実、女芯も合わせ目を濡らしている。白いカスのようなものも、わずかに認められた。

取り繕っていない、普段のままの姿に愛しさが募る。ここまで目にした男は、他にいないのではないか。

(希代美さんって、セックスの前には必ずシャワーを浴びていそうだものな)

にもかかわらず、クンニリングスをしてあげない夫は、大馬鹿野郎である。妻への愛が足りないと糾弾されても仕方がない。

などと、会ったこともない旦那を胸の内で非難しながら、一雄は熟成されたチーズ臭を放つ秘苑にくちづけた。

「あひッ」

希代美が鋭い声を放ち、女らしい腰回りを震わせる。尻割れがすぼまり、一雄の鼻を挟み込んだ。

(すごく感じたみたいだぞ)

軽く唇が触れただけで、この反応である。久しぶりに舐められることへの期待が高まったせいで、敏感になっているのではないか。

これは、一雄には好都合であった。女性経験が豊かであるとは言えず、口唇愛撫だって、お世辞にも巧みとは言えないのだから。

（よし、もっと気持ちよくしてあげよう）

俄然張り切って、舌を合わせ目に侵入させる。ほんのり塩気のあるラブジュースを絡め取り、代わりに唾液を粘膜に塗り込めた。

「あ、ああっ、いやぁああ」

若妻のよがり声が派手になる。ヒップを休みなく振り立てるものだから、一雄は必死で食らいつき、舌を躍らせた。

彼の鼻の頭は、どんぴしゃりでアヌスに当たっている。蒸れた汗の香りに交じって、ほんのちょっぴりだけ生々しいフレーバーがあった。

今や一般家庭でも、トイレの温水洗浄は当たり前に備えつけられている。新築の宇治原家もそのはずだ。

よって、用を足したあとの拭き残しとは考えにくい。密かに洩らしたガスの残り香ではないだろうか。

何にせよ、美しい人妻の恥ずかしいプライベートである。こんな匂いまで知っているのは自分だけに違いないという誇らしさが、さらなる昂奮を呼び込んだ。

おかげで、舌づかいがいっそうねちっこくなる。

(ここかな?)

敏感な肉芽が隠れているところを探ってねぶると、尻をまる出しにした女体がソファの上ではずんだ。

「あああ、そ、そこぉ」

目標を捉えたのだとわかり、一雄は一点集中で責めまくった。同時に、鼻の頭を秘肛にぐいぐいとめり込ませる。

「バカぁ……そ、そこ、弱いのぉ」

おしりの穴が弱点だと告白しているように聞こえたものだから、全身が熱くなる。もちろん、本当に弱いのはクリトリスなのだろうが。

ともあれ、年上をタメ口でなじるほどに、希代美が我を忘れているのは確かなようだ。

(こんなに感じて……いやらしいひとだ)

溢れるラブジュースが粘つきを増し、塩気よりも甘みが強くなる。その変化は、いよいよ極まってきた証ではなかろうか。

ならば、このまま絶頂させようと、尖らせた舌先で硬くなった秘核をはじく。

「あ、あ、ダメ」

剝き身の下半身が、ビクッ、ビクッと痙攣を始めた。

「ダメダメ、イッちゃう、イク」

すすり泣き交じりの訴えに、舌を高速で律動させる。イッていいよと、心の中で念じながら。

「いやッ、イヤぁ、い——イクイクイクぅ」

甲高いアクメ声をほとばしらせ、希代美は頂上に達した。尻の割れ目で一雄の鼻面を強く挟み込み、四肢をワナワナと震わせて。

「くううう、う、ふはっ」

大きく息をついて脱力し、ソファの上で崩れる。

（おっと）

床に落ちそうになったのを、一雄はどうにか支えた。仰向けで寝かせると、彼女はぐったりして手足をのばした。

スカートとパンティは、膝に絡まったままである。いかにも邪魔っ気そうに見えたから、一雄はそれらを爪先から抜き取った。このあとの行為への期待も込めて。

すると、希代美が背中を向けて横臥する。胎児のようにからだを丸め、深い呼吸を繰り返した。

そこに至って、ようやく実感が湧いてくる。

（おれ、希代美さんをイカせたんだ）

過去に関係を持った数少ない女性たちの中に、行為の最中にやたらと騒がしかった子がいた。彼女は何度も昇りつめたふうに声をあげたものの、いかにも演技っぽかったし、一雄はかえって鼻白んだのである。

しかし、さっきの希代美は、少しもわざとらしくなかった。そもそも演技をする必然性などないから、本当に達したのは間違いあるまい。

つまり、初めて女性をオルガスムスに導いたのである。

童貞を卒業したとき以上に、男として一人前になれた気がする。こちらに向けられた、たわわなナマ尻を見つめながら、よくやったと自分を褒めてあげたくなった。

5

まだ絶頂の余韻が続いているのか、希代美はなかなか起き上がろうとしない。もしかしたら、クンニリングスでイカされたことが恥ずかしくて、顔を見られないのであろうか。

だからと言って、ただ見守るだけなのも間が抜けている。愛撫をして感じさせればその気になり、こちらに身を任せる心づもりになるのではないか。

一雄はふっくらした丸みに手をかぶせると、愛おしむようにすりすり撫でた。

「んふっ」

若妻が切なげな息をこぼす。裸の下半身がソファの上でもじついた。

横臥して尻を差し出したのは、もっと感じさせてという意識の表れではないか。そう解釈して、一雄は重なったもっちりお肉を割り開き、秘められた園を覗き込んだ。

「ううン」

希代美は小さく呻いたものの、抵抗はしない。やっぱりそうなのだと、濡れた裂け目に沿って指をすべらせれば、粘っこい蜜がまといついた。

（すごく濡れてるぞ）

絶頂して溢れただけではなく、もっとしてほしいと肉体がせがんでいるように思える。事実、秘肉の合わせ目が物欲しげにすぼまっていた。

淫らな光景に劣情が高まる。一雄の分身はブリーフの中でいきり立ち、熱い粘りを多量にこぼしていた。下腹がヌルヌルするからわかるのだ。

欲望が高まり、もっといやらしいことがしたくなる。さっき断念したことを思い出し、一雄は割れ目をさらにくつろげた。

すると、希代美が丸みを差し出す。もっと舐めてほしくなったのか、手で開かなくても臀裂がぱっくりと割れた。

おかげで、羞恥帯があらわに晒される。

目を惹かれたのは、濡れてほころんだ性器ではなく、ぴったりと閉じたアヌスのほうだ。鼻の頭で刺激したため、幾ぶん赤みが増しているようながら、可憐な佇まいに変わりはなかった。

（今なら舐めても叱られないかも）

まだ脱力状態から完全に回復していないし、したいようにさせてくれるのではないか。そうであることを願い、一雄は女体の底に顔を埋めた。

絶頂して熱を帯びたそこには、舐めたあとの唾液の匂いも混じっている。一帯は淫靡なかぐわしさが強烈だった。

こっちはどうかとツボミ周りを嗅いでも、さっきはちょっとだけあったはずの、恥ずかしいプライベート臭が感じ取れなかった。やはりあれは何かの名残で、快感に身を震わせるあいだに消えてしまったらしい。

それをちょっぴり残念がりつつ、一雄は舌をのばした。胸をときめかせ、放射状のシワをペロリとひと舐めする。

「うう……」

希代美は少し呻いただけで、特に非難めいたことは口にしない。クンニリングスを望んでいただけあって、アナル舐めにも抵抗はないのだろうか。

だったらかまうまいと、一雄は舌をチロチロと動かした。

「く──ンふぅ」

かすかな喘ぎに伴い、ツボミがくすぐったそうに収縮する。キュートな反応にドキドキしながら、わずかな塩気を味わっていると、ヒップが忽然と消えた。

（え？）

突然だったから、舐めすぎておしりが溶けたのかと、あり得ないことを考える。

もちろん、そんなことがあるはずがない。

「ど、どこを舐めてるんですか」

感情を抑えたふうな声に、ハッとする。見ると、希代美がソファの上で正座し、エプロンの裾を握りしめていた。いきなり身を翻したものだから、目の前から消えたように見えたのだ。

(あ、まずい)

彼女の唇が細かく震えていたため、一雄は首を縮めた。完全に怒らせたと思ったのである。

もっとも、表情に浮かんでいるのは、怒りというより困惑だった。気がついたらアヌスを舐められていて、混乱したのかもしれない。

「あ、いや、ええと……そっちも気持ちいいかなと思って」

「気持ちいいって誰かに言われたことがあるんですか？」

「い、いいえ。あの、初めてしたんです」

「……汚いところなのに？」

「そんなふうに思わなかったんです。可愛かったから、つい」

しどろもどろで弁明すると、希代美が唇を歪める。じとっと、恨みがましい目で見つめられ、一雄は身の縮む思いがした。

「脱いでください」

「え？」

「下を脱いで、オチ×チンを出して」

やらかしたという思いがあったため、一雄は気圧されるようにズボンとブリーフを脱いだ。それで彼女の気が済むのならと。

そのため、エレクトした分身を見られることに、恥ずかしさを感じる余裕などなかったのだ。

「あん、すごい」

希代美が目を見開き、反り返る牡器官をまじまじと見つめる。そこに至って、さすがに頰が熱くなった。

しかし、彼女は人妻だ。夫にお口でサービスをしていると告白したぐらいだから、勃起したペニスなど見慣れているのである。

実際、希代美は少しも動揺することなく、

「ここに寝て」

と、ソファに横になるよう促した。

(何をするんだろう)

疑問を抱えつつ、言われたとおりにした一雄は、けれど不安は感じていなかった。むしろ、快感を与えてくれるに違いないと、期待を抱いていたのだ。

好きにしてくださいと言わんばかりに仰向けになれば、脇に膝をついた若妻が咎める眼差しを向けてくる。

「松井さんって、真面目そうに見えたのに、けっこうヘンタイなのね」

「え?」

「わたしのパンツで二回もオナニーして、今だって洗ってないアソコを平気で舐めたし、おしりの穴までペロペロするなんて」

睨まれて、一雄は首を縮めた。やっぱりアヌスを舐められたことを、根に持っているらしい。

だからと言って、やめておけばよかったとは思わない。たとえ非難されても、あれは胸ときめくひとときだったのだ。

もしかしたら、反省していないことを見抜いたのか。希代美がムッとした顔を見せ、屹立を無造作に摑んだ。

「あふっ」

快感に、腰の裏がゾクッとする。一雄は喘ぎ、反射的に尻を浮かせた。

「こんなに硬くして。わたしのおしりの穴を舐めて昂奮したのね。ホント、ヘンタイなんだから」

なじられても、気持ちよさに抗えず、一雄は息を荒くするばかりであった。彼女の手が上下に動き、心地よい摩擦を与えてきたものだから、尚さらに。

「あ、ああ、ううう」

頭を左右に振って呻くと、いっそう強く握られる。

「気持ちいいの？　自分でするのとどっちがいい？」

「そりゃ……今のほうが」

「いやらしいひと」

希代美はまたもタメ口になっている。敬語を使う余裕をなくしているのではなく、完全にこちらを下に見ているのだ。

もっとも、一雄がそれで気分を害することはなかった。むしろ、年下の若妻から容赦なく責められることに、愉悦を覚えていたのである。

（おれ、マゾだったのか？）

いや、べつに虐められるのを好んだりしない。相手が若くて愛らしい人妻だからこそ、責められても妙に嬉しいのである。

「脚を開きなさい」

命令にも素直に従う。牡の急所まで晒す格好にも、背すじがムズムズするほど昂った。

すると、彼女が手にしたものの真上に顔を伏せる。

(え?)

一雄は胸をはずませた。てっきりフェラチオをしてくれると思ったのだ。

ところが、希代美は口を開かず、ふくらみきって紅潮した亀頭に鼻を寄せただけであった。

「……エッチな匂いがするわ」

彼女がつぶやくように言い、横目で見つめてくる。女性器の正直なフレグランスを嗅がれたお返しのつもりなのか。

ここへ来る前に、一雄はシャワーを浴びてからだを洗った。いやらしい展開を期待してである。

よって、丸っきり匂いがしないことはなくても、普段ほどにあからさまな臭気はしないはず。一雄は平然としていた。

そのせいか、希代美が不満げに唇を歪める。

「なによ。余裕見せちゃって」

だったら快感で支配しようと考えたのか、舌を出してツヤ光る粘膜を舐めた。

「くうう」

鋭い快美感が生じ、腰がガクンとはずむ。一雄の反応に、若妻は嬉しそうに目を細めた。

「ふふ」

笑みをこぼし、尖らせた舌先で、敏感なところをチロチロとくすぐる。確かに気持ちいいのだが、それだけで頂上に至ることはない。悦びを与えるというよりも、いっそ焦らすのに近い愛撫だ。

一雄は息をはずませ、身悶えするばかりだった。同時にしごくなりしてもらえれば、たちまち精液をほとばしらせたであろうが。

「ああ、ああ」

声をあげ、腰をくねくねさせる。けれど、希代美が屹立の根元をがっちりと摑んでいたため、あまり動けなかった。

亀頭粘膜が清涼な唾液で濡らされると、彼女が顔の位置を下げる。今度は筋張った筒肉に、下から上へと舌を這わせた。溶けかけのアイスキャンディを舐めるみたいに、ねっとりと。

「むううう」

太い鼻息がこぼれる。快感で持ち上がった睾丸が、下腹にめり込むようであった。

舐められるよりは咥えられたい。すぼめた唇で摩擦され、強く吸われれば、最高の歓喜にまみれて昇りつめるはずなのに。

ところが、希代美は舌しか使わない。他の方法を知らないわけではなく、これだと射精しないとわかってそうしているのだ。

刺激を受けて、陽根がせわしなくしゃくり上げる。もっと強い摩擦がほしいとせがむように。

「あん、こんなに」

驚きを含んだ声は、多量にこぼれるカウパー腺液に気づいてのものだろう。見なくても、尿道が熱いから間違いない。

穂先に触れた指先が、鈴口で回される。粘っこい欲望汁が絡め取られ、感じやすいくびれの段差をヌルヌルとこすった。

「あああ、き、希代美さん」

堪えきれずに名前を呼ぶと、「なあに?」と脳天気な返事がある。そんなふうに返されたら、何も言えなくなってしまう。

「オチ×チン、すごいことになってるわよ。鉄みたいに硬いし、ビクンビクンって脈打ってるわ」

そんなこと、いちいち報告されなくてもわかっている。

「あ、タマタマもこんなに」

どんな状態なのか口にすることなく、彼女は牡の急所にチュッとくちづけた。縮れ毛にまみれたシワ袋に、少しも抵抗がないようだ。むしろ一雄のほうが、背徳感を拭い去れなかった。

さらに希代美は、シワの一本一本を辿るみたいに、舌を丹念に這わせたのである。

「ああ、あ、駄目です」

やめてほしかったのは、果てそうになったからではない。そこは事前に洗ってあっても、見た目が清潔ではないぶん、口をつけられるのは申し訳なかったのである。

しかし、彼女はおかまいなく舌を動かし、丹念に味わっている様子である。そのため罪悪感が薄らぎ、一雄はうっとりした快さに下腹を波打たせた。

(気持ちいい……)

先汁に濡れた指も、亀頭を適度に摩擦してくれる。単に技巧を凝らしているというのではなく、男に奉仕することが心から好きなのだ。たとえクンニリングスをしてくれなくても、夫にもたっぷりサービスしてあげるのだろう。

なんていい奥さんなのかと感動しつつ、その恩恵を受けられた幸運にも感謝する。あのパンティを拾えたのは、偶然みたいなものなのだ。

これまでの人生、特に不幸だと感じたことはなかったけれど、運がよかったとも言えない。特に女性に関しては。

モテ期ではないが、いよいよ流れが自分に向いてきたのだろうか。そんなことを考えながら、悦楽の波に漂っていると、

「ずるいわ」

希代美が陰嚢《いんのう》ねぶりを中断し、不満をあからさまにする。

「え？」

驚いて頭をもたげると、彼女はふくれっ面でこちらを睨んでいた。

「な、なんですか？」

「自分だけ気持ちよくなって、悪いとは思わないの？」

いや、さっきしたじゃないですかという反論を呑み込んだのは、その余裕を与えられなかったからだ。

「わたしも気持ちよくしなさい」

命じるなり、希代美が腰を浮かせる。一雄に剝き身の下半身を向けると、逆向きで上に乗ってきたのである。

（わわっ！）

目の前に丸まるとした臀部が迫り、一雄はのけ反った。そのまま顔を潰されるのかと思ったのだ。

けれど、そうはならず、顔から三十センチほど離れたところで止まる。

腰から下は一糸まとわぬ姿でも、彼女の上半身は着衣のままである。おまけにエプロンも着けている。

そのせいで、ナマ身のヒップがいっそう煽情的に映った。

「むはッ」

喉から喘ぎの固まりが飛び出す。希代美が亀頭を頬張り、強く吸ったのだ。

急速に上昇する気配を捉え、一雄は焦った。このままイカされたら、気持ちよくしなさいという希望に応えられない。

もう一度クンニリングスをするべく、たわわなヒップを摑んで引き寄せようとすると、

「んうぅ」

彼女が呻き、イヤイヤをするように腰を振った。さらに、牡の漲《みなぎ》りも吐き出してしまう。

「もう舐めなくていいわ。指を挿《い》れて」

「え、指」

「中をこすってちょうだい」

クリトリスではなく、膣を刺激してほしいのか。肉体が男をほしくなっているようである。

一指の次はいよいよ本番セックスかと、期待が大いにふくらむ。少しでも奥まで届くようにと、一雄は右手の中指を濡れ割れに触れさせた。裂け目に沿ってすべらせ、粘っこい蜜汁をたっぷりとまといつける。

「ああん」

切なげな声が聞こえ、豊臀がブルッと震えた。

「挿れますよ」

声をかけ、指先をそろそろと埋没させる。特に抵抗も引っかかりもなく、第二関節まで容易に呑み込まれた。

「くぅン」

今度は甘える声を洩らし、希代美が尻割れをキュッキュッとすぼめた。同時に、蜜穴がキツく締まる。

彼女の中は温かかった。粒立ったヒダがまといつき、ここにペニスを挿入したらどんなに気持ちいいだろうと、想像せずにいられない。

「ねえ、指、動かしてぇ」

ねだる声に促され、最初は短いストロークで狭い穴をこする。

「あ、あ、ああっ」

よがる声が甲高くなった。

快感を与えられることで、奉仕する余裕をなくしたらしい。希代美は牡の強ばりを握りしめ、根元に顔を埋めた。荒い息づかいが、鼠蹊部を湿らせる。

「いい、いいの……感じるぅ」

クンニリングスよりも、深い悦びを得ているふうである。夫婦の営みで膣感覚が研ぎ澄まされ、二十五歳でも性的に花開いたのであろう。

ということは、セックスをしたらもっと派手によがるのではないか。オチ×チンがほしいと言わせるべく、指ピストンの振れ幅を大きくすると、

「ね、ねえ——」

と、震える声で呼びかけられた。

「はい、なんですか？」

もうペニスを挿れてほしくなったのかと、期待で分身を脈打たせながら返事をする。だが、続いて告げられたことは、予想もしなかったことであった。

「おしりの穴……舐めて」

「え？」

「オマ×コをかき回しながら、おしりの穴を舐めてっ！」

気立てのいい若妻の発した、淫らすぎる要請。もしかしたら、さっき一雄が舐めたせいで、肛門の快感に目覚めてしまったのか。

（希代美さんが、そんないやらしいことを言うなんて——）

あまりのことに茫然とする一雄であった。

第二章　人妻の寂しさ、回収します

1

「おい、遅れてるぞ」

同僚に声をかけられ、一雄は我に返った。

「あ、す、すみません」

ゴミ収集の作業中である。いつの間にか、塵芥車が二十メートルも離れていたことに気がつき、慌ててあとを追う。途中、出してあったゴミを見逃しそうになり、さらに遅れてしまった。

「ボーッとしてんなよ」

「はい。気をつけます」

一雄は頭を下げ、しっかりしろと自らを叱った。

仕事に身が入っていないのは、自分でもわかっていた。無理もない。若くて美しい人妻と、つい昨日、肉体を交わしたばかりなのだから。

それも、かなり濃厚に。

目の前の作業に集中しようと思っても、どうかすると彼女の痴態が脳裏に浮かぶ。股間も反応を示し、前がふくらんで歩きづらくなるのだ。

集めたゴミを塵芥車の後ろに投げ入れながら、一雄はまたも昨日のことを思い出していた——。

シックスナインの体勢で、しかも膣に指を挿れたまま、アヌスを舐めるのは難しい。それは希代美もわかっていたようで、一雄の上からいったん離れた。

「ね、これならできるでしょ」

ソファの上で四つん這いになり、たわわな臀部を左右に揺する。

愛らしい若妻の裸エプロン。上半身は服を着たままだから、正確に言えば半裸エプロンになるのか。

それでも、エロチックなことに変わりはない。

(うう、いやらしすぎる……)

剝き身のヒップが牡を誘う。一雄は分身を上下に振り立てながら、彼女の後ろに膝をついた。

まずは、指を再び蜜穴に侵入させる。

「あふぅううう」

希代美が背中を反らし、長い喘ぎを吐き出す。膣がすぼまり、奥まで入った中指をせわしなく締めつけた。

さっきの続きで、指を前後に動かす。今度は最初から長いストロークで、抽送の速度もあげた。

「あ、あ、あ、それいいっ」

よがり声がリビングに反響する。普段、夫とふたりで過ごす憩いの場が、淫らな色に染められた。

溢れる愛液が指をべっとりと濡らし、手のひらのほうに伝う。そこまで感じているにもかかわらず、若い女体はさらなる愉悦を欲した。

「ね、ねえ、早く」

切なげなおねだりが何を求めているのか、一雄はもちろん知っている。

「わかりました」

指が出入りする女芯の真上で、可憐なツボミが物欲しげに収縮する。そこに唇を寄せ、舌をのばしてくすぐると、

「あひぃいい」

嬌声のトーンが、一オクターブも上がったようだ。

「も、もっと……ああん、いっぱいペロペロしてぇ」

あられもない反応に、全身が熱くなる。一雄は指ピストンをキープしつつ、若妻の秘肛に舌先を突き立てた。うにうにと、ほじるようにねぶる。

「いやぁ、へ、ヘンタイぃ」

自分からアナル舐めをせがんだくせに、勝手なことを言う。お仕置きをするつもりでねちっこく舌を動かすと、希代美の息づかいがはずんできた。

「ダメダメ、そ、そんなにされたら――」

早くも昇りつめそうな様子を見せたものだから、一雄は驚いた。

(え、もう?)

そんなにもアヌスが感じるというのか。

もちろん、そこだけの刺激でイキそうになっているのではない。膣内をこすられての相乗効果なのだ。

だが、指ピストンのみより、快感が著しいのは明らかである。

もともと肛門が性感帯であるとわかっていたのか。いや、一雄が最初に舐めたあとの反応からして、そんなふうではなかった。

つまり、あれがきっかけで目覚めたことになる。どれほど気持ちいいのか確認したくて、男に奉仕をさせることを思いついたのだろう。

だったら徹底的に感じさせてあげようと、一雄は女窟内の指を下腹側へ少し曲げた。そうすれば気持ちいいと、アダルトビデオで学んだのである。

指先にコリコリしたものが触れる。そこを圧迫すると、「あああっ！」とひときわ大きな声がほとばしった。

「そ、そこダメぇ」

本当に駄目なら、そんないやらしい声はあげないはず。やはり感じるスポットなのだ。

わずかに隆起した硬い部分を強くこするようにして、指の出し挿れを続ける。秘肛も執拗に舌で抉りながら。

「イヤイヤ、ほ、ホントにイッちゃうぅうううっ!」

高らかなアクメ声を放ち、若妻が歓喜の極みへ到達する。もっちりヒップを激しく左右に振ったものだから、一雄は尻肉にはじかれ、ソファの下に落ちた。

「うわっ」

どうにか体勢を立て直して振り返れば、希代美は尻を高く掲げた女豹のポーズで、剝き身の下半身をビクッ、ビクンと痙攣させていた。それがかなり長く続いたから、オルガスムスの波がなかなか引かなかったらしい。

(うう、エロすぎるよ)

まだ二十五歳でも、人妻の色気がプンプンと匂い立つよう。性の歓びに関してなら、肉体は充分に成熟していると言える。

間もなく、彼女は力尽きたようにからだを伸ばした。ソファに身を伏せ、ハァハァと荒い呼吸を繰り返す。

俯せでも、臀部の盛りあがりは豊かである。着衣の上半身や、エプロンとのコントラストがやけに卑猥で、猛りっぱなしの肉根が雄々しくしゃくり上げた。昨日、二回も射精したのに、睾丸は精子が満タンのようである。

溜まったものを若妻の膣奥に注ぎ込みたいと、牡の本能交じりの欲望がふくれあがる。魅惑の双丘に引き寄せられ、一雄は膝を進めると、ふっくらしたお肉をそっと撫でた。

「あふン」

希代美が小さな声を洩らし、腰を気怠げに揺らす。それにもかまわず、すべすべモチモチの感触を堪能していると、彼女が顔をあげた。

「……エッチ」

こちらを見て、甘えた眼差しでなじる。すでに夫がいるとわかっているのに、一雄は恋に落ちた。若妻を自分だけのものにしたくなる。

（そうだよ。クンニもしない旦那なんかより、おれのほうがずっといいじゃないか）

とは言え、誇れるのはそのぐらいだ。こんな家を買えるだけの甲斐性などないし、将来性も皆無に等しいのだから。

劣等感に苛まれたとき、希代美がノロノロと身を起こす。

「すごく気持ちよかった……イッたとき、どうかなっちゃいそうだったもの」

まだ絶頂の余韻が続いているのか、舌をもつれさせるように報告する。そこまで感じさせたことに誇らしさを覚え、一雄は少し立ち直った。

「前からおしりの穴が感じてたんですか？」

訊ねると、彼女は「まさか」と首を横に振った。

「さっき、松井さんに舐められたとき、恥ずかしかったのにゾクゾクしちゃったから、ひょっとしたらと思ったの」

そこで、膣と同時に刺激されたら、もっと気持ちよくなれそうだと考えたのか。

「じゃあ、おれが希代美さんを目覚めさせたってことですか？」

「そうなるわね」

うなずいて、希代美が目を細める。面差しがやけに淫蕩であった。

「だったら、旦那さんにもしてもらったらいいんじゃないですか？」

そんなことを言ってしまったのは、いくら惚れても彼女は自分のものにならないのだという、やるせなさゆえであった。口調も厭味っぽかったに違いない。

「無理よ、そんなの」

希代美が目を伏せる。秘部にも口をつけない夫が、アヌスなど舐めるはずがないのだ。

実現不能なことを言い、彼女を傷つけたかもしれないと、一雄は悔やんだ。取り繕うべく、努めて明るく告げる。

「とにかく、旦那さんがクンニリングスをしないのは、匂いとは関係ないことはわかったんですから。若いから、単純に抵抗があるんじゃないですか。あるいは、過去に付き合った女性に拒まれて、それ以来できなくなったとか」

思いついた理由を口にすると、若妻が眉をひそめた。

「拒まれた……」

つぶやいて、彼女が「あっ」と声をあげたものだから、一雄はドキッとした。

「え、どうかしたんですか？」

「思い出したの。初めてウチのひととセックスしたとき——」

それは付き合ってしばらく経ってからのこと。ふたりでお酒を飲んだあと、希代美は酔いに任せて、招かれるまま彼の部屋に行ったそうだ。

そろそろからだを許してもいいと、彼女も考えていたという。そのため、キスをしてベッドに押し倒されても抵抗しなかった。

本当はコトの前にシャワーを浴びたかったと、希代美は打ち明けた。だが、せっかくそういう気分になっているのに、文字通り水を差すことになりかねない。そのため、流れに身を投じたものの、彼が秘部に口をつけようとしたものだから、激しく抵抗した。

それはもちろん、汚れた性器の匂いを嗅がれたくなかったからである。クンニリングス自体を拒んだのではない。彼もすぐに引き下がったし、結果としてちゃんと結ばれたから、理解してもらえたと希代美は思っていた。

ただ、それからあとは、二度と口唇愛撫に及ばなかったという。そうすると、あれで許されないと思い込んだ可能性がある。

「きっとそうですよ」

一雄が断言すると、希代美も神妙な面持ちでうなずいた。

「おれは希代美さんの旦那さんに会ったことはないですけど、きっと真面目な性格なんじゃないですか？　そういうひとだから、奥さんの嫌がることはしちゃいけないと我慢して、クンニをしないんですよ」

「たしかに真面目だし……そうかもしれないわ」

「いや、きっとそうですよ」

「だとしたら、わたしはどうすればいいの？　あのときはくさいアソコを嗅がれたくなかったなんて、今さら言えないじゃない」

彼女が悲しげに顔を歪める。けれど、そこまで気に病む必要はないと、一雄は思った。

「たぶん、旦那さんも、本当はクンニをしたいんですよ。希代美さんに気を遣って求めないだけで。だから、希代美さんから求めれば、旦那さんもちゃんと舐めてくれますよ」

「求めるったって、アソコを舐めてだなんて、恥ずかしくてあのひとに言えないわ」

他人である一雄には、膣に指を挿れて肛門を舐めてと、もっとはしたない行為をせがんだのである。なのに、どうして夫だと無理なのか。

疑問に思ったものの、そんな単純なことではないなと考え直す。むしろ近い存在だからこそ、本心を見せられない場合が多いのではないか。家族には相談できなくても、友達になら話せたということが、一雄自身にもあった。

「べつに、ストレートに言わなくても、している最中にそれとなく、そういう体勢に持っていけばいいんじゃないですか？」

「え、どうやって？」

「たとえば、さっきおれにしたみたいに、旦那さんのものをしゃぶりながら上に乗るとか」

シックスナインのかたちになれば、夫のほうも舐めてほしいのだと悟るはずである。しかし、この提案にも、希代美は逡巡を示した。

「いきなりそんなことをしたら、ふしだらな女になったって、誤解されるんじゃないかしら」

あくまでも淑やかで慎み深い妻でありたいらしい。そのようにずっと振る舞ってきたのだとしたら、豹変に夫は驚くかもしれない。

「だけど、昼は淑女で夜は娼婦が男の理想だって聞きますよ。そもそも、希代美さんが自慢の奥さんであることは、変わらないでしょうし」

「でも……」

「だったら、お酒を飲んで、ふたりとも酔ってからしたらいかがですか。最初のときみたいに。それなら、普段と違うことをしても、旦那さんだって受け入れやすいと思いますけど」

「あ、なるほど。それならいいかもしれないわ」

「あと、いちいち寝室に行くんじゃなくて、このリビングでするとか。場所が違えば燃え上がって、大胆になれるんじゃないですか？」

希代美が納得した面持ちでうなずく。さっそくやってみようかしらと、顔に書いてあった。

そんな彼女に、一雄はいいアドバイスができたと安堵する反面、何をやっているのかと自己嫌悪にも陥った。

(それで本当に希代美さんたち夫婦が仲睦まじくなったら、おれが入り込む余地はまったくなくなるんだぞ)

まあ、人妻が自分を好いてくれる保証はないのだが。ただ、今までどおりの状態が続けば、満たされない希代美のために、一雄が夫に代わってクンニリングスやアナル舐めをすることはできるだろう。

(希代美さんが呼んでくれたら、おれはいつだって来るぞ)

バター犬の役割であっても、彼女と淫らなひとときを過ごせるのなら、一向にかまわない。

「わたし、松井さんが言ったようにやってみるわ。うん。うまくいくかもしれない」

希望に満ちた表情を向けられ、胸が締めつけられる。愛らしい容貌が、いっそう輝いて見えたのだ。

「ええ。きっとだいじょうぶですよ」

心にもない励ましを口にすると、希代美に手を握られた。

「ありがとう。松井さん」

感激の面持ちに胸がはずむ。思わず抱きしめたくなったとき、彼女が視線を下に向けた。

「あ、松井さんは、まだ気持ちよくなってなかったわね」

下腹に張りつかんばかりに反り返る牡器官を見て、希代美が言う。鈴口から溢れたカウパー腺液が、根元近くまで滴っていたのだ。

「松井さん、わたしをいっぱい気持ちよくしてくれたし、親身になってアドバイスをしてくれたから――」

彼女はソファの上で、再び四つん這いになった。相変わらずの半裸エプロンで、まる出しのおしりをぷりぷりと揺する。

「挿れていいわよ」

笑顔で告げられ、一雄は天にも昇る心地であった。

「い、いいんですか？」

「うん。オチ×チン、すごく腫れちゃって苦しそうだもの。楽にしてあげる」

そう言って、若妻が艶っぽく目を細める。

「明後日ぐらいに生理が来るはずだから、いくらでも中に出していいわよ」

淫らな許しで有頂天になり、一雄はすぐさま女体の真後ろに膝をついた。気が逸るのを抑えつつ、強ばりきった分身をどうにか前に傾ける。

希代美が言ったとおり、亀頭は今にも破裂しそうにふくらんで、赤みを著しくしていた。それを濡れてほころんだ裂け目にこすりつけ、愛液をまぶす。

(おれ、希代美さんとセックスするんだ)

挿入前から、胸が壊れそうに高鳴る。ゴミ収集のときに挨拶をしてくれた彼女の笑顔が脳裏に蘇り、これは現実なのかと足元がグラつく感覚があった。

「いいわよ。挿れて」

待ちきれないというふうに、希代美が女芯をすぼめる。それに煽られ、一雄は鼻息も荒く蜜窟に押し入った。

ぬぬぬ——。

濡れ柔らかな穴が、少しの引っかかりもなく迎えてくれる。

「あふぅ」

切なげなため息が聞こえ、入り口がキュッと締まった。

(入った……)

なんて気持ちがいいのだろう。快感と感激が高まって、一雄は涙ぐみそうになった。生きていてよかったと、大袈裟なことを考える。それほど嬉しい出来事だったのだ。

「ああん、いっぱい」

若妻が悩ましげに喘ぎ、腰をくねらせる。中のヒダが分身に戯れかかり、一雄も「おお」と声をあげた。

「ね、動いて。いっぱい突いてぇ」

求められるままに腰を引き、再び戻す。敏感な穂先をぬるんとこすられ、悦びに目がくらんだ。

(うう、気持ちよすぎる)

動いたら危ういとわかっていても、そうせずにいられない。一雄は気ぜわしくペニスを出し挿れし、極上のひとときに酔いしれた。

「あ、あ、あん、もっとぉ」

希代美のよがり声も、腰づかいを激しくさせる。こういう行為を想定していないソファが軋んだが、気にかける余裕などなかった。

ぬちゅ……グチャッ――。

交わる性器が卑猥な粘つきをこぼす。見おろせば、血管の浮いた筒肉に、白い淫汁がべっとりとまといついていた。すぐ真上でヒクつくアヌスも目に入り、世界一いやらしいことをしている気分にひたる。

そのため、頂上に至るのも早かった。

（あ、まずい）

三分も抽送しないうちに、腿の付け根が気怠くなる。爆発が近いのに、もっと気持ちよくなりたいという欲求に抗えず、腰が止まらない。

「き、希代美さん、おれ」

声を震わせて告げると、彼女は振り返ることなく何度もうなずいた。

「いいわ。イッて」

頭を下げて尻を掲げ、牡の滾りをキュウキュウと締めつける。

「ああ、出ます。いく」

めくるめく愉悦に、一雄は全身をガクガクと震わせながら、激情のエキスを噴きあげた。

びゅるんっ――。

最初の一撃が中心を貫いたとき、目の前に光が満ちる。あとは本能のままに腰を振り、ありったけの精を女体の奥に注ぎ込んだ。

「くはっ、はあ、はふ」

荒ぶる息づかいと、動悸が長く続く。このまま死んでしまうのではないかと、恐怖すら覚えた。

「出たの?」

希代美の問いかけに、だいぶ間を置いてから「はい」と答える。喉に空気の固まりが引っかかって、声が出せなかったのだ。

「気持ちよかった?」

「はい、とても。これまでで最高のセックスでした」

なのに、短時間で終わったことが、残念でたまらない。彼女もさすがに早すぎると、あきれているのではないか。

今さら情けなくなったところで、

「でも、すごいのね」

希代美が振り返り、目を丸くする。

「え、何がですか?」

「オチ×チン、まだ元気みたいなんだけど」

言われて、分身が蜜穴の中で脈打っていることに気がつく。これには、一雄自身も驚いた。

（すごく出たはずなのに）

昨日、彼女のパンティでオナニーをしたときと一緒だ。ここまで男を奮い立たせる、最高の女性なのだと言える。

「し足りないのなら、続けてしてもいいわよ」

希代美が嬉しい許可を与えてくれる。だが、彼女もそうしてほしいのだと、あやしくきらめく目が訴えていた。

「はい。それじゃ――」

オルガスムスの直後で、まだ腰が不安定なのもかまわず、ピストン運動を再開させる。中出しした精液がグチュグチュと泡立ち、結合部から淫靡な匂いがたち昇った。

「あ、あん、すごい……感じるぅ」

希代美がヒップを振り立てて乱れる。一雄はそこに下腹を力強くぶつけ、パンパンとリズミカルに音を鳴らした。

途中、指で秘肛をこすってあげると、彼女は「あひぃ」と鋭い声を発した。

「イヤイヤ、よすぎるのぉ」

アナル感覚を加味されて、いっそう感じたようだ。膣の締まりが強烈になり、一雄も急速に上昇する。

「も、ダメ……わたし、またイッちゃう」

「お、おれもです」

「いいわ。イッて。いっしょにイッてぇ」

「はい。あ、もう——」

「くううう、だ、ダメ、イッちゃう。イクぅううっ！」

若妻がすすり泣いて昇りつめる。一雄も蕩ける歓喜に巻かれ、熱い精をびゅるびゅるとほとばしらせた。

2

「なんだ、元気ないな」

担当区域の収集が終わり、会社に戻ったところで、一緒に回っていた同僚が心配そうに言う。

「え？ ああ、いいえ、ちょっと疲れただけです」

一雄は取り繕って答えた。

元気がないというか、落ち込んでいたのは事実である。しかし、理由が理由だけに、同僚には真実を話せなかった。

いや、同僚に限らず、誰にも打ち明けられない。自分の胸にしまっておくしかないのだ。

昨日、仕事が終わってアパートに帰ると、そのタイミングを見計らったみたいに電話がかかってきた。希代美からであった。

『あのね、松井さんに言われたとおりにやったら、うまくいったの』

明るくはずんだ声に、何がどううまくいったのか、訊かなくてもわかった。夫と性器をねぶりあい、いつも以上に充実した夫婦生活が遂げられたのだ。

一雄はよかったですねと、心にもないことを告げた。うまくいかなければいいと、密かに願っていたのである。

だが、そんなふうに自分本位だったから、神様が罰を与えたのか。

『本当にありがとう。みんな松井さんのおかげよ。あ、だけど、このあいだのことは、ふたりだけの秘密ね。誰にも言っちゃダメよ』

彼女は念を押してから、『それじゃ、さよなら』と言った。あっさりした別れは、ふたりの関係が終わったことを如実に示していた。

結局のところ、夫婦の仲を取り持つために、利用されたようなものだ。一方で、誰もが羨ましがるような、いい目にあったのも事実。不満など口にしたら、それこそ罰が当たる。

昨夜は希代美とのめくるめくひとときを思い返し、一雄はオナニーをした。終わったあと虚しさに苛まれ、彼女のパンティを抱きしめて眠った。ちゃんと洗って乾かしたから、匂いはまったくしなかったけれど。

一夜明けて、いくらかマシになったとは言え、一雄はまだ未練たらたらだった。あんなアドバイスをするんじゃなかったという後悔と、希代美の悩みを解消してあげられたんだからいいじゃないかという思いがせめぎ合い、欲望本位の浅ましさにやるせなさも覚えた。

そんなふうだったから、今日はさっさと帰りたかったのに、

「おい、収集し忘れのゴミがあるって連絡があったぞ」

上司がロッカー室にやってきて、憮然とした顔を見せる。その場にいた全員がやれやれというふうに肩を落とした。残業しなくちゃいけないのかと、うんざりしたのだ。

「どこから連絡が来たんですか？」

同僚のひとりが訊ねる。

「谷本町二丁目の笹神《ささがみ》さんだ」

「またですか⁉」

誰かがあきれた声で嘆いた。

笹神というお宅のことは、この仕事を始めて三カ月の一雄も知っていた。月に二、三度、ゴミが収集されていないという苦情を寄越すからである。

収集し忘れることが、たまにあるのは事実だ。だが、特定のお宅で、そこまで頻繁にということは考えられない。

そもそも、あのお宅は苦情が多いとわかっているから、みんな注意して何度も確認する。なのに、相変わらず苦情が来るのは言いがかりであり、でっち上げのクレーマーなのだ。

そう思っても、公的な仕事をしている以上、はっきりした証拠がない限り反論などできない。一軒のお宅に対して、特別な策を講じる余裕もないから、言われるまま再収集に向かうしかなかった。

「今日、谷本町のほうを担当したのは誰だ？」

上司が訊ねる。一雄はすぐさま手を上げた。

「おれです。おれが再収集に行きます」

「え、いいのか？」

一緒に回った同僚が驚いた顔を見せる。行けばくどくどと文句を言われるから、誰もあの家に行きたがらないのだ。

おまけに今日は金曜日。一雄だって、本当は早く帰って、週末をゆっくり過ごしたい。

「はい。笹神さんのお宅を確認したのはおれですから」

そこが例のクレーマー宅だとわかっていたから、一雄は念入りにチェックしたのである。ゴミを見落とすなんてあり得ない。

だからこそ、一矢報いたかった。加えて、希代美との関係が終わった苛立ちを、誰かにぶつけたかったというのもある。

「じゃあ、松井が行ってくれ。軽トラを使っていいからな。あとのみんなはご苦労さん。また来週から頼むぞ」

「はい、お疲れ様でした」

「お疲れ様でした」

みんなが口々に挨拶を返し、上司がロッカー室を出て行く。

「じゃあ、頼むわ」

同僚に言われ、一雄は「任せてください」とうなずいた。

軽トラを走らせて、苦情を寄越した笹神家へ向かう。ハンドルを握る一雄は、ひとり闘争心を燃え上がらせていた。

(絶対に言いがかりだって認めさせてやるからな)

もっとも、肝腎の相手のことを、よく知らないのだ。

苦情の電話をかけてくるのが、笹神家の奥さんだというのは知っている。それから、かなりねちっこく文句を言われるというのも、同僚に聞かされた。

情報としてあるのはそのぐらいである。くだんの奥さんが何歳ぐらいで、どういうタイプの女性なのかまではわからない。笹神家のゴミは何度か回収したが、希代美のように外で待っているわけではないのだ。

(同じ奥さんでも、月とスッポンだよな)

気立てのいい若妻とは真逆だと、勝手に決めつける。五十がらみの、いかにも神経質そうな中年婦人を、一雄は思い描いていた。おとぎ話に登場する意地悪な継母か、魔女のような女性に違いないとも。

笹神家はその区域の、一番はずれにあるお宅だった。

敷地がかなり広く、道沿いに生け垣が長く続いている。その向こうには葉の茂った高木が何本もあり、門は常に開いているようながら、奥のほうにある建物は一部しか見えなかった。

都心ではなく北多摩とは言え、これだけの土地を都内に所有しているのだ。かなり由緒あるお屋敷かもしれない。苗字に「神」の字が入っているし、その可能性はありそうだ。

おかげで、会社を出たときにはかなり意気込んでいたのに、いざ笹神家の前に到着すると、一雄はすっかり臆してしまった。

(誰かいっしょに来てもらえばよかったな)

今さら後悔したところで、すでに遅い。

軽トラを降りて確認すると、門の内側に燃えるゴミの袋があった。カラス防止のネットがきちんと被せてある。

(これ、絶対に今朝はなかったぞ)

ゴミは八時半までに出すよう広報されているが、ここは中心から離れているため、収集に来たのは十時近かった。そのときに出ていなかったということは、間違いなく出し忘れていたのである。

なのに苦情を寄越すとは、いい根性をしている。

（くそ、写真でも撮っておけばよかったな）

収集に来たときにはなかったという証拠を残しておけば、ここの奥さんはぐうの音も出ないはずなのに。

毎回苦情が来るのなら、清掃員はみんな記録を残すであろう。けれど、せいぜい月に二、三度で、それがいつになるのかわからない。そもそもゴミ収集は時間との闘いでもあり、いちいち写真など撮っている余裕はないのだ。

困ったものだと半ば諦めムードで、一雄は門のインターホンを押した。他の家であれば、出ているゴミを持っていくだけで事足りるのだが、笹神家の場合はどうしてお詫びをしないのかと、あとでまた苦情が来るのである。

『はい』

スピーカーから返事がある。一雄は反射的にしゃちほこ張り、

「あ、あの――〇〇清掃からゴミ収集に参りました、松井と申します」

名乗ると、『お待ちください』と返事があった。

（けっこう若い感じの声だったな）

いかにもヒステリックな中年女性の、ギスギスした声を予想していたのである。ところが、少しもそんなふうではない。むしろ穏やかな印象であった。

そうすると、今のはクレーマーの奥さんではなく、お手伝いさんだったのだろうか。屋敷そのものはよく見えないが、かなり立派なのであろうし、ひとを雇っていても不思議ではない。

そんなことを考えていると、屋敷のほうからサンダル履きらしき、パタパタという足音が聞こえてきた。

（あ、来た）

いよいよクレーマー奥様の登場かと身構えていると、三十代半ばと思しき女性がこちらへ向かってきた。

（お手伝いさんかな？）

そう思ったのは、お屋敷の奥さんにしては若かったのと、身なりも平凡なブラウスにスカートと、地味だったからである。そのため、

「ご苦労様です。わたし、笹神愛子《あいこ》と申します」

名乗られて、驚きを禁じ得なかった。

(それじゃあ、このひとがクレーマー奥さん?)

顔立ちが柔和で、怒っている様子はない。あくまでも第一印象であるが、ひとも好さそうである。ゴミをちゃんと出さずに、言いがかりをつけるタイプには見えなかった。

そうすると、このひとはここの娘なのだろうか。面倒を起こす母親にうんざりして、お詫びに出てきたのかと推測すれば、

「こちらは決まりを守って、朝にはちゃんと出しているのに、収集していただかないと困ります」

突き放すように言われて面喰らう。

「え? あ、はい、申し訳ありませんでした」

反射的に謝罪したものの、頭の中はクエスチョンマークだらけであった。

(てことは、このひとがクレーマーなのか)

ひとは見かけによらないなと、ついまじまじと見つめてしまう。すると、愛子が眉をひそめた。

「なんですか?」

不機嫌そうな面差しに、一雄は怯んだ。

「あ、いえ、べつに……」

するとと、彼女が一歩前に出る。与《くみ》し易い相手と見極めたのか、目が輝いたようであった。

「べつに、ではなく、本当に悪いと思ってるんですか？」

第一印象とは真逆の責める口調に、一雄はたじたじとなった。

「え、ええと、本当に収集を忘れたのであれば、それはこちらのミスですから、当然お詫びをしなければなりません」

つい本音が出てしまい、ますますつけ込まれることになる。

「本当に収集を忘れたのであれば？　それじゃあまるで、わたしが出し忘れたのに嘘をついて、言いがかりをつけているみたいじゃないですか」

実際にそうじゃないかと思ったものの、確たる証拠はない。まずいことになったと焦る一雄であったが、ふとあることに気がついて（待てよ）と閃いた。これなら敵をやり込められそうだ。

「ところで、今朝の天気はいかがでしたか？」

出し抜けの問いかけに、愛子は目をぱちくりさせた。

「え、天気？」

「そうです。笹神さんがゴミを出したときのお天気です」

「ああ」

彼女が納得顔でうなずく。本当にその時間に出したのか、確認するためだと思ったようだ。

「晴れ……いいえ、曇りでした」

「雨は降っていませんでしたか？」

「そのときは降っていませんわ。今日のお昼ぐらいに、けっこう激しい通り雨がありましたけど」

「ああ、そうですね。まだここらも地面が濡れていますし」

一雄がうなずくと、クレーマー奥さんは苛立ったふうに顔をしかめた。

「とにかく、わたしは今朝、ちゃんとゴミを出しました」

「雨が降る前ですね？」

「そうです」

「だったら――」

一雄はカラスよけのネットをはずした。指定のゴミ袋は一番サイズが大きいものので、持ちあげると重さもけっこうある。

そして、ゴミが置いてあったところの地面も、周囲と同じくコンクリートが濡れていたのである。

「朝の、雨が降っていないときにゴミを出したのなら、どうして下が濡れているんですか?」

この質問に、愛子の顔色が変わった。

「それは――あ、雨が袋の下に流れ込んだんですわ」

「あり得ないですね。これは袋が大きいですし、重さもあります。地面にぴったりくっついていましたから、袋の下は乾いていなくちゃいけないはずです」

「ど、どうしてそんなことが言い切れるんですか?」

「雨が降ったときに、ゴミを収集したことがあるからです。ここまでの大きさや重さがないゴミの袋でも、雨が降る前に置かれていれば、下はちゃんと乾いているものです」

「う――」

「なんなら、実験してみましょうか? これを乾いたところに置いて、上から水をかけて、果たして袋の下も濡れるかどうか」

畳みかけられ、彼女は言葉に詰まった。完全勝利である。

（よし。これで二度と、クレームをつけてくることはないだろう）

溜飲を下げ、得意満面の一雄であったが、

「……すみません」

謝罪の言葉を絞り出した愛子が、「うっ、ううッ」と嗚咽《おえつ》をこぼしだす。これには、さすがに慌てた。

「ど、どうしたんですか？」

声をかけると、彼女がその場にしゃがみ込む。両手で顔を覆い、肩を震わせてしゃくり上げた。

一雄はどうすることもできず、あたりをキョロキョロと見回しながら、困惑するばかりであった。

3

ようやく泣きやんだ愛子に招かれ、一雄は笹神家にお邪魔した。

初めて全貌を目の当たりにしたお屋敷は、想像していたよりは小さかった。それでも、旧家の趣《おもむき》が感じられた。

「こちらへどうぞ」

通されたところは、客間らしき広い和室であった。立派な床の間があり、時代がかった見事な壺が飾られている。但し、一雄は骨董品の価値などわからないから、見事というのはあくまでも印象に過ぎない。

他に誰もいないらしく、家の中は静まりかえっている。一雄は勧められるまま、床の間の前に置かれた座布団に正座した。

「ただいまお茶をお持ちします」

下がろうとした愛子を、「いえ、けっこうですから」と引き留める。こんな立派な部屋に、ひとり残されたくなかったのだ。

(完全に場違いだよ……)

何しろ、ゴミ収集の作業着姿なのだ。汚れているし、汗の匂いも気になる。靴下も黒ずんで、踵のところが破れそうになっていた。だから正座して、見えないようにしているのである。

それはともかく、今は愛子の話を聞かねばならない。

座布団も敷かずに正座した彼女は、観念したふうにうな垂れている。これまでゴミが収集されていないと言いがかりをつけていたのが、とうとうバレてしまったのだ。無理もない。

「あの、これまでの苦情も、全部嘘だったんですよね？」

いちおう確認すると、愛子は消え入りそうな声で「そうですね……」と答えた。クレームをつけていたときとは真逆で、やけにしおらしくなっている。

（ていうか、こっちが本当の姿なんじゃないのかな）

振り返ってみるに、さっきはかなり無理をしていたのではないか。そんな気がしてならない。

そのため、彼女をとっちめてやろうという意気込みは、今や完全に消えていた。

「どうして嘘の苦情電話をかけたんですか？」

何か理由があるに違いないと確信し、優しく問いかける。すると、

「ごめんなさい……寂しかったんです」

愛子が嗚咽交じりに答えた。

「え、寂しいって？」

要するに、誰かに相手をしてほしかったというのか。たとえ疎まれることになったとしても。

ただ、寂しいという心境は、なんとなく理解できる気がした。住宅街の端の、

敷地の広い立派なお屋敷なのに、ひとの声がしないのだ。

（このひと、ずっとひとりなのかな？）

同居する人間がいないわけではないのだろう。何気に左手を見れば、薬指に結婚指輪がある。夫や、他の家族だっているに違いない。

ただ、今の時間は、彼女だけで過ごさねばならないらしい。

「わたし、三年前にこの家へ嫁いできたんです」

愛子が身の上を語り出す。もともと北関東の田舎町で事務員をしており、夫とは遠縁の親戚に紹介されて知り合ったという。

お見合いというほど堅苦しいものではなく、それこそ単に引き合わされただけだったそうだ。ただ、愛子は三十歳で彼氏がおらず、早く結婚したい気持ちがあったから、先方からまた会ってほしいと言われて快く了承した。ふたつ年上の彼は優しそうで、容貌も身なりも好みにぴったりだったのだ。

それから一年も経たずに、ふたりは結婚した。彼は当時勤めていた支社から、東京の本社へ栄転が決まり、タイミング的にもよかったのである。

愛子は短大も地元で、ずっと田舎町暮らしをしていたから、東京は憧れの地であった。そこで暮らすことに不安はあったが、新しい世界への期待のほうがずっと大きかった。

もともと東京出身だった夫が実家に戻り、両親と同居するのも承知済みであった。舅《しゅうと》も姑《しゅうとめ》も穏やかないいひとで、息子の嫁を歓迎してくれた。

その家が木々に囲まれた旧家であるのも、愛子には嬉しかった。自然の多い土地で育ち、実家も田舎ゆえに大きかったのだ。環境が大きく変わらないのは、むしろ有り難かった。

そうして、特に不安や心配を抱えることなく、東京生活は順調にスタートしたのである。

笹神家は資産家で、土地や不動産を多く所有していた。夫も会社では出世頭で給料もいいから、お金の面で困ることはまったくなかった。

還暦を過ぎた義父母は、旅行に出かけたり趣味を愉しんだりと、夫婦そろって不在になることが多い。家の用事は愛子に任せ、悠々自適の生活を送っていた。

彼女の夫も、地位に見合った仕事を抱え、毎日忙しくしている。会社が都心にあるため帰りが遅く、出張も多かった。

よって、愛子は日中の長い時間を、ひとりぼっちで過ごさねばならなかった。

最初は初めての東京生活が新鮮で、スーパーで日々の食材を求めるだけでも心がはずんだ。もっとも、出かけるのはそれこそ買い物のときぐらいで、他はずっと家にいるのである。

おまけに、近くには友人も知り合いもいない。郷里の友達に電話をかけようにも、日中は仕事をしているのだ。迷惑がられるに決まっている。

愛子は次第に、孤独と寂しさを募らせるようになった。

それが贅沢な悩みであると、もちろんわかっている。暇だったら何か趣味でも見つければいいのだし、のんびりと時間を過ごせるなんて、馬車馬のように働かねばならないひとびとからすれば、羨ましい限りなのだから。

子供ができたら、寂しがる余裕なんてなくなるはず。義父母も孫を抱くのを楽しみにしているし、夫も結婚前は、最低でもふたりほしいと言っていた。

愛子は妊娠を望んだが、夫が忙しいため、なかなかタイミングが合わなかった。今日こそはと思っても仕事で疲れていたり、出張と重なったりして、思うようにいかなかった。

息子が仕事に追われているのを、彼の両親もわかっているから、早く子供を作れなんて急かさない。それは有り難かった反面、愛子は物足りなかった。むしろ夫をけしかけてほしかったのだ。

そんなある日、朝出しておいたゴミが収集されず、置きっぱなしになっていたことがあった。

前にも一度、同じことがあった。住宅街の端にあるため、見逃されたのだろう。そのときは仕方ないと引っ込めて、次のとき一緒に出したのだ。

今回も、愛子はそうするつもりだった。けれど、寂しさが募って苛立っていたものだから、収集カレンダーを確認して、業者に連絡したのである。

すぐに清掃会社の作業員が来た。確認のため外で待っていた彼女にお詫びを述べると、ゴミを持っていった。

そのとき、愛子は苛立ち紛れに、ふた言み言苦情を述べたのである。以前にもあったから注意してほしいと。

作業員が去ったあと、彼女は気分がすっきりしているのに気がついた。家族以外の誰かと言葉を交わしたのが久しぶりで、言いたいことも言えたからストレス発散になり、寂しさも紛れたようだ。

それに味を占め、以来、わざとゴミを出さずにおいて、あとで収集し忘れていると苦情の電話をかけるようになったのである。頻繁にやったら嘘だとバレるから、なるべくあいだを置くようにして。

「悪いことだって、もちろんわかっているんです。でも、寂しくてたまらなくなると、そうでもしないと心が折れてしまいそうで」

目を潤ませての告白に、一雄は憐憫を覚えた。

(たしかに、こんな広い家にずっとひとりでいたら、気がおかしくなっちゃうかもな)

しかも、どれだけ寂しくても、家事で紛らわせるしかないのだ。この家にお邪魔して、どこも塵や埃ひとつなくピカピカだったのを、一雄は思い出した。庭だって、葉っぱや木の枝が落ちていなかった。愛子がすべて、ひとりで掃除したのだろう。

「ええと、ご近所の方と話したりしないんですか?」

山の中の一軒家ではなく、門を出れば家はいくらでもある。そこらのひとびとと交流を持てばいいと、一雄は考えたのである。

「お義母《かあ》様とお義父《とう》様が気を遣ってくださって、町内会とかの近所付き合いは、すべておふたりがされているんです。若い世代には、人間関係を苦痛に感じるひとが多いと、どこかで見聞きしたみたいで」

「なるほど」

「でも、ウチの田舎では、ご近所同士の付き合いは普通にあったから、わたしはべつに苦痛だなんて思わないんです」

気遣いが、かえって嫁を孤立させてしまったということか。

「ただ、このあたりも昼間はお年寄りばかりですから、お友達になるのはちょっと難しいんですけど」

愛子がやるせなさげにため息をついた。

三十歳で夫と知り合い、結婚して三年だという。交際期間を考えると、彼女は三十四歳であろうか。

第一印象で三十代半ばぐらいと感じたから、見た目は年齢相応と言える。しかし、こうして間近で向き合うと、化粧っ気のない肌はきめ細やかで若々しい。ほうれい線などのシワも見当たらない。

なのに、表情が沈んでいるために、年齢相応に映るのだ。ストレスが印象を老けさせる部分があるのではないか。もっと明るく振る舞えば、年齢よりも若く見えそうである。

「笹神さんの事情はよくわかりました。お気の毒だとは思いますけど、おれたちも毎日頑張って収集してますので、その、苦情電話はこれっきりにしていただけるとありがたいんですが」

「はい……二度といたしません」

愛子が約束してくれる。口先だけでなく、本当に改心したのだと信じられた。

「それから、寂しいんだったら、おれが友達になります」

「え？」

唐突な申し出に、彼女は目を瞬かせた。

「おれは二十九で、笹神さんよりも年下ですし、友達っていうには頼りないと思います。でも、寂しいとか、つらいって気持ちを、できるだけ受け止められるようにしますから」

そう言ったあとで、一雄は肝腎なことに気がついた。自分も昼間は仕事で、愛子と会える時間など限られているのだ。

それでも、できるだけのことをしたいと思ったのは、孤独な人妻を助けたかったからである。たとえ微力であっても。

「……松井さん、でしたっけ？」

「はい、そうです」

「下の名前を教えていただけますか？」

「一雄です。漢数字の一に、雄雌《おすめす》の雄で一雄」

「一雄さん……」

噛み締めるように名前をつぶやいてから、愛子が膝を進めてくる。一雄のすぐ前まで接近し、濡れた目で見つめてきた。

「ありがとうございます。わたし、東京に来て、こんなに励まされたことってありません」

「あ、いや」

照れくささと居たたまれなさで、一雄は視線を横に流した。そのため、彼女が身を寄せてきたのに気がつかなかった。

(え――)

甘い香りが鼻先をかすめ、ドキッとする。焦って前を向いても、そこに愛子の姿はなかった。

彼女は、一雄の胸に縋りついていたのだ。

「ありがとう……一雄さん」

小さくしゃくり上げ、鼻をすする。細い肩が震えていた。

どうすればいいのかと、一雄は軽いパニックに陥った。しかし、たった今、寂しい人妻を助けたいと思ったばかりなのだ。何もしないわけにはいかない。

(こういう場合は、やっぱり抱きしめてあげるべきなんだよな)

寂しさが募っていたからこそ、男の胸に縋ったのだ。突き放すなんて論外だし、しっかり受け止めてあげねばならないことぐらい、男女交際経験の乏しい一雄にもわかる。

思い切って両手を人妻の背中に回し、優しくさする。徐々に力を込めて抱き寄せても、彼女は抵抗しなかった。

むしろ安心したのか、呼吸が落ち着いてくる。腕を一雄の背中に回し、ギュッとしがみついた。

そうやって抱擁したまま、静かな時間が流れる。

「ありがとう」

愛子が掠れ声で礼を述べ、身をもぞつかせる。一雄が腕を緩めると身を剝がし、恥ずかしそうに俯いた。

「わたし、こんなふうに男のひとから優しく抱きしめられたのって、すごく久しぶりです」

「え、旦那さんは?」

「夫とのそういうのとは違いますから」

何がどう違うのか、一雄にはさっぱりわからなかった。

だが、上目づかいで見つめられ、そんなことはどうでもよくなる。彼女がはにかんで、口許をほころばせていたからだ。

寂しさが解消されて明るくなれば、もっと若々しく見えるはず。その予想は当たっていた。

こぼれた白い歯と細まった目が、キュートな印象を強める。若さばかりか、愛らしさも五割増し、いや、それ以上だった。

おかげで、一雄の心臓が早鐘となる。最初はただのクレーマー婦人だったはずが、目の前にいるのはチャーミングな人妻であった。

年下の男が心を奪われたことを、あるいは見抜いたのであろうか。愛子が口許の笑みを消し、何かを求める眼差しを向けてきた。

コクッ——。

喉が鳴り、渇きを覚える。水が欲しいのではない。彼女が何をされたがっているのかを察して、息苦しくなったのだ。

かたちの良い唇が、わずかにほどける。そこから言葉がこぼれることはなく、代わりに瞼が閉じられた。

寂しい人妻は、明らかにくちづけをねだっていた。

（いいのか？）

道徳的な感情が頭をもたげる。しかし、一雄はすでに、気立てのいい若妻と情を交わしたのである。今さら聖人ぶっても遅い。

それに、ここで何もしなかったら、愛子が傷つくことになる。

一雄は決意を固め、彼女に顔を近づけた。鼻息を吹きかけないように気をつけながら。

アップになった美貌に、焦点が合わせづらくなる。目をつぶったほうがいいかどうか迷っていると、唇にふにっと柔らかなものが触れた。

それが愛子の唇だとわかるなり、一雄の中で何かが切れた。再び腕を回して人妻を抱きしめると、唇を強く密着させた。

「ンぅ」

愛子が身をくねらせる。ほどけた唇の隙間から、かぐわしい息がかすかにこぼれた。

（おれ、キスしてる――）

感激が胸を衝きあげる。その理由に、一雄は少し経って気づいた。

（そうか……希代美さんとは、キスしなかったんだ）

互いの性器をねぶり合ったのに、唇同士の接触はなかった。そのせいで、今はこんなにも胸が躍るのだ。

ちゃんとしたくちづけは、大学時代にちょっとだけ付き合った子として以来ではないか。セックスを教えてくれた相手とも唇を重ねたはずだが、そちらはまったく印象に残っていない。

一雄は舌を出した。相手は年上で、しかも人妻だ。ちゃんと大人のキスをするべきである。

唇の狭間に差し入れると、向こうからも舌がやってくる。ふたつはチロチロと戯れ、絡み合った。唾液と親愛の情が行き交う。

「ふう」

愛子が離れ、ひと息つく。頬が赤らみ、目がトロンとなっていた。

「キス、じょうずなんですね」

褒められても、「そうですか？」としか返せない。そもそもが経験不足なのだから。

「ええ。舌から電気が、ビビビビッて流れてきたみたいでした」

そこまで称賛されれば悪い気はしない。だったらもう一度と、くちづけに及ぼうとしたところ、下半身に甘美な衝撃があった。

「あふっ」

堪えようもなく喘ぎの固まりを吐き出すと、愛子が艶っぽく目を細めた。

「キスだけで元気になったんですね」

言われて、いつの間にか勃起していたことに気づく。ズボンの前を突き上げるそれが、しなやかな指に捉えられていたのだ。

4

「さ、笹神さん」

腰をよじって名前を呼ぶと、人妻が眉をひそめた。

「愛子って呼んで」

牡のシンボルを、ズボン越しにニギニギしながら言う。一雄はほとんど操られるみたいに、

「あ、愛子さん」

と言い直した。

「よくできました」

冗談めかしてクスッと笑い、彼女が高まりから手をはずす。もう終わりなのかと、一雄は落胆した。

ところが、愛子の手が作業着のボタンをはずし出す。終わりどころか、これから始まるのだとわかった。

とは言え、喜んでばかりもいられない。

「あの、自分でやりますから」

任せるのが申し訳なかったのは、一日の仕事のあとで汚れ、汗で湿っていたからである。

「ダメです」

ぴしゃりと拒まれ、面喰らう。

「え、いや——」

「一雄さんは、わたしより年下なんでしょ。つまり、わたしのほうがお姉さんなの。だから、おとなしく言うことを聞かなくちゃいけないのよ」

ここに来て年上をアピールされ、一雄は戸惑った。おまけに、言葉遣いも変わっている。

「じっとしてなさい」

命じられ、仕方なく従順になる。作業着の上を脱がされ、じっとり湿ったTシャツも、頭から抜かれた。

(全部脱がせるつもりなのか?)

色めいた展開を期待したのは確かである。しかし、もしかしたら他の目的で脱がせているのではないかと、そんな気がしてきた。少しも迷いがなく、いっそ機械的だったからだ。

だいたい、ここには蒲団がない。あるのは一雄が敷いている座布団のみ。畳の上でもできないことはないが、肌が摩《す》れそうだ。

愛子はマイペースで作業を進めた。ベルトを弛め、ズボンの前を開くと、

「おしりをあげなさい」

年上らしく命じる。一雄が従うと、ためらうことなく引き下ろした。しかも、中のブリーフごとまとめて。

「ああっ」

予告もなくすっぽんぽんにされ、一雄は情けない声をあげた。それにはかまわず、彼女は靴下までも素早く奪い取る。これで完全に素っ裸だ。

「さてと」

脱がせたものをまとめて脇に置き、愛子が手をのばす。その先には、反り返って威張りくさるペニスがあった。

「くうう」

分身を握られ、一雄は呻いた。柔らかくしっとりした指が、極上の快感を与えてくれたのだ。

「すごく硬いわ。やっぱり若いのね」

ニギニギと強弱を加えられ、身をよじる。悦びと同時に罪悪感も高まったのは、握られた感触で秘茎がベタついているとわかったからだ。

(汚れてるのに……)

おまけにその部分から、蒸れた燻製臭がたち昇ってくる。愛子の手指にも汗ばかりでなく、かなりの移り香があるに違いない。それを嗅がれたらと思うと、気が気ではなかった。

彼女は少しも厭う様子を見せず、手をゆるゆると上下させる。歓喜に暴れる牡器官の、脈打ち具合を愉しむみたいに。

「あ、あ、ううう」

どうしようもなく声が洩れるたびに、愛子がこちらを見あげる。その眼差しは淫蕩で、さっき縋りついて泣いたのはまやかしだったのかと思えてきた。

もちろんあれも、紛う方なき彼女だとわかっているが。

「あ、ちょっと」

焦ったのは、人妻の顔が屹立に接近したからだ。

「そんなに恥ずかしがらなくてもいいじゃない」

愛子がこちらに視線をくれる。だが、見られるのが恥ずかしいのではない。悪臭を嗅がれたくないのである。

そんな願いも虚しく、彼女はくびれ部分でクンクンと鼻を鳴らした。

「男の子の匂いがするわ」

うっとりした面差しに、羞恥で身悶えしたくなる。そのくせ、温かな息を感じた亀頭が限界まで膨張し、粘膜を張り詰めさせるのだ。

そこに、愛子が舌を這わせた。

「むふっ」

一雄は太い鼻息をこぼし、体軀をわななかせた。

肉槍の穂先を含まれ、ピチャピチャとしゃぶられたものだから、歓喜に目がくらむ。そこまでされても、罪悪感はなかなか消えなかった。

(ひょっとして、罰が当たったんだろうか)

そんなふうに考えたのは、希代美との交歓を思いだしたからである。恥ずかしがる彼女の、洗っていない秘苑ばかりか、アヌスまで舐めたのだ。その報いを受けているのかもしれない。

とは言え、一雄は若妻の生々しい女臭に親しんだことを、後悔していなかった。こうして自分が辱《はずかし》められる立場になっても。

(ああ、そんなことまで……)

男の歓ばせ方を心得ているらしき人妻は、汗で湿った陰嚢も優しく揉んでくれる。至れり尽くせりの愛撫に、このまま最後まで導いてもらいたい気持ちが高まった。

「あ、愛子さん、もう――」

限界が迫って観念したところで、彼女が手も口もはずした。

「イッちゃいそうなの?」

悪戯っぽく目を細められ、羞恥がぶり返す。

「あ、あの」

「もうちょっと我慢して」

ということは、最終的には最後まで導いてくれるのか。愛子がすっと立ちあがったものだから、あるいは蒲団でも敷くのかと期待が高まる。

「いっしょに来て」

彼女はそう言うと、脱がせた衣類を持って部屋を出る。一雄は慌ててあとを追った。

(どこへ行くんだ?)

いくら他に誰もいなくても、余所の家の中を全裸で歩くのは恐縮至極である。

一雄は背中を丸め、両手で股間を隠して進んだ。

連れて行かれた先は、浴室であった。

脱衣所にあったドラム式の洗濯機に、愛子が一雄の衣類を入れる。洗濯をしてくれるらしい。

(やっぱりくさかったのかな……)

恥じ入る年下の男を、人妻は追い立てた。

「ほら、シャワーを浴びて、汗を流してちょうだい」

汗くさい男と抱き合うのは、さすがにためらわれるのか。それもそうだなと納得して、一雄は素直に浴室へ入った。

屋敷は古くても、水回りは改装されているようだ。脱衣所の洗面台もそうだったし、広い浴室内も壁から天井から、すべて近代的で新しくなっている。もちろんシャワー付きで、自動給湯のパネルもあった。

脱衣所のほうから、洗濯機の音が聞こえる。一台で乾燥もできるタイプのようだったし、いちいち干さなくても乾くのだろう。

そうすると洗濯物が乾くまでのあいだ、人妻といやらしいことができるのか。淫らな行為への期待から、勃起したままの分身を脈打たせたとき、浴室のドアが開いた。

「え?」

振り返るなり、心臓がバクンと大きな音を立てる。そこにいたのは、一糸まとわぬ愛子だったのだ。

三十四歳の人妻は、全体にむちむちして肉感的である。脱ぐ前はわからなかったから、着痩せするたちなのだろう。

乳房は手に余りそうに実り、わずかに垂れているのが熟れた趣を感じさせる。それでいて、頂上の突起は淡い色合いで、かなり小さめだ。

ウエストのくびれは顕著ではない。特に下腹は、脂がのってふっくらと盛りあがっている。いかにも普通の奥さんというからだつきは、浴室という日常的な場所とも相まって、生々しいエロスが匂い立つようであった。

そのため、一雄は立ちすくんだまま、彼女に見とれてしまったのである。

「あら、まだシャワーを出してないの？」

あきれたふうに首をかしげた愛子が、中に入ってくる。一雄の脇を通ったとき、なまめかしい女体臭がふわっと漂った。

それでようやく我に返る。

愛子は壁に掛かっていたシャワーノズルを手に取ると、カランを回してお湯を出した。温度を確認し、一雄の肩からかける。身長差があるので、伸びあがるようにして。

（気持ちいい……）

仕事のあとのシャワーは格別だ。おまけに、魅力的な人妻から世話をされているのである。

ただお湯をかけるだけではない。彼女は手で肌を撫で、より官能的な快さを与えてくれた。

もっとも、肝腎なところには触れずにいる。存在感をアピールする股間のシンボルに、近づいた手が直前で逸れた。

（さっきはしゃぶってくれたのに）

不満はあっても、さわってほしいとお願いする勇気はない。一雄は焦れながらも、ただ突っ立っていた。

年下の男の全身を濡らすと、愛子はからだを洗うスポンジを手に取った。ボディソープを染み込ませ、よく泡立ててから向かい合うと、肩から胸、腹部を甲斐甲斐しく洗ってくれる。

（ああ）

一雄はうっとりして身を震わせた。ただシャワーをかけられるより、何倍もいい。ここまで奉仕してもらうのは申し訳ないものの、身を任せられる安心感にもひたった。

「気持ちいい？」

問いかけに、「はい、とても」と即答する。すると、愛子が思わせぶりに口角を持ちあげた。

「本当は、もっと気持ちいいところを洗ってほしいんじゃないの？」

密かに望んでいたことを、彼女はとっくに見透かしているらしい。まあ、猛るその部分は絶え間なく反り返り、下腹を打ち鳴らしていたから、一目瞭然なのであるが。

「それは……はい」

「だったら、後ろを向きなさい」

「え？」

戸惑いつつ回れ右をすれば、背中をスポンジでこすられる。

(気持ちいいところって、背中なのかよ)

それも確かに快かったが、当てが外れてがっかりする。股間のイチモツもクレームをつけるみたいに、ビクビクとうち震えた。

「じゃあ、膝をついて」

背中を流し終えた愛子が指示する。頭でも洗ってくれるのかなと、一雄は深く考えもせず従った。

「前屈みになって、両手をついて」

これも言われたとおりにしたところで、四つん這いのポーズをとらされたことにようやく気がつく。しかも、人妻に剝き身の尻を差し出しているのだ。

「くうう」

一雄が呻き、下半身をブルッと震わせたのは、スポンジが臀部の頂上でくるくると回り、ソフトタッチで刺激したからである。くすぐったさの強い快感に、尻の穴を引き絞らずにいられなかった。

「可愛いおしりね」

からかうでもなく言われて、頰が熱くなる。脚が開き気味だったから、彼女には肛門や、牡の急所もまともに見られているのだ。

(うう、こんなのって)

たまらなく恥ずかしいのに、腰の裏が妙にゾクゾクするのはなぜだろう。

太腿の裏側も手早く清めたあと、愛子がスポンジを脇に置く。泡まみれの指を、尻の割れ目に忍ばせた。

「うああぁ」

普段ぴったりと閉じられているため、谷底は汗じみている上に敏感なのだ。そこをヌルヌルとこすられ、堪えようもなく声をあげてしまう。

しなやかな指はアヌスも捉えた。汚れやすいぶん清潔にしなければならないところだと、もちろんわかっている。だが、他人に清められるのは、やめてくれと叫びたくなるほどに罪悪感が著しい。

にもかかわらず、一雄がされるままになっていたのは、身悶えせずにいられない悦びが生じていたからだ。

「ふふ。おしりの穴がヒクヒクしてるわ」

愉しげな声に羞恥がふくれあがっても、もっとしてほしいと望んでしまう。すると、もう一方の手も施しに加わった。

腿の付け根の、汗とアポクリン臭が著しくて、痒くなりやすいところも指で洗われる。特に性感帯だとは思えないのに、一雄は腰がガクンとはずむほどに感じてしまった。

(ああ、どうして)

人妻の手にかかると、全身が感じやすくなるようだ。

愛子の手がはずされると、一雄は肘を折って突っ伏した。絶頂したあとみたいに、全身を心地よい倦怠感が包み込む。

もちろん精液は出していない。分身は未だ反り返ったままで、透明な先汁が糸を引いて垂れていた。

「そのままの格好でいるのよ」

言いつけを守り、恥ずかしい部分をさらけ出した姿勢を維持する。億劫で動きたくなかったためもあった。

愛子がシャワーで泡を流す。まだペニスを洗っていないのに、これで終わりなのかなと、一雄は甘美な余韻にひたりつつ考えた。

彼女が再び真後ろに膝をつく。少し間があって、陰嚢をすっと撫でられた。

「ううっ」

ムズムズする快さに目がくらむ。さらに揉むようにされ、掲げられた尻が自然とくねった。

指がすべる感触からして、愛子はボディソープを手に取ったようだ。しっかり綺麗にするためにだろう。

だったら、どうして一度泡を流したのか。疑問が頭をもたげたのと、脇から入り込んだもう一方の手が強ばりを握ったのは、ほとんど同時であった。

「あああっ」

歓喜の声が浴室に反響する。ずっと触れられず、焦らされた状態だったから、目がくらむほどの快感が襲来したのだ。

「すごいわ。お部屋でさわったときより、何倍も硬いじゃない」

愛子も驚きを含んだ声で報告する。限界以上に膨張した筒肉に、指の輪をすべらせた。そちらもボディソープを塗っているようである。

タマとサオを同時に、しかもゆるゆると遠慮がちに愛撫されるのは、甘美な拷問と言えた。すぐにでも頂上に達して楽になりたいのに、イキたくてもイケないのである。

「あ、愛子さん、おれ——」

ハッハッと息を荒ぶらせながら声をかけると、彼女が察してくれる。

「もう出したいの？」

ストレートな問いかけに、「はい」と返事をする。射精欲求が限界まで募って、頭がおかしくなりそうだった。

「オチ×チンも、こんなにガチガチなんだものね。いいわ。出させてあげる」

肉根が強めに握られ、手が動かされる。陰嚢もモミモミされ、愉悦の波が全身に行き渡った。

（手でイカせるつもりなのか）

できればちゃんとセックスして、人妻の中で果てたかった。しかし、そこまで許すつもりはもともとなかったのかもしれない。夫を裏切る行為を、無理強いするわけにもいかなかった。

また、仮に挿入が許されたとしても、長く持たせるのは不可能だ。希代美としたときのように、果てたあとも勃起が持続できればいいのだけれど、その保証はない。

とにかく、献身的な奉仕で導かれるだけでも、充分に幸せなのである。ここはお言葉に甘えて、遠慮なく精液を出そう。この場所ならすぐに洗い流せるから、あとの処理を気にしなくていいのも有り難い。

高まる性感に抗うことなく、忍耐の手綱を弛めた一雄であったが、不意に異質な感覚を捉えた。

(え、なんだ?)

何をされたのか、すぐに理解できなかったのは、あまりに信じ難かったからである。愛子が尻の谷に顔を密着させ、秘肛をペロペロと舐めたのだ。

「ちょ、ちょっと、駄目です――あっ、あああああっ!」

不浄の部位をねぶられる罪悪感が、すぐさま快感に取って代わる。怒張も玉袋も同時に愛撫されることで、下半身が蕩けそうであった。

(嘘だろ、こんな……)

希代美のアヌスを舐め、淫らな反応を愉しんだものの、自分もそこが感じるなんて思いもしなかった。舌がチロチロと動かされるたびに、電流みたいな悦びが背すじを駆け抜けるのである。

そのため、急角度で性感が高まる。

「あ、あっ、駄目です。もう」

そこまで告げるのが精一杯。気がつけば限界を突破していた。

「あああ、い、いく」

全身をガクンガクンとバウンドさせ、熱い滾りを噴出する。その間も愛子は牡の下半身に食らいつき、甘美な三点責めを続けた。

(すごすぎる……)

体内のエキスをすべて搾り取られる錯覚に陥る。乳搾りをされる牛みたいな格好だったから、そんなふうに感じたのだろうか。

「ハッ——くはっ、はふ」

荒ぶる息づかいも、なかなかおとなしくならない。最後の一滴をドクンと溢れさせたところで、ようやく人妻の手と口がはずされた。

(……いったい何があったんだ)

著しい脱力感に抗い、からだの下をどうにか覗き込めば、浴室の床に白濁の液溜まりがいくつもできていた。

(え、こんなに?)

優に三回分ぐらいの量があったのではないか。それだけ快感が深く、大きかった証である。

濃厚な青くささが漂う。それにも物憂さを募らせつつ、一雄はからだのあちこちをピクピクと痙攣させた。

「たくさん出たわ」

愛子の声が、やけに遠くから聞こえた。

5

絶頂後の倦怠感がなかなか抜けないまま、一雄は足元をふらつかせながら浴室を出た。

「だいじょうぶ？」

愛子が心配そうに振り返る。

「ああ、はい」

それほど大丈夫ではなかったのに、平気なフリを装ったのは、男としてのプライドからだ。加えて、若いのにだらしないと思われたくなかった。

浴室へ向かったときと異なり、今はふたりとも素っ裸である。そんな格好で旧家の廊下を歩くのは、端から見ればかなりシュールな光景だったのではないか。

前を歩く人妻の、たわわなヒップがぷりぷりとはずむ。否応なく視線が誘われ、新たな欲望が頭をもたげてきた。

（いいおしりだなあ）

しかしながら、直ちに再勃起とはならない。ありったけと言っていいぐらいに放精したのだ。股間のイチモツはうな垂れたまま、ぷらぷらと拗ねるみたいに揺れていた。

最初の部屋に戻ると、愛子が押し入れを開ける。蒲団を一枚だけ出して畳に敷いた。

「さ、来て」

先に寝転がり、艶っぽい眼差しを見せて招く。一雄はクピッと喉を鳴らし、蒲団に膝をついて彼女に接近した。

だが、分身はまだ萎えたままである。抱き合っても、結ばれるのは不可能だ。ならばと、一雄は人妻の両膝に手をかけた。

「え、なに？」

愛子が眉をひそめる。

「脚を開いてください」

「……どうするの？」

「今度は、おれが愛子さんを気持ちよくする番です」

その言葉で、彼女も何を求められたか察したらしい。

「そ、そんなこと」

迷いを浮かべながらも、されるがままになる。成熟した女体は、悦びを求めているようである。

それでも、脚を大きく開かされ、華芯が無防備に晒されると、両手で顔を覆ってしまった。

（ああ、これが……）

湿って陰部に張りついた恥叢の狭間に、くすんだ肉色の肌が覗く。裂け目から色濃い花弁がはみ出した、いかにも生殖器という生々しい眺め。旧家に嫁いだ奥様のものゆえ、いっそう卑猥に感じられた。

一雄は身を乗り出し、その部分に顔を近づけた。

漂うのはボディソープの清涼な香りだ。年下の男が射精してぐったりしていたあいだに、手早く清めたらしい。

できれば正直な秘臭を嗅ぎたかったものの、今さら望むべくもない。そもそも洗ったあとだからこそ、彼女も好きにさせているのであろう。

「そ、そんなに見ないで」

恥じらってなじる人妻が、切なげにヒップをくねらせる。言葉通りの意味ではなく、早く舐めてとせがんでいるかに聞こえた。

己の解釈に従い、一雄は爛熟した花園にくちづけた。

「あひっ」

軽く吸っただけで、愛子が鋭い声を発する。奉仕するばかりで何もされていなかったから、愛撫を待ち望み、敏感になっていたのではないか。

最高の快感を与えてくれたお返しに、愛おしむように舌を動かす。

「あ、あっ、感じるぅ」

裸身が波打ち、嬌声がほとばしる。あられもない反応に、一雄はふと疑問を抱いた。

（普段、旦那さんとするときも、こんなに声を出すんだろうか？）

夫は仕事が忙しいため、子作りがうまくいっていないという。それでも、夫婦の営みがまったくないわけではあるまい。

ただ、そのときには声を圧《お》し殺し、乱れないようにしているのではないか。いくら広い家でも、夫の両親と同居しているのだ。大きな声を出したら聞こえる恐れがある。

それに、一雄に対しては積極的に振る舞ってきたけれど、もともと慎み深い女性である気がする。相手が年下で、他に誰もいないからここまで大胆になれるのであって、いつもはもっと自分を抑えているのではないか。

そんなこともストレスになって、ゴミ収集へクレームを入れるようになったのかもしれない。もちろん、寂しさを紛らわせたかったのが、最も大きな理由なのであろうが。

ならば、ここは乱れるまでに感じさせたい。一雄は敏感な肉芽を狙い、舌を高速で躍らせた。

「あああ、そ、そこぉ」

熟れ腰がビクビクとわななく。唾液を塗り込められる女芯が、粘っこい蜜を溢れさせた。

しかし、まだ足りない。もっとはしたない反応を見たかった。

(あ、そうだ)

いったんクンニリングスを中断し、一雄は愛子の両膝を立たせた。

「え、なに?」

熱っぽい眼差しで吐息をはずませる彼女に、寝転がったまま膝を抱えるポーズをしてもらう。おしめを替えられる赤ん坊みたいに。

羞恥帯がまる見えになっても、人妻が抵抗を示さなかったのは、悦びを求める気持ちが強かったからであろう。トロンとした眼差しは、もっといやらしいことをしてとせがんでいるようであった。

一雄は再び恥苑に口をつけ、溜まっていた蜜を貪欲にすすった。

ぢゅぢゅぢゅぢゅぢゅッ――。

卑猥なサウンドが、品のある和室を淫らな空間に変える。

「くぅうーン」

愛子が呻く。もっと舐めてほしかったのか、膝をさらに深く抱え込んだ。

それにより、ヒップが上向きになる。

（ああ、可愛い）

尻の谷にひそんでいた、もうひとつの秘穴が視界に入った。整った放射状のシワは淡いワイン色に染められ、ヒクヒクと息づいている。

さっき、彼女が一雄のそこを舐めたのは、性感ポイントと知ってなのだ。だが、夫に同じことをしているとは考えにくい。この屋敷では、貞淑で慎ましい妻として振る舞っている気がするからである。

そうすると、過去の経験において、男を歓ばせるすべとして学んだのか。あるいは、自らのそこに触れ、快感を得たとも考えられる。

どちらにせよ、肛門への愛撫に抵抗がないのは間違いあるまい。

希代美がそうだったように、愛子もおしりの穴を舐めてと求めるだろうか。そんな場面を思い描きながら、一雄は可憐なツボミをひと舐めした。

「イヤッ！」

鋭い悲鳴があがる。彼女が抱えていた膝を離し、からだを思い切りのばしたものだから、一雄は熟れた下半身に跳ね飛ばされた。

「うわっ」

バランスを崩し、蒲団から転がり落ちる。

(な、なんだ?)

予想外の反応に、一雄は混乱した。訳のわからぬまま振り返れば、蒲団に身を起こした愛子が涙目でこちらを睨んでいる。

「ど、どうしてヘンなところを舐めるのよ!」

本気で気分を害した様子だったから、これはまずいと焦りまくる。

「い、いや、愛子さんだってさっき——」

必死の弁明も、まったく通用しなかった。

「わたしは、一雄さんを気持ちよくしてあげるためにしたんじゃない」

「おれもそうですけど」

「わたし、おしりの穴が感じるなんて、ひと言も言ってないわよ」

これには、一雄も返す言葉がなかった。

(てことは、風呂場でおれのを舐めたのは、男は尻の穴が感じるって知識があったからなのか?)

かつて関係を持った男に、そう教えられたのだろうか。

もっとも、希代美だって初めてのアナル刺激で、あそこまで乱れたのだ。愛子だって感じるのではないか。

とは言え、本人が許可しないのでは、如何ともし難い。

「すみません。おれの勝手な思い込みで、愛子さんに不快な思いをさせてしまいました。どうか許してください」

殊勝に謝ると、彼女は機嫌を直してくれたようだ。眉をひそめながらも、

「わかればいいの」

と、許しの言葉を与えてくれた。

(だけど、本当に嫌だったのかな?)

一雄は疑念を拭い去れなかった。実は感じるのに、年下の男に恥ずかしいところは見せられまいと、アナル舐めを回避した可能性もある。

しかし、今となっては確かめることができない。

(まあ、また愛子さんとこういうチャンスがあれば、そのうち心を開いてくれるかも)

そうすれば秘肛ねぶりを許可して、よがる姿も見せてもらえるのではないか。

「ほら、来なさい」

愛子が蒲団に横たわる。クンニリングスの続きをすればいいのだろうと、一雄はさっきと同じ体勢になろうとした。

「そうじゃなくて、わたしの上に乗って」

「え、上に?」

「わたしの顔のほうにオチ×チンを向けるのよ」

男が上になってのシックスナインを求めているのだ。同時に舐め合って昂奮を高めるつもりらしい。

愛子が下になるのは、上に乗って羞恥帯をあらわにしたら、またアヌスを舐められると考えたからではないか。一雄はまた浴室のときと同じく、彼女にすべてをさらけ出さねばならないようである。

その格好を想像するだけで顔が熱くなる。みっともないことこの上ない。けれど、言われたとおりにするしかなかった。

一雄は人妻の上に、逆向きで重なった。さすがに股間を密着させるのはためらわれ、腰を浮かせたまま。

間を置くことなく女芯にくちづけたのは、恥ずかしかったからである。愛子を感じさせ、いやらしい声をあげさせれば、気が紛れると思ったのだ。

ところが、艶声を耳にするより前に、

「むぅ」

一雄自身が、歓喜の呻きをこぼしてしまう。しなやかな指が、柔らかなペニスと陰嚢をまとめて摑み、やわやわと揉んだのである。

「また元気になってちょうだい」

励ますように言い、牡の性器をまとめて愛撫する。さらに、別の指が尻の谷底をくすぐり、秘肛も悪戯した。

(おれにはあんなに怒ったくせに)

いくら何でも理不尽だと、クリトリスを探して吸いたてる。乱れさせて、優位に立とうとしたのだ。

ところが、愛子は下腹をわずかに波打たせるだけで、さっきのように声を出さない。感じていないわけではなく、年下の男を愛撫することに集中して、自身の感覚を後回しにしているらしい。

そうなると、経験の乏しい一雄は圧倒的に不利だ。

「むー―むふっ、ううう」

女芯に口をつけたまま、感じている証の鼻息を吹きこぼす。いつしか海綿体に血液が舞い戻り、ムクムクと膨張を開始した。

そこまでになると、腰を浮かしたままでいるのが億劫になる。それを見透かされたのか、下半身を高みから引きずり下ろされ、秘茎を咥えられてしまった。

ちゅぱっ——。

舌鼓を打たれて目がくらむ。吸われることで勃起が促され、玉袋と肛門への愛撫が後押しした。

「ぷはっ」

愛子がペニスを解放する。唾液に濡れたそれは雄々しく猛り、反り返って下腹をぺちぺちと叩いた。

「大きくなったわ」

嬉しそうな声が、一雄には居たたまれなかった。こちらは彼女を感じさせられないまま、浅ましくエレクトしてしまったのだから。さっき、あんなにたくさん精液を出したというのに。

「舐めるのはいいから、しましょ」

声をかけられ、恥苑から口をはずす。何をするのかなんて、確認するまでもなかったし、一雄も一矢報いたかった。

(だったら、セックスで感じさせてやる)

意欲は充分でも、実践が伴っていない。どこまでできるのか、正直不安のほうが大きかった。

(いや、だいじょうぶ。おれは希代美さんをイカせたんだから)

若妻をバックスタイルで貫き、最初の射精こそ早かったが、抜かずの二発でオルガスムスに導いたのだ。

自信を持てと自らを励まし、仰向けの女体に挑みかかる。今回は正常位での交わりだ。

愛子は冷静に見えたものの、実はしたくてたまらなかったのではないか。一雄が身を重ねると、すかさず屹立を握った。

「ここよ」

女芯に導き、ふくらみきった亀頭を濡れミゾにこすりつける。すぐに挿れてもらいたいと、蕩けた面差しが訴えていた。

「いいわよ。挿れて」

「はい」

「いっぱい気持ちよくしてね」

期待に満ちた眼差しに、無言でうなずく。女性の求めに応えられなければ一人前の男ではないと、自らを鼓舞した。

（よし、やってやる）

漲りに力を送り込み、腰を進める。

「あ、あ、あ、来るぅ」

夫以外のペニスを迎え入れ、人妻がのけ反って声をあげた。

（ああ、入った）

熟れた蜜穴が、一雄の分身にまといつく。中はトロトロで温かく、うっとりする快さを与えてくれた。

愛子が両脚を掲げ、牡腰に絡みつける。

「突いて突いて」

急いた口調のおねだりに、一雄は力強いピストンで応じた。

第三章　奥さん、分別しますよ

1

土曜日、一雄がお昼近くまで惰眠を貪っていると、部屋のドアがコンコンとノックされた。

「ふぁああい」

まだ完全には覚醒していない頭をボリボリ掻きながら、戸口へ向かう。

Tシャツにブリーフというみっともない姿でドアを開けたのは、六畳1Kの安アパートへの訪問者など、たかが知れているからだ。宅配か新聞の勧誘か、宗教関係者ぐらいである。音楽関係の知り合いの可能性もあるが、来るのはどうせ男だから、身なりを気にする必要はない。

ところが、ドアを開けた外にいたのが、笑顔がチャーミングな美女だったものだから、一雄はフリーズした。

「こんにちは。お休み中でした？　わたし、隣に引っ越してきた、花井《はない》まどかです。どうぞよろしくお願いします」

ぺこりと頭を下げられ、ようやく状況が呑み込める。ここ一カ月ほど、隣が空き室だったことも思い出した。

「あ、ああ、いえ……こちらこそ」

しどろもどろに挨拶を返しても、彼女には不審人物だと映らなかったらしい。むしろ面白がるみたいに目を細め、じっと見つめてくる。

「あなた、お名前は？」

馴れ馴れしい口調で訊かれ、「ま、松井一雄です」と答える。

「一雄さんね」

普通なら苗字のほうだろうに、下の名前を繰り返されて面喰らう。かなりフレンドリーな性格らしい。

「ええと、珍しいですね」

影響されてか、一雄も思ったことを率直に告げてしまった。

「え、珍しいって？」

「いや、こんな古くて安いアパートに、若い女性が越してくるなんて」

「まあ」

まどかが驚いたように目を丸くする。それから、照れくさそうに白い歯をこぼした。

「嬉しいわ、若いだなんて」

「いや、でも本当に」

「ねえ、一雄さんって何年生まれ？」

「え？　ああ、平成――」

元号で答えると、彼女はまた「ええっ」と目を見開いた。

「じゃあ、わたしたち同い年なのね」

「え、そうなんですか？」

これには、一雄も驚いた。明るくて潑剌とした面差しは、二十代の半ばぐらいに見えたのだ。

「何月生まれ？」

「は、八月です」

「じゃあ、わたしのほうがちょっとだけお姉さんね。六月生まれだから」

お姉さんという言葉にドキッとしたのは、関係を持った人妻の愛子を思い出したからである。彼女もあの日、同じようなことを言って、年上ぶった振る舞いをしたのだ。

（いや、愛子さんは、もう関係ないんだから）

彼女とは終わったのだと、自らに言い聞かせる。

「花井さんは、おひとりなんですよね？」

訊ねてから、訊くまでもないじゃないかと反省する。六畳一間にふたりで住めるわけがない。

「まあ、いちおうね」

まどかが気まずげに目を逸らす。

（え、いちおうって？）

何か訳アリなのだろうか。まずいことを言ったかもと悔やんだ一雄であったが、新しいお隣さんはあっけらかんとしたものだった。

「実はね、旦那から逃げてきたの」

悪戯を見つかった子供みたいに、彼女がチロッと舌を出す。

「え、逃げてきたって？」

つまり、彼女は人妻なのか。なるほど、それとなく観察すれば、左手の薬指には指輪がはまっていた。

（つまり、正式に別れたわけじゃないんだな）

結婚指輪をはずしていないということは、喧嘩をして家を飛び出したぐらいで、深刻な仲違いではないのだろう。とは言え、わざわざアパートを借りるなんて、家出にしては大掛かりである。

すると、まどかは訊かれもしないのに、事の顚末を一雄に話した。

「ウチの旦那は、とにかく口うるさいの。何でもかんでも細かく指示して、そのとおりにしないと気が済まないタイプ。ほら、あれ。モラハラってやつよ」

どこぞの芸能人が、それが理由で離婚したのを、一雄は思い出した。端から見て、そんなことぐらいでと思っても、当人たちにとってはけっこう深刻な問題であるらしい。

「わたしも最初は、旦那の希望に添うよう努力してたんだけど、いくらちゃんとやっても文句がおさまらないし、さすがにキレちゃったの。だったら全部自分でやればって書き置きを残して、荷物をまとめて出てきたってわけ」

思いつきで行動したような口振りながら、こうして逃げ場所の部屋も確保していたのだ。念入りに計画を練っていたに違いない。

裏を返せば、それだけ長いあいだ、夫のクレームに耐えていたわけである。

「そうですか……大変でしたね」

同情を込めてうなずくと、まどかは感激した面持ちを見せた。

「ううん。わかってもらえてうれしいわ。ありがとう」

はにかんで礼を述べるのが愛らしい。一雄はときめきかけたものの、

(まったく、性懲りもなく……)

そんな簡単に惚れるんじゃないと、自らを律する。いくら夫から逃げてきたといっても、彼女は人妻なのだ。横恋慕しても無駄である。

「それじゃあ、これから部屋の片付けをするから、うるさくなるかもしれないけど許してね」

「ああ、いえ。全然かまいません」

「ありがと。これからよろしくね」

まどかが小さく手を振って、隣の部屋に戻る。その後ろ姿に、一雄の目は釘付

けとなった。

彼女は花柄のシャツに、白いパンツというシンプルな装いだった。そのボトムがピタピタで、豊かな丸みのヒップラインや、太腿のむっちり具合もあらわだったのである。

着衣なのにやたらとセクシー。これ見よがしに女をアピールする。

(けっこういいカラダをしてるんだな)

顔が可愛い上に、プロポーションも抜群な女性がお隣さんになったのである。

こんな幸運がそうそうあるものだろうか。

にもかかわらず、一雄が有頂天になれないのには理由があった。

(だけど、人妻なんだよな……)

所詮は結ばれない間柄なのだ。

気立てのいい若妻の希代美とは、アヌスを舐めるまでの深い関係になった。セックスも最高だったし、淫らな関係はその後も続くものと信じていた。

ところが、夫にクンニリングスをしてもらえないという希代美の悩みが解決し、夫婦がますます仲睦まじくなったために、交歓は一度限りで終わった。その後もゴミ収集のときには、彼女から明るく挨拶をされるものの、親密な関係の再来は望むべくもない。

　そして、寂しい人妻の愛子とも、長く続かなかった。

　熟れ妻とのセックスは、意気込んだほどには彼女を感じさせられなかった。懸命のピストン運動で、愛子は艶めいた声こそ上げたものの、頂上に導く前に一雄のほうが限界を迎えたのだ。最後も中出しは許可されず、彼女のお腹の上に精をほとばしらせた。

　だからこそ、この次はという思いを強くしたのである。

　愛子が自宅でひとりになるのは、平日の昼間だ。しかし、その時間は一雄も仕事があるから、会うのは難しい。収集するゴミによっては早めに終わることがあって、そのときぐらいしかなかった。

　とは言え、笹神家の義父母は、常に不在というわけではない。愛子とは普段からメールや電話で連絡を取っていたのだが、時間ができたときに限って誰かが家にいて、なかなかタイミングが合わなかった。

　そうやって、二度目が果たせぬまま時間だけが過ぎ、ある日、愛子から電話があった。はずんだ声だったから、これはいよいよ二度目のドッキングかと期待したものの、

『わたし、妊娠したの』

予想もしなかった報告に、一雄はきっちり五秒は固まった。

どうやら彼女と関係を持ったときには、すでに新しい命が子宮に宿っていたらしい。子作りがうまくいっていないとのことだったが、実はとっくにうまくいっていたわけである。

そうなれば、一雄はお払い箱だ。

希代美の場合と同じく、あの日のことは他言無用だと念を押され、愛子とはそれっきりとなった。携帯番号もメールアドレスも、まだスマホに残っているけれど、彼女から連絡が来ることは二度とあるまい。おそらく向こうは、一雄の連絡先をとっくに消去しているであろう。

かくして、ふたりの人妻と情を交わし、どちらも一度限りで終わってしまった。

夫がいる女性に惚れても無駄だと考えるのも、無理からぬことである。

まあ、そもそも人妻に本気になるのが、間違っているのであるが。

魅惑のヒップラインを脳裏で反芻しながら、一雄は自室に戻った。もう一度寝ようかと迷ったところで、

「あっ」

自らを見おろし、耳まで熱くなる。上がよれよれのTシャツなのはまだしも、下はブリーフ姿だったのだ。

こんなみっともない格好を、まどかに見せていたのか。彼女が少しもうろたえず、いたって普通にしていたものだから、まったく気がつかなかった。

いや、下着姿ぐらいならまだいいのだ。

(おれ、勃起してなかったよな……)

今は平常状態だが、ドアを開けたときは寝起きだったのだ。朝勃ちをしていた可能性がある。

さすがに股間が盛りあがっていたら、まどかも動揺したのではないか。いや、人妻であれば、夫の生理現象を何度も目にしているはず。それならば、同い年の男がエレクトしていても、受け流せたであろう。

(……まあ、気にしてなかったみたいだし、べつにいいさ)

だが、次に彼女と顔を合わせたとき、もしも笑いかけられたら、初対面の出来事を嘲笑しているように受け止め、居たたまれなくなりそうだ。

これからは来客があったら、ちゃんと身なりを整えよう。今さら遅い決意を固めつつ、やっぱり見られただろうかと、悶々とする一雄であった。

2

その日、一雄が仕事から帰ると、アパートの大家さんに声をかけられた。齢七十近い女性で、夫に先立たれたため、一階の部屋にひとりで住んでいる。

「松井さん、ちょっとお願いがあるんだけど」

「はい、なんでしょう」

気安く受け答えをしてから、あれ、今月の家賃はもう払ったよなと、記憶をほじくり返す。同じところに住んでいることもあって、家賃は彼女が自ら集金しているのである。

しかし、頼まれたのはそれとは関係のないことだった。

「お隣の花井さんとは、うまくいってる?」

唐突と言っていい質問に、軽くうろたえる。

「う、うまくって?」

どぎまぎしたものの、べつに妙な関係になったわけではない。何か疑われているのかと、深読みしすぎただけなのだ。

まどかが越してきて、半月ほど経ったろうか。廊下や外で顔を合わせたときに挨拶を交わすぐらいで、関係は単なるお隣さん以外の何ものでもなかった。

最初の頃こそ、朝勃ちを見られたかもしれないと疑心暗鬼になり、彼女の顔を見るたびに逃げ出したくなった。けれど、いつも明るく声をかけてくれたから、思い過ごしなのだとようやく安心できたのである。

普段も生活音が気になることはないし、迷惑をかけられたこともない。そのため、どうして大家さんがうまくいっているのかなんて訊ねたのか、まったくわからなかった。

「まあ、あのひとは市外から来たそうだから、前のところと違っても、それは仕方ないんだけど」

持って回った発言も気にかかる。夫から逃げてきた人妻が、何らかの問題を起こしたらしいのは、おぼろげながら推察できた。

まどかがどこから来たのか、一雄は詳しく聞いていない。ただ、都内であるのは間違いないようだ。ならば、生活が大きく変わったとは考えにくい。

「何かあったんですか?」

訊ねると、大家さんが顔をしかめた。ほうれい線と、眉間のシワが深くなる。

「実は、ゴミの出し方がよくないんだよ」

「え、そうなんですか？」

「燃えるゴミにプラスチックを混ぜたり、資源ゴミも収集しないものが入っていたり、そういうのがちょこちょこあってね」

「市が出しているゴミ収集カレンダーをもらってないんですか？」

そこには何日にどのゴミを収集するのか、一年分のスケジュールが載っている。また、ゴミの出し方の注意事項も、詳しく書かれてあるのだ。

「ううん。入居のときにちゃんと渡したんだよ。だけど、カレンダーしかチェックしていないみたいで、分別がちょっとね」

同じ都内でも、たとえば燃えるゴミに含まれるものは、区や市で異なっている。これは焼却施設の差によるもので、場所によってはプラスチックもＯＫなところがある。おそらく、まどかがかつて住んでいたところも、そうだったのだろう。

（住むところで違いがあるって、知らないひとがけっこういるんだよな）

特に新しく売り出された建売住宅の住人に、思い込みで出すひとが多いようだ。一雄も何度か間違っているのを見つけ、収集できない理由を書いたメモを貼りつけたことがあった。

一戸建てはそうしておけば、次はちゃんと改めてもらえる。だが、アパートは集積場に出すから、分別が正しくなくて収集されなかったものは、大家さんが処理しているのだ。

「だったら、分別をちゃんとするように、大家さんがお話しになったらいかがですか？」

「うーん……実は、花井さんがちょっと苦手なんだよ」

「え、どうしてですか？」

「やたらと愛想がいいから、かえって話しづらくって。特に、こうしなくちゃいけないっていう、決まり事に関することは」

大家さんの言うことは、一雄には理解し難かった。愛想がいいのなら、むしろ話しやすい気がするのだが。

（要は反りが合わないってことなんだろうな）

これぱかりは理屈ではないから、如何ともし難い。

「だから、松井さんに話してもらいたいんだけど」

「え、おれですか？」

「お隣さんだし、こういうのは女同士よりも、男から注意したほうが効果がある

のか。

「それに、松井さんはゴミ収集の仕事をしているから、説得力もあるし」

などと適当な理由を並べて、単に面倒なことを店子に押しつけただけではないのか。

（まあ、大家さんには世話になってるからな）

今でこそ収入は安定しているが、以前には家賃が間に合わず、待ってもらったこともあった。入居のときも敷金礼金をおまけしてもらったし、ここは恩返しをするべきである。

ついでに、まどかとも、改めて交流を持ちたかった。

人妻はもう懲り懲りという思いに変わりはない。けれどそれは、男女の関係を持つことについてである。あくまでも隣人として、単なる友人として付き合うのであれば、相手の素性は問わない。

そして、どうせ友達になるのなら、魅力的な異性がいいに決まっている。

ゴミの分別を教えるとなれば、隣の部屋に上げてもらえる可能性がある。そうなればラッキーだ。

「そうなんですか？」

「んだよ」

実は、モラハラ夫から逃げてきた人妻が、ひとりでどんな生活をしているのか興味があったのだ。覗き見趣味ではなく、あくまでも純粋な好奇心から。

「わかりました。それじゃあ、おれが花井さんに話します。たぶん、すぐにわかってもらえると思いますよ」

「ああ、よかった。それじゃ、お願いするわね」

大家さんは安堵の表情を見せた。


部屋に帰ってシャワーを浴びてから、一雄は隣室を訪問した。ノックをすると、中から「はーい」と返事がある。

「隣の松井です」

声をかけると、間を置かずにドアが開けられた。

「あら、どうも。何かご用?」

まどかが笑顔で首をかしげる。変わらぬ愛らしさに、一雄は胸を高鳴らせた。

(くそ、可愛い)

人妻じゃなかったら最高なのにと、心から思う。正式に夫と別れたら、絶対に仲良くなろうと密かに決意した。

「実は、ちょっと大事なお話がありまして」

「あら、そうなの？　だったら入って」

用件を確認することなく招き入れられ、そうなることを望んでいたはずが、一雄は戸惑いを隠しきれなかった。

（え、いいのかな？）

女性のひとり住まいなのに、ずいぶん無防備である。まあ、それだけ信用しているということなのだろう。あるいは、することがなくて暇を持て余していたのかもしれない。

彼女はからだにぴったりした半袖のシャツに、ボトムはショートパンツと、いかにも自室でくつろぐときのスタイルだ。それゆえ、目のやり場に困る。体型があらわなのに加え、色白の美味しそうな太腿がまる出しなのだから。

（こら、妙なことを考えるな）

一雄は自らを叱りつけた。

入ってみれば、六畳の和室は生活感があまりなかった。まどかにとっては住まいではなく避難所であり、そのため家具類がほとんどなかったせいだ。おそらく衣類とか化粧品とか、必要なものだけを家から持ち出したのであろう。

独り暮らしなら、食事は外食か、コンビニなどの弁当でまかなえる。洗濯はコインランドリーがあるし、インナーは手洗いすればいい。情報収集や娯楽だって、スマホがあれば事足りる。

まどかが必要最小限のもので暮らしているのは、部屋の見た目から明らかである。ものがないのは当然としても、甘くなまめかしい香りが満ちていたのにどぎまぎさせられた。

(女性の部屋って、いい匂いがするんだな)

住み始めて半月ぐらいしか経っていないのに、すでにそこは人妻の聖域と化しているようだ。

「あ、ここに坐って」

座布団もない部屋で、まどかが勧めてくれたのは、敷きっぱなしだった三つ折りのマットレスだ。広げた上にクッションがひとつ置いてあるから、寝床としてばかりでなく、ソファの役割もしているのだろう。

一雄が腰をおろすと、彼女も隣にあぐらをかく。同い年だし、行儀よくする必要はないと思っているようだ。

そうやって気を許した態度を示してもらえると、一雄も緊張しなくて済む。ただ、ショートパンツを穿いてるから、むちむちした太腿ばかりか、股間のあたりにも目を奪われそうになった。脚の付け根の、肌の色がわずかにくすんだところが、裾から覗いていたのだ。

「そう言えば、旦那さんとは一切連絡を取ってないんですか？」

心の乱れを悟られぬよう訊ねると、彼女は「ううん」と首を横に振った。

「電話なら、たまにあるわよ」

「え、旦那さんは、何て言ってるんですか？」

「許してやるから、早く帰ってこいって。自分のせいでこうなったってこと、まだわかってないみたいね」

やれやれというふうに肩をすくめる。

「じゃあ、まどかさんは、何て答えてるんですか？」

「反省して、二度とモラハラをしないって約束するのなら、帰ってあげてもいいわよって。そうすると、おれは悪くないって怒りだして、さんざん怒鳴りつけてから電話を切るの。話にならないわ。完全に駄々っ子ね」

まどかは愉快そうに話したから、わかり合えない夫とのやりとりを、実は面白がっているのではないか。

「だけど、旦那さんも花井さんのことを、探し回ってるんじゃないですか？」

「かもね。でも、大っぴらには動けないはずよ。プライドが高いから、女房に逃げられたなんて絶対に知られたくないだろうし、知り合いや親戚に訊ねたくてもできないでしょうね」

「だったら、探偵を雇うとか」

「ケチだから、そんなことにはお金を使わないはずよ」

夫の性格を完全に見抜いているようだ。

「あ、お金と言えば、生活費はどうしてるんですか？　あと、ここの家賃とか」

見た感じ、仕事をしている様子がなかったのだ。

「家を出る前に、旦那の通帳からわたしの口座に、いくらか移しておいたの。これまでのへそくりもあるから、無駄遣いさえしなければ、当分のあいだ何もしなくても暮らしていけるわ」

やはり衝動的に家出をしたわけではなく、用意周到だったのだ。感心してうなずくと、まどかがにんまりと口角を持ちあげた。

「なに、そんなにわたしのことが気になるの？」

下心を疑うような眼差しに、一雄は焦ってかぶりを振った。

「そ、そんなんじゃないですよ。ただ、お隣さんだし、何か困ってるんじゃないかと思って」

「やっぱり気があるってことじゃない」

「気になる」から「気がある」へランクアップされて、ますますうろたえる。そんなふうに言われると、余計に意識してしまうではないか。

「違いますって。おれは大家さんに頼まれて、ここへ来たんですから」

ようやく本題に入ると、人妻が怪訝な面持ちを見せる。

「え、大家さんに?」

「ええ。ゴミの出し方を教えてあげてほしいって。ほら、おれは収集の仕事をしているから」

「ああ、そうだったわね」

まどかがうなずく。前に、仕事帰りで顔を合わせたときに、訊ねられるまま勤め先を答えたのである。実はミュージシャンであることは教えてないし、ゴミ収集が本職だと思っているのだろう。

「だけど、わたし、ゴミは間違いなく出しているはずよ。もらったカレンダーも、キッチンのところに掛けてあるし」

「ゴミの出し方の説明は読みましたか？」

「ううん、そこまでは。だって、ゴミの分別なんて、どこもいっしょでしょ」

「いえ、違います」

一雄がきっぱり答えると、彼女は目を丸くした。

「え、そうなの？」

「はい。たとえば、資源ゴミ以外のプラスチックは、何に分類してますか？」

「燃えるゴミだけど」

「ウチの市では燃えないゴミです」

「ええっ!?」

「プラスチックは、高温で燃焼すれば有害物質が出ないので、燃えるゴミに分別しているところもあります。でも、ウチの焼却施設はそこまでの能力がないので、燃えないゴミにしているんです」

「へえ……」

意外そうにうなずいたまどかに、一雄は手応えを感じた。ゴミの分別なんてどうでもいいと、端《はな》っから面倒がって話を聞かない者もいるのだが、彼女はそうでない。ちゃんと理解すれば、これからはしっかり決まりを守るはずだ。

「ちょっと待っててください」

一雄はいったんキッチンに下がった。なるほど、ゴミ収集カレンダーが、壁に鋲で留めてある。それをはずして部屋に戻った。

「これ、お借りしますね」

冊子形式のカレンダーの、あとのほうのページをめくる。そこには燃えるゴミや燃えないゴミ、資源ゴミや粗大ゴミ、危険物の出し方に至るまで、図解入りで丁寧に説明されていた。

「ここを読んでいただければ、分別がすべてわかるようになってるんですが、特に間違えやすいのは資源ゴミなんです」

「紙とプラスチックでしょ？　あと、瓶と缶とか」

「基本はそうですね。で、紙はリサイクルマークがついたもの以外にも、チラシとか封筒とか、他にシュレッダーで細かくしたものなんかも出せるんですが、実はリサイクルマークがついていても出せない紙があるんです」

「え、ホントに？」

「飲み物の紙パックや、カップラーメンの蓋みたいに、銀色のコーティングがされているものです。ウチの市では、それらは燃えるゴミにしてもらっています。

たぶん、リサイクルしづらいからなんでしょうけど」

「へえ、そうなんだ……」

「あと、プラスチックだと、緩衝材なんかはマークがついていなくても出せます。ペットボトルは、ラベルとキャップがプラスチックで、ボトル本体はスーパーなどに置いてある専用の回収ボックスに入れるようになっています」

間違えやすいところを中心に、冊子のページをめくりながら話すと、まどかはうなずきながら聞いた。疑問に感じたところは質問するなど積極的で、一雄も教え甲斐があった。

「え、危険物って、こんなに細かく分けなくちゃいけないの？」

などと、素直な反応を見せるのも愛らしい。好奇心旺盛な少女みたいだ。

そのとき、彼女がこちらに身を乗り出す。甘い香りが色濃く漂い、劣情を誘われそうになった。

（こら、慎め）

またも自らを戒め、解説を続ける。

「そうなんです。大変だとは思うんですけど、事故があったら命に関わる場合もあるので、あれこれいっしょにされると困るんです」

「なるほど。集めるほうも大変だものね」

共感してもらえたようで、一雄は嬉しくなった。

「主なものはこれぐらいですが、わからないことがあったら、この冊子を読んでください。分別に迷いそうなものは、後ろのほうに一覧表があります。そこを参考にすればわかると思います」

「ありがとう。助かったわ。これからは間違えないようにするわね」

まどかが笑顔で礼を述べる。やっぱりいいひとだなと、一雄は思った。いけないとわかっていても、また性懲りもなく好きになりそうだ。

3

「だけど、独り暮らしって、気楽なようでけっこう大変よね」

ふうとため息をつき、まどかが後ろに両手を突いてからだを反らす。あぐらをかいたままだったから、股間が大胆に晒された。

(わ――)

一雄は狼狽した。パンティの裾が、チラッと見えた気がしたのだ。

焦って視線を上に戻せば、強調されたバストが視界に入る。シャツもインナーも薄手なのか、頂上に突起が浮かんでおり、ますますうろたえることになった。

「た、大変って？」

唾を呑み込んで渇きを潤し、どうにか問い返すと、彼女が意味ありげに目を細くした。

「ゴミもそうだけど、いろいろ溜まっちゃうじゃない」

「た、溜まるって？」

「ストレスとか」

そういうことかと、一雄はうなずいた。どこを見ればいいのか困って、目を落ち着かなく泳がせながら。

「あと、別のものも溜まるでしょ」

「え？」

「まあ、一雄クンはきっちり処理してるみたいだけど。昨夜もエッチなビデオの声が聞こえたわよ」

クスクス笑いながら言われ、顔から火を噴きそうになった。

昨日の晩、借りてきたアダルトＤＶＤを鑑賞しながら、自家発電に励んだのは事実である。けれど、大音量で流していたわけではない。古いアパートだし、他の部屋に聞かれたらまずいと、かなり音を絞ったのだ。

それでも、隣の人妻には聞こえたというのか。

「最初は、女の子を連れ込んでエッチしてるのかと思ったんだけど、アノときの振動がなかったし、一雄クンとは違う男の声も聞こえたから、あ、ビデオだなってわかったの」

もしかしたら、聞き耳を立てていたのではあるまいか。壁にコップを押し当てるかして。

プライバシーの侵害だという主張は通らない。覗きをされたわけではないからだ。まどかは自室にいて、隣からの音を聞いただけなのである。

むしろ、ヘッドホンなど使用しなかった、一雄のほうに非がある。

「エッチの声って、普通の会話や物音よりも、ずっと聞こえやすいのよ。音を小さくするぐらいなら、イヤホンとか使ったほうがいいわね」

「はい……すみませんでした」

肩をすぼめて謝ると、彼女は「ううん」と首を横に振った。

「べつに悪いことをしたわけじゃないんだもの。謝る必要はないわ。ただ、気をつけたほうがいいわよって話」

「はあ」

「健康な男の子なら、そういうことをするのは当たり前なんだもの。女の子を連れ込んで大騒ぎをされるよりは、ずっといいわ」

男の子と呼ばれるような年ではなかったが、まどかも同い年だと思い出し、反論しないでおいた。彼女はまだ女の子扱いをされたいのかもしれない。

すると、まどかが何かを思い出したように、白い歯をこぼした。

「そう言えば、初めて会ったときも、一雄クンはオチ×チンをおっきくしてたのよね」

忘れかけていたことを蒸し返され、一雄は絶句した。

（やっぱり見られてたのか！）

なのに平然としていたのは、人妻ゆえ余裕があるからだろう。

「まあ、寝起きみたいだったし、タッてても無理ないわね。むしろ健康で、元気な証拠だわ」

そんなふうに励まされても、羞恥は簡単に消えるものではない。

（くそ、今さら言わなくてもいいじゃないか！）

愛らしい笑顔にも、妙に苛立つ。悪気がないとわかっているから、尚さらムカムカした。

「一雄クンって、彼女いないの？」

唐突な質問に、一雄は一瞬言葉に詰まってから、

「い、いません」

と、素直に答えた。

「そうなの？　いいひとだし、モテそうなのに」

「いや、おれなんて……」

消え入りそうな声でかぶりを振り、俯いてしまったのは、まどかがじっと見つめてきたからだ。打って変わって真剣な眼差しに、息苦しさを覚える。

ところが、視線を落としたために、ショートパンツの股ぐらが目に入る。腿の付け根のくすんだ肌と、パンティの裾ゴムが確認できる。名称は知らないが、ループ状になった装飾までもはっきりと。

同い年の人妻の、無防備なチラリズム。昨晩視聴したアダルト映像より、何倍もエロチックに感じられたのはなぜだろう。おかげで、目を離すことができなくなった。

「あのね、わたしもいっしょなのよ」

言われて、一雄は顔をあげた。声のトーンが変わった気がしたからだ。明るかった表情も、どこか沈んでいるかに映る。

「え、いっしょって？」

「わたしもだいぶ溜まってるみたいなの」

それが性的な意味なのか、それとも単なるストレスの話なのか、一雄は判断できなかった。余計なことを口にしないよう、相手の出方を窺う。

「もちろん、アッチの意味でね」

まどかがあっさり白状し、照れくさそうに口許をほころばせた。

「旦那が恋しいってわけじゃないのよ。ただ、何もすることがなくて、ずっとひとりでいたら、ひと恋しくもなるじゃない。からだだって疼《うず》いちゃうし」

露骨な発言に、心臓が不穏な高鳴りを示す。ひょっとして誘われているのかと、期待と欲望がぐんぐん高まった。

「だから、わたしもしてるのよ。ひとりで」

何をしているのかなんて、確認するまでもない。オナニーだ。

「声を聞かれたら恥ずかしいから、他の部屋に誰もいない昼間にしてるの。でも、気持ちいいだけじゃ、心は満たされないものね。やっぱり誰かといっしょじゃなくちゃ」

彼女がまた見つめてくる。求められているのを強く感じて、一雄は落ち着かなくなった。

「は、花井さん」

呼びかけると、綺麗な顔がわずかに歪む。

「まどかって呼んで」

「……まどかさん」

「ね、いっしょに、いい？」

誘いの言葉に、一雄は首の骨がはずれたみたいにうなずいた。

「じゃあ、脱いで。下だけでいいから」

「は、はい」

鼻息を荒ぶらせ、急いでズボンを脱ぎおろす。人妻とそういう関係になるまいと誓ったことなど、都合良く忘れていた。

一雄は勃起していた。いつの間にそうなったのかわからない。言葉のやりとりだけで発情した、浅ましい男だと思われるのが恥ずかしくて、ブリーフに手をか

けたまま逡巡する。けれど、

「ねえ、早く。元気なオチ×チン見せて」

まどかに求められ、迷いが消えた。彼女は猛々しい牡のシンボルを求めているのだ。

思い切ってブリーフを脱ぎおろせば、肉槍がゴムに引っかかり、ぶるんと反り返る。下腹を勢いよく打ったそれに、人妻の艶めいた眼差しが注がれた。

「あん、すごい」

物欲しげに唇を舐め、彼女もショートパンツに手を掛ける。豊かに張り出した腰から、焦れったげに剝きおろした。

（ああ……）

中に穿いていたのは、ベージュのパンティだ。シンプルというよりは地味な下穿きが、人妻のエロスを匂い立たせる。

「ね、して」

急いた口調に、（え、もう？）と戸惑う。直ちに挿入するよう、求められたと思ったのだ。

しかし、それは早合点であった。いや、この場合、彼女の意図を察するほうが、むしろどうかしている。

「ほら、オチ×チン、シコシコして」

はしたない要請を口にして、まどかが大股開きのポーズを取る。あられもなくさらされた股間の中心に、ポツッと濡れジミがあった。

「わたしもするから、いっしにキモチよくなろ」

彼女は目をトロンとさせ、クロッチを指先でなぞる。濡れジミがいびつに広がり、内部の形状を浮かび上がらせるのを目の当たりにして、一雄はようやく理解した。

（いっしょにするって、オナニーのことなのかよ！）

てっきり、セックスをするものと思ったのに。

もしかしたらまどかは、まだ夫を愛しているのだろうか。家を飛び出しても別れずにいるのは、よりを戻したい気持ちがあるためとも考えられる。

だからこそ、夫を裏切りたくなくて、見せ合いオナニーで快感を得ることにしたとでもいうのか。

「ねえ、早くぅ。わたしにだけさせるなんて、ずるいわ」

甘えた声でせがまれ、一雄は分身を握った。どうにでもなれという心境だったが、淫らな見世物に煽られたのも事実。

「むふッ」

目のくらむ快美が生じ、鼻息の固まりが飛び出す。いつもの日課以上に気持ちよくて、一雄はマットレスに尻を据え、右手の運動を続けた。

(うう、どうして)

腰がビクッ、ビクンとわななく。こんなにも感じるのは、人妻のオナニーをライブで見せられているからなのか。

それはまどかのほうも同じだったらしい。

「あん、オチ×チン、すごく腫れちゃってるぅ」

摩擦される男根に濡れた視線を注ぎ、唇を舐める。あたかもしゃぶらせてとねだるみたいに。

そんな反応にもそそられて、しごく動作が速度を増す。鈴口から欲望の先汁が滴り、上下する包皮に巻き込まれて、ニチャニチャと卑猥な音を立てた。

(ずるいよ、まどかさん)

悦びにひたりつつも、一雄は大いに不満だった。自分は下半身をすべて脱ぎ、ペニスをあらわにしているのに、彼女はパンティを穿いたままなのだ。

しなやかな指でこすられるクロッチは、すでに面積の半分近くが湿り、色が変わっている。それもいやらしい光景ではあったものの、できればナマの女芯を拝みたかった。

「いつも下を脱がないでしてるんですか？」

思い切って訊ねたのは、普段通りの自慰をしてもらえれば、隠れているところが見られるに違いないと踏んでのことである。ところが、

「そ、そうよ」

まどかが声を震わせて答える。

「パンツの上からこするぐらいが……あん、ちょ、ちょうどいいの」

当てが外れて、一雄は落胆した。恥ずかしいところを見せずに済ませるための、言い逃れではないかとも考えたが、それを証明するのは不可能である。彼女がいつもどんなふうにしているのか、知るのは本人のみなのだ。

(だけど、もの足りないみたいだぞ)

投げ出された美脚が、膝を曲げたりのばしたりする。なかなかイケずに焦れているように見えた。

もしかしたら、普段は指以外のものを使用しているのではないか。それを確認

すべく、一雄はカマをかけてみた。

「まどかさん、器具とかは使わないんですか?」

「え、器具?」

「大人のオモチャみたいな」

これに、まどかはほんの一瞬、うろたえる素振りを見せた。目を泳がせ、口を二、三度パクパクさせてから、

「そ、そんなの持ってないわよ」

と、否定する。明らかにあやしい。

しかも、彼女がチラッと、押し入れのほうを見たのである。

(あ、何かあるな)

一雄はパッと身を翻し、押し入れの襖を開けた。

「キャッ、ダメっ」

まどかは急いで止めようとしたらしかったが、オナニーの最中では咄嗟に動けなかったであろう。難なくプライベートを暴かれてしまった。

押し入れは二段で、上のほうに毛布らしきものがある。下の段には段ボール箱がひとつと、荷物を運んできたらしきスーツケースがふたつあった。

そして、アダルトビデオではポピュラーな電気器具が、無造作に転がっていたのである。筒状の本体に丸い頭部のついた電動マッサージ器、俗に電マと呼ばれるものが。

「あ、これを使ってるんですね」

コードを巻きつけたそれを取り出し、しげしげと眺める。使い込んだふうではなかったから、家から持ってきたものではなく、こっちに越してから購入したのではないか。

「た、ただのマッサージ器じゃない」

「ええ。だけど、オナニーにも使えますよね」

「う――」

まどかが言葉に詰まる。ヘタな弁解は通用しないと悟ったようだ。

一雄は巻いてあったコードをほどき、壁のコンセントにプラグを差し込んだ。スイッチは二段階で、弱のほうでも頭部がウィーンと唸り、触れるとかなり強い振動であった。

「じゃあ、いつものように、これを使ってください」

電マを手渡すと、人妻はあからさまに不満を浮かべた。

「なによ、いつものようにって」

「おれはチ×ポを出して、まどかさんに全部見せてるんですよ。まどかさんもちゃんと見せてくれなくちゃ、フェアじゃないです」

彼女のほうから見せ合いオナニーを始めた手前、不公平さを指摘されて耳が痛かったのではないか。

「わかったわよ」

仕方ないというふうに電マのスイッチを入れたまどかであったが、すぐに切って言い訳を述べた。

「わたし、ずっとこれを使ってたわけじゃないわよ。こっちに越してきて、たまたま量販店で安いのを見つけたから、買って試しただけなんだから」

だが、試したのは一度だけではあるまい。もしかしたら、気持ちよすぎて大きな声が出るために、誰もいない昼間しか使えなかったのではないか。モーター音もけっこう響きそうだし。

「わかってます」

一雄はうなずいた。べつに疑っていなかったのに、まどかが眉をひそめる。信じていないように見えたのだろうか。

「ったく、エッチなんだから」

自分のことは棚に上げてなじり、電マをONにする。細かく振動する頭部をいきなり秘部に当てるのではなく、まずはおっぱいから刺激した。

「んうぅ」

切なげに呻き、眉間に深いシワを刻む。シャツに浮いていたポッチの、向かって左側に器具を当て、右側は指で摘まんだ。

「あ、あン、いやぁ」

自然とこぼれる声は艶めきを増し、かなり感じているとわかる。艶腰も左右にくねり、そのせいでパンティが股間に喰い込んだ。

(うわ、エロい)

人妻の電マオナニーに煽られて、一雄も自家発電を再開させる。強くしごかずに、握りを緩めて。目にしているものがいやらしすぎて、いつものようにこすったら、たちまち爆発する恐れがあったからだ。

「やん、これ、強いのぉ」

まどかがハッハッと息をはずませる。内腿が時おり、ビクッとわななくのがわかった。

視線を女体の中心に戻し、一雄は驚いた。クロッチのシミは、面積こそさほど変わっていなかったが、粘っこいものが外側にまで滲み出たらしい。雫が光を反射させていたのである。

（え、こんなに？）

電マの威力を見せつけられ、これぞテクノロジーの勝利だと感心する。仮にふたりがかりで彼女の乳頭を吸いねぶっても、ここまで感じさせることはできないであろう。

では、秘部を刺激したら、どれほど乱れるのか。是非見たいと願うなり、まどかが手にした器具を下半身へ向かわせる。願いが通じたわけではなく、そうせずにいられないほど高まっていたのだろう。

「あひぃいいいいっ！」

嬌声が六畳間に響き渡る。振動を浴びた下半身が、ガクガクと跳ね躍った。

「イヤイヤ、よ、よすぎるのぉおおっ！」

まどかがよがり、身悶える。電マの効果は予想の何倍も凄まじく、一雄は目を疑った。

（こんなに感じるのか——）

アダルトビデオで、男優に電マで責められた女優が、よがり泣くところを何度か視聴した。そのときも派手な声をあげていたが、あまりに大袈裟すぎて、演技過剰だと興醒めしたこともあった。

今のまどかは、その女優以上に乱れている。わざわざ演技をする必要などないから、本当に強烈な快感を得ているのだ。

（じゃあ、あの女優も演技じゃなかったのか）

今さらどうでもいいことを考えたとき、

「だ、ダメ、イッちゃう」

同い年の人妻が、早くも頂上に向かう。よだれを垂らさんばかりに、表情をだらしなく蕩けさせて。

「イク、イクっ、い——イクイクイクぅっ！」

アクメ声をほとばしらせ、まどかは後ろに倒れた。気持ちよすぎて坐っていられなくなったようだ。

「くはっ、ハッ、あふ、うふふぅ」

パンティまる出しの体軀を波打たせ、歓喜の余韻にひたる。マットの上に放り出された電動マシンは、唸りをあげ続けていた。

(イッたんだ、まどかさん……)

盛大なオルガスムスに、昂奮するよりも圧倒され、一雄はそろそろと膝を進めた。電マを拾いあげ、スイッチを切ろうとしたところで、あられもなく晒されたベージュ色の股間が目に入る。

(ああ、すごい)

クロッチ部分はぐっしょりと濡れ、全体の色が変わっていた。そこから酸っぱみを帯びたなまめかしい匂いが、むわむわと漂ってくる。

煽情的な光景とパフュームに、頭がクラクラするよう。気がつけば、一雄は電マのスイッチを切らず、再び女芯に押しつけていた。

「ん――」

成熟した下半身が、ピクッと震える。絶頂後の脱力感が続いているのか、顕著な反応はなかった。

ならばと、振動を強にする。

「いやぁあああああっ!」

まどかがまたも歓喜の叫びをあげる。女らしい腰回りが、トランポリンに乗っているみたいにはずんだ。

「イヤイヤ、い、イッたばかりなのにぃ」

どうやら甘美な責め苦から逃れるべく、身をよじろうとしたらしい。しかし、からだに力が入らなかったのか、さっき以上の振動を敏感なところで受け止めることになった。

「くぅううう、だ、ダメ、強すぎるぅ」

快感と苦痛の両方があって、頂上まで行けないと見える。強すぎたのかとスイッチを弱に戻すと、ちょうどいい刺激になったようだ。

「あ、あ、あ、ま、またイキそう」

女体が上昇に転じる。ほとんど間を置かずに、彼女は「イクぅッ！」と声をあげて果てた。

(いやらしすぎるよ、まどかさん)

一雄は右手に電マを持ち、左手で分身をゆるゆるとしごいていた。利き手ではない自慰はもどかしさが強く、そう簡単にはイケない。なのに、目撃しているものがあまりに卑猥で、早くも爆発しそうであった。

(おれよりも、まどかさんを)

人妻をもっと乱れさせるべく、股間を刺激し続ける。

「ダメぇ、も、二回もイッたのよぉ」

まどかが涙をこぼし、頭を左右に振る。からだのあちこちがビクビクと痙攣し、全身が愉悦にまみれているのがわかった。

「ね、死んじゃう。そんなにされたら、わたし死んじゃう」

などと言いながら、肉体は生き生きとした反応を示す。柔肌のどこかが絶え間なくわななき、呼吸も著しい。

もっともそれは、断末魔と呼ぶに相応しかったかもしれない。

「イヤイヤ、またイクぅ」

背中とヒップが浮きあがり、彼女が「あ、あ、あ――」と母音を繰り返す。

「イクっ、イクッ、あああ、すごいの来るぅっ！」

三度目の頂上を迎えると、魅惑のボディが硬直した。

「う――あ、あふっ、くうううう」

歓喜の呻きをこぼしたのちに脱力し、手足を大の字にのばす。

あとはスイッチを強にしても、ハァハァと胸を上下させるのみ。反応が鈍くなったのは、強い刺激を続けて浴びたものだから、感覚が麻痺してしまったせいなのか。

（無茶しすぎたかな）

ちょっと怖くなって、一雄は電マをはずしてスイッチを切った、途端に、室内が静かになる。

「は……あふ――」

まどかの息づかいのみが、六畳間に流れた。

オナニーの見せ合いのはずが、一雄は置いてきぼりを喰ってしまった。しどけなく横たわる人妻はエロティシズムの固まりのようで、オカズとしては最高だ。右手に変えずとも、このまま左手でペニスを摩擦すれば、一分とかからず精液をほとばしらせるであろう。

そうしたい欲望と闘いながら、性感を高い位置でキープさせていると、

「……一雄クン、イッたの？」

気怠げな問いかけがある。まどかだ。

「あ、いえ」

「出そうになってる？」

「……はい」

「そう」

彼女の右手がのろのろと動く。オシッコを漏らしたみたいに濡れているクロッチに指をかけると、横にぐいっとずらした。

(え――)

心臓が壊れそうに高鳴る。蜜にまみれ、赤みを著しくする華芯が、あられもなく晒されたのである。

花弁は端っこをスミレ色に染めていた。ハートのかたちに開いた狭間には、鮮やかなピンクの粘膜が覗く。そこには白いカス状の付着物もあり、いっそう生々しい様相であった。

「挿れていいわよ」

まどかが言う。仰向けの彼女は、天井を向いたままだ。瞼も閉じられている。

それゆえ、本心なのかどうか迷った。もしかしたら何度も絶頂したことで、正気を失っているのかもしれない。

「オチ×チン、もう限界なんでしょ。早くオマ×コに挿れなさい。中でいっぱい出していいから」

ストレートすぎる誘惑に、一雄のほうが現実を見失いそうになる。ただでさえ射精目前で、脳が蕩けているのに、そんな淫らな誘惑に抗えるはずがなかった。

「は、はい」

急くように返事をし、荒ぶる鼻息を抑えきれぬまま、横たわる女体に身を重ねる。肉槍の穂先で女芯を探れば、熱い潤みに亀頭がぬぷりと嵌まった。

「あああ」

目のくらむ歓喜に余裕をなくし、一雄は後先考えず蜜穴に押し入った。

「あふぅ」

まどかが喘ぎ、身をくねらせる。途端に、内部がキツくすぼまり、奥へ誘い込むように蠕動した。

(あ、まずい)

たちまち限界が迫り、理性的な行動ができなくなる。一雄は甘酸っぱいかぐわしさを放つ肉体にしがみつき、本能のままに腰を振った。

「あ、あ、あ、ああっ」

頭の中が真っ白になり、目の前にも光が満ちる。めくるめく快楽に捕縛され、逃れようもなく熱い滾りを撃ち出した。

びゅッ、びゅるん、ドクンっ——。

ペニスの中心をザーメンが通過するたびに、強烈な快美が生じる。後頭部を殴られるみたいな衝撃に、全身がバラバラになるのを感じた。

（おれ、このまま死ぬんじゃないか？）

恐怖と紙一重の快感に翻弄されつつ、長々と射精する。

「あう、うう……はあ」

心ゆくまでほとばしらせたのち、一雄は脱力した。まどかに身を重ね、同じように手足をのばす。

倦怠感を伴う甘い余韻が、ふたりを包み込んだ。

4

「ちょっと、重いわよ」

耳元で言われ、一雄はようやく我に返った。

「あ、すみません」

気遣う余裕を完全になくし、まどかに全体重をかけていたのだ。

焦って離れようとしても、腰と膝がガクガクしてうまく動けない。へっぴり腰のみっともない格好で、どうにか彼女の上からおりる。すでにペニスは萎えており、膣から抜け落ちていた。

「ティッシュ取って」

「あ、はい」

マットの脇にあったボックスを差し出すと、まどかがのろのろと上半身を起こす。抜き取った薄紙を秘部にあてがおうとしたようだが、めくられたクロッチが戻り、逆流したであろうザーメンを堰《せ》き止めていた。

「やん、もう」

股間を覗き込んで嘆いたのは、パンティがかなり汚れていたからであろう。もっとも、セックスをする前からグショグショだったのである。

その場で処理するのは諦めたようで、彼女が立ちあがる。一雄を見おろし、

「オチ×チン、洗ったほうがいいわよ」

声をかけると、部屋の外へ向かった。シャワーを浴びるのだろう。

見おろせば、萎えて縮こまった秘茎は、胴体とくびれに白い濁りを付着させていた。たしかに洗ったほうがよさそうだと、一雄はまどかのあとを追った。

アパートの浴室はユニットバスで、洗面台もそこにある。先に入ったまどかは浴槽の中に立ち、まずシャツを脱いで洗面台に置いた。

インナーはブラジャーではなく、丈の短い薄手のタンクトップだ。どうりで乳首が浮いていたはずである。それも無造作に頭から抜き、ベージュのパンティ一枚を残すのみになる。

（うわ、おっぱい——）

綺麗な球体を保つ乳房は、カップ数もけっこうありそうだ。頂上は薄いチョコレート色で、乳首がツンと勃っている。まるで吸ってと誘うみたいに。

それに見とれる間もなく、最後の一枚が熟れ腰から剝きおろされた。

モデル体型の人妻が、一糸まとわぬ姿で目の前にいる。ついさっき彼女と交わり、体奥に精液を注ぎ込んだばかりなのに、やけに遠い日の出来事か、いっそ幻のように思えた。

「もう、こんなに……」

パンティを裏返し、クロッチの内側を確認して、まどかが顔をしかめる。一雄にもそこがチラッと見えたが、白濁の粘液が裏地全体を汚していた。精液ばかりでなく、ラブジュースも含まれていたはずである。

彼女は蛇口をひねってシャワーを出すと、下着の汚れをざっと落とした。あとでしっかり洗うつもりなのか、薄布を軽く絞って洗面台に置く。

それからシャワーノズルを壁からはずし、股間をお湯で清めた。

「くぅン」

真下から水流を当て、まどかが切なげな声を洩らす。指も添え、中まで丁寧に洗ったようだ。ごく日常的なしぐさが、妙になまめかしい。

「ほら、いらっしゃい」

所在なく佇む隣人に気がつき、彼女が声をかける。

「あ、はい」

一雄は急いでシャツを脱ぎ、素っ裸になって浴槽に足を入れた。狭いから、立っていてもふたりで満員だ。

「あうっ」

身震いして呻いたのは、縮こまったペニスを握られ、シャワーをかけられたからである。

揉むように洗われ、腰をよじらずにいられない。まだ射精の余韻が残っていたのか、やけに感じてしまったのだ。

しかしながら、さすがに再勃起とはならない。

「はい、いいわよ」

言われて、一雄は浴槽を出た。まどかもあがり、ふたりとも下半身濡れっぱなしで部屋に戻る。

(まだ終わりじゃないみたいだぞ)

もしもおしまいにするのなら、ちゃんと身繕いをするはずである。けれど、彼女は全裸でマットに膝をつくと、

「ここに寝て」

と、一雄に命じたのだ。

拒む道理はなく、人妻の膝先で仰向けに寝そべる。すると、添い寝した彼女が、顔を覗き込んできた。

「舌出して」

掠れ声で言われ、素直に従う。まどかも唇から舌をはみ出させると、一雄のものをチロチロと舐めた。

(ああ……)

官能的な気分にひたり、下腹を波打たせる。子供っぽい戯れながら、本当の子供はこんなキスをしない。大人の余裕があればこそできるのだ。

さらに、彼女は一雄の舌を唇で挟み、チュッチュッと吸いたてた。

同い年でも、性のテクニックに関しては、まどかのほうがずっと長けている。人妻ゆえなのはもちろんのこと、結婚前にもかなりの経験を積んだのではあるまいか。

(最初にオナニーを見せ合ったのも、あれだけで済ませるつもりはなくて、単なる前戯だったんだな)

電マを見つかったのは想定外だとしても、自慰で互いに高まったあと、結局はペニスを受け入れるつもりだったに違いない。今はそう確信できる。

ふたりの唇がぴったりと重なる。その中で吐息と唾液、それから舌を行き交わせる。

ピチャ……チュッ——。

口許からこぼれる水音も、エロスの気分を高めてくれる。まどかの手は一雄の鳩尾《みぞおち》あたりを撫でていたのだが、唐突に乳首を摘まれた。

「むふぅ」

くすぐったい快さに、鼻息がこぼれる。指先でクリクリと転がされる突起が、硬くふくらんできたようだ。

そのあいだも、深いくちづけは続いていた。

左右の乳首を満遍なく弄《もてあそ》んでから、手が下半身へと向かう。戯れにヘソをほじったあと、いよいよ牡の性器に到達した。

彼女が最初に触れたのは、陰嚢であった。手で包み込み、優しく揉みほぐす。さっき放出した子種を、新たに補充するかのごとく。

「ううう」

一雄は呻き、裸身をくねらせた。たしかに気持ちいいのだが、焦れったさが強い。もっと感じるところをさわってほしかった。

ところが、密かな求めを無視するように、しなやかな指は嚢袋《のうたい》や、腿の付け根をソフトタッチで刺激する。それが単なる焦らしではなく、ちゃんと考えがあってのことだと、一雄は程なく知ることとなる。

「ぷは——」

まどかが唇をはずす。ひと息ついて、トロンとした目で見つめてきた。

「キス、気持ちよかった?」

「はい……すごく」

「じゃあ、こっちはどうかしら」

彼女の指が、いよいよ陽根に巻きついた。

「あああっ」

一雄はたまらず声をあげた。完全に萎えていた分身が、いつの間にか復活を遂げていたのである。そのため、快感も著しかったのだ。

（そうか、あんなに焦らされたから――）

周辺からジワジワと責められたため、海綿体が否応なく充血を促されたのではないか。

「ふふ、元気ね」

嬉しそうに頬を緩めたまどかが、からだを起こす。一雄の脇に正座すると、手にした屹立の真上に顔を伏せた。

「あ、あっ」

強ばりをすっぽりと含まれ、抗いようもなく声が出る。舌が回り、ふくらみきった亀頭を味わうようにしゃぶった。

（気持ちいい……）

キスと同じく、余裕の感じられる舌づかい。レロレロと左右に震わせ、敏感なくびれを狙うことまでする。

（おれもしなくっちゃ）

一方的に奉仕されるのは好ましくない。ふたりで気持ちよくなるべきだ。そう考えたのは、このまま最後まで導かれそうな予感がしたからである。

一雄は頭をもたげ、手をのばしてまどかの足首を摑んだ。引き寄せると、何を求めているのか察してくれたようである。

彼女は牡の漲りを咥えたまま、男の上に逆向きでかぶさった。

差し出された臀部を両手で摑み、一雄はぐいと引き寄せた。ほころんだ蜜園が口許に密着すると、淫靡なフレグランスがわずかに感じられる。

中出しされた精液の残り香でないことは、すぐにわかった。さっき、バスルームで丁寧に洗ったはずが、成熟した女体は新たなフェロモンをこぼしていたようである。

(まどかさんも、キスで感じていたんだな)

ふたりで高まっていたのだと知って嬉しくなる。だったら今もそうしようと、湿った恥割れに舌を差し入れた。

「ンふっ」

まどかが尻の谷を閉じ、鼻息を吹きこぼす。温かなそれが、陰嚢の縮れ毛をそよがせたのにもゾクゾクした。

シックスナインで互いをねぶり合う男と女。高まる悦びが肌を火照らせ、体温が行き交う。一体感にも包まれ、何をしても許される心地になった。

だからこそ、一雄は迷うことなく、アヌスにも舌を這わせたのだ。

「ン──」

まどかの動きが止まる。何かを窺うみたいに、肉根を深く咥えたままじっとしていた。

それにもかまわず、桃色のツボミを舐めくすぐると、屹立の口がはずされた。

「ね、ねえ」

声をかけられ、一雄は秘肛の舌をはずした。特に焦らなかったのは、彼女が気分を害したふうではなかったからだ。

「なんですか?」

「……どうして、そんなところまで舐めてくれるの?」

「気持ちいいかなと思って」

「イヤじゃないの? 汚いところなのに」

ここまで大胆に振る舞ってきた人妻が、そんなことを気にするとは意外であった。

そもそも、その付近はさっきシャワーで洗ったのである。事実、匂いも味もしなかった。

「まどかさんのからだを、汚いなんて思いません。それにここ、とっても可愛いですよ」

真っ正直に答えると、尻肉が恥じらうようにすぼまった。

「へ、ヘンタイ」

彼女がなじったのは、照れ隠しだったのだろう。

「だったら、もっと舐めて」

たわわなヒップが顔面に落とされる。アヌスが舐めやすいように、まどかが自ら位置を調節した。

リクエストに応え、一雄は舌を這わせた。窪みをほじるように、ねちっこく。

「あ……ンぅ、くうう」

切なげな呻き声とともに、顔の上でもっちりお肉がワナワナと震える。彼女はフェラチオでお返しをする余裕などないらしく、肉根に両手でしがみつくので精一杯というふうだ。

おかげで、一雄はアナルねぶりに集中できた。

まどかが腰を浮かせたのは、五分近くも排泄口を舐められたあとだった。

「どうでしたか？」

脇にぺたりと坐り込んだ彼女を見あげ、感想を求める。すると、「んー」と難しい顔を見せられた。

「気持ちよくない……ってことはないのよ。でも、気持ちいいのかっていうと、そうとも言い切れないし。感覚としては、くすぐったいに近いかしら」

そのわりに、やけに長く舐めさせたなと疑問を抱く。すると、まどかが仕方ないというふうに唇をすぼめ、すべてを告白した。

「……でも、すごくドキドキしたっていうか、ものすごくいやらしいことをされている気になったの。あ、わたし、おしりの穴を舐められてるって思ったら、背中のあたりがゾクゾクしたのよ」

肉体ではなく、心情的な歓びを得たということか。

「だから、うん……ありがと」

お礼を言われ、一雄は大いに戸惑った。

「え、ありがとうって？」

「も、もういいわ」

「だって、おしりの穴なんて、ウチの旦那だって舐めなかったもの。ううん。その前に付き合った男もみんな」

そう言って、彼女がはにかんだ笑みをこぼす。

「だから一雄クンは、わたしにとって初めての男ってことになるわ」

初めての男だなんて、これまで誰にも言われたことがない。一雄は感激で胸が熱くなった。

(だったら、モラハラの旦那なんかと別れて、おれと──)

思い切って告げようとしたとき、まどかが動く。

「じゃあ、またオマ×コに挿れさせてあげるわ」

ストレートすぎることを口にして、腰を跨いでくる。そそり立つ牡根を逆手で握り、真上に腰を定めた。

「あん、すごく濡れちゃった」

切っ先を蜜芯にこすりつけ、人妻が悩ましげにつぶやく。実際、そこはしとどに濡れ、粘っこいジュースがたっぷりとまぶされた。

「一雄クンにおしりの穴を舐められて、こうなったのよ」

色っぽい目で睨まれて、握られた分身がビクンとしゃくり上げる。快感はそれほどではなくても、心情的な昂りが愛液の湧出を促したようだ。

「ま、まどかさん」

「これなら、ヌルッて入っちゃうわね」

などと言いながら、彼女はなかなかヒップを下ろさない。焦らしているのではなく、迷っているふうだ。

それは不貞行為に対する抵抗感からではなかった。

「なんか、すごく感じちゃいそう」

牡を深く迎えたら乱れそうで、躊躇しているらしい。だったらと、一雄はむちむちした太腿を両手で摑み、強く押し下げた。

「キャッ、ダメっ！」

まどかが悲鳴をあげる。どうにか踏ん張ろうとしたものの、不安定な中腰だっただめに、立て直しができなかった。

結果、男の上に坐り込んでしまう。

「はうううーッ」

串刺しになった女体が、背すじをピンとのばす。艶腰をわななかせ、呼吸をせわしなくはずませた。

「も、バカぁ」

涙目でなじりながらも、受け入れた屹立を柔穴でキュッキュッと締めつける。

「おおお」

一雄も喘ぎ、裸身を波打たせた。

（……奥まで入ってる）

交わるのは二度目でも、さっきは慌ただしく昇りつめたから、内部の感触を味わうゆとりがなかった。けれど今は、まつわりつくヒダや、奥まったところにある狭まりなど、すべてを感じることができる。

「すごく気持ちいいです。まどかさんの中」

感動を込めて告げると、彼女が「ば、バカ」と罵る。

「乱暴にしないでよ。いきなりだったから、オマ×コがびっくりしてるわ」

またも禁断の四文字を口にして、その部分をなまめかしくすぼめる。

「でも、本当に気持ちいいんです」

「わかったわよ。まったく……オチ×チン、こんなにカチカチにしちゃって」

受け入れたものの漲り具合を確認し、人妻が腰をそろそろと振り出す。結合部がヌチャッと、卑猥な粘つきをこぼした。

「あん……やっぱり、いつもより感じちゃう」

予想通り、アナル舐めで高まった肉体は、性感が研ぎ澄まされている様子だ。魅惑のボディがビクッ、ビクンと、鋭敏な反応を示す。

(なんていやらしいんだ)

はしたないところを見られるとわかっていても、まどかは悦びを求めずにいられなかったらしい。

「ああん、ホントにいいのぉ」

最初は腰を前後左右に揺り動かしていたが、それでは満足できなくなったようだ。左右の膝を立てて前屈みになり、一雄の両脇に手をつくと、豊かなヒップを上下にはずませた。

「あ、あん、いい、いいのぉ」

逆ピストンで貫かれ、美貌を愉悦に蕩けさせる。女性上位で、かなりダイナミックな交わりだ。

深く入り込んだペニスは、奥の狭まりでくびれを刺激され、極上の歓喜にひたる。溢れる愛液は粘っこく、ヌルヌルとすべる感じもたまらない。

「うう、う、ああっ」

一雄も声をあげ、無意識に腰を突き上げた。

「きゃふぅううっ！」

膣奥を突かれ、まどかが甲高い嬌声を放った。

「お、奥ダメ……弱いのぉ」

自ら白状した弱点を、逃す理由はない。パツパツと音が立つほどに股間を真下からぶつければ、彼女は身を震わせてすすり泣いた。

「それ、よすぎるぅ」

「もっとよくなってください」

「ダメダメ、イッちゃうからぁ」

是非ともセックスでイカせたいと、一雄は無我夢中で女膣を抉った。腰がつらくなっても、何クソと歯を食い縛って。

「いやあぁ、い、イクイクイク、いっくぅううっ！」

上半身を振り子みたいに揺らし、人妻が頂上に到達する。それでも、一雄は己の腰に鞭打って、強烈なピストンを繰り出した。

「くはッ、ア——あはぁあああ」

オルガスムスにわななく女体が前に倒れ、しがみついてくる。一雄は彼女を抱きしめて、なおも下から突きまくった。

「あひっ、はっ、はふぅう」

喘ぐまどかの唇を奪い、激しく吸いたてながら抽送をキープする。

ここまで荒々しく挑むセックスは初めてだ。一雄は一個のケモノになって、愛しいひとを責め苛んだ。もっとよくなってと、胸の内で呼びかけながら。

「ぷは——」

息が続かなくなり、どちらからともなくくちづけをほどく。それがきっかけとなったのか、悦楽の第二波がふたりを同時に巻き込んだ。

「あ、あ、ま、またイッちゃう」

「お、おれも」

迫り来る喜悦に、腰の動きがぎくしゃくする。

「いいわ。いっしょに……くううう、な、中にいっぱい注いでぇ」

「はい。あ、ああっ、で、出ます」

「イッて、イッて、わ、わたしもイッちゃうぅううっ！」

同時に昇りつめたふたりは、絡み合ったままマットを転がった。もはやどちらが上なのか、彼らにもわからない。

「うううう、あ、あ、すごく出てます」

「むふぅうぅ、あ、あ、あったかい……」

ほとばしりを浴びた人妻が、四肢を強ばらせる。一雄は彼女を強く抱きしめ、ありったけの激情を余すことなく注入した。

第四章　男の夢をリサイクル

1

（やっぱりこうなったか……）

一雄は虚しさに駆られ、色あせた壁を見つめた。その向こう側には、今はもう誰もいない。

隣のまどかが部屋を引き払ったのは、初めて関係を持ってから二日後のことだった。

実はあの翌日も、淫らな戯れがあったのだ。一緒に夕食をと誘われ、スーパーで買った惣菜を肴に、彼女の部屋で缶ビールを飲んだ。

酔えば自然とエロチックな気分になる。抱き合って唇を交わしたところで、なんとまどかは生理が始まってしまった。

そうなれば、結合はおじゃんである。お詫びにと、一雄は彼女にフェラチオをされ、噴きあげたものを飲まれた。それでとりあえずは満足したのである。

二日も続けてそういうことがあれば、ふたりの関係は安泰だと思うのは当然である。なのに、次の日にはまどかがいなくなっていた。一雄は落胆し、どうしてこうなるのかと泣きたくなった。

彼女が去った理由は、一雄の郵便受けに残されていた手紙で明らかになった。夫が全面的に非を認め、言動を改めると約束したから、今回は許すことにしたそうだ。もしも変わらなかったら、今度こそ別れるとも書いてあった。

まどかの夫が本当に改心したのか、一雄にはわからない。妻に帰ってもらうため、偽りの決意を示した可能性だってある。

しかし、結局は夫婦関係がうまくいって、彼女がここに戻ってくることは二度とあるまい。そんな気がしてならなかった。何しろ希代美に愛子という前例があるのだ。

二度あることは三度あるという。今回もきっとそうに違いない。一雄は完全に諦めムードであった。

(さようなら、まどかさん)

胸の内でつぶやき、感傷にひたる。同い年の人妻のことを思い出し、愛らしい面影に情愛を募らせるうちはまだよかった。

ところが、電マで乱れまくったところや、セックスでのあられもないよがりっぷりまで脳裏に蘇らせたものだから、たちまち海綿体が充血する。

(ああ、まどかさん――)

その晩、一雄は彼女のことを思いながらオナニーをした。一度の射精ではもの足りず、立て続けに二度もほとばしらせて、ようやく落ち着いたのである。

そのあと、ザーメンの青くさい残り香に包まれて、激しく落ち込んだのは言うまでもない。

2

月一でライブに呼んでもらっている主催者から、次の回も出てくれと電話があった。しかし、喜んでばかりもいられない。

『ただし、お客の反応によっては、出演は二度とないかもしれないぞ』

と、最後通牒を突きつけられたのだ。

「つまり、クビってことですか?」

一雄はスマホを耳に当て、怖ず怖ずと訊ねた。

『まあ、こっちもボランティアでやってるわけじゃないんだし、集客が見込めないやつを出演させるのは、対バンの連中も嫌がるだろ』

「それはそうですけど……」

『あと、必ず新曲をおろしてくれ。次の回は、その企画が売りだから』

「新曲……わかりました」

『今あるやつの、歌詞だけを変えたなんてのは駄目だからな。詞も曲も新しいやつだぞ』

「はい。もちろん」

『それじゃ、当日はいつもより早めに来てくれ。リハと音響チェックのときに新しい曲を聴かせてもらって、これは披露できるレベルじゃないとわかったら、その時点で出演を見合わせてもらう場合もあるからな』

いつになく厳しい条件に、一雄は追い詰められる気分を味わった。

「わかりました」

『まあ、松井君はいい曲を書くんだし、おれも期待してるんだ。是非それに応えてくれ』

「はい。頑張ります」

『それじゃ』

通話の切れたスマホを手に、一雄はしばらくその場に立ち尽くした。

（……新曲、どうしよう）

ライブまで、あと二週間もない。主催者に認めてもらえるだけのものが、果たしてできるのだろうか。

メロディなら、いくらかストックがある。しかし、それにぴったりくる詞がなかなかまとまらず、発表できずにいたのだ。

いっそ詞は、誰かにお願いしようか。そんな打開策も浮かぶ。しかし、そもそも詞を書いてくれそうな人間が浮かばなかった。

ミュージシャン仲間は何人もいる。けれど、それぞれに個性があって、一雄の音楽性に合った詞が書ける者はいそうにない。もしもいたら、端っからそいつと組んでいるだろう。

ならば、かつて組んでいたあいつに詞を書いてもらおうか。いい曲ができる、それが最も確実な方法である。

だが、実現は難しい。いや、絶対に無理だ。

何しろ、もう何年も連絡を取っていないのだ。今さらどの面下げて、作詞を頼めるというのか。それはプライドが許さない。

結局、自分でやるしかないという結論に落ち着く。

そんなに気負うことはない。歌詞のアイディアは日常のちょっとしたところにあると、有名なソングライターも言っていたではないか。

そう自らを励まし、一雄はゴミ収集の仕事中も、目についた言葉や、ふと浮かんだ言い回しを胸に書き留め、あれこれ組み合わせてみた。ひとつでもいい。何か核になるフレーズができないものかと。

そんなことをしていれば、当然ながらミスをする。

「ちょっと、忘れてるわよ」

声をかけられ、ハッとする。振り返ると、一軒のお宅のゴミ袋が、置きっぱなしになっていた。一雄が収集し忘れたのだ。

「あ、すみません」

一雄は急いで引き返した。ゴミ袋の結び目を摑み、勢いよく持ちあげる。

途端に、袋が音も立てずに裂け、中のゴミがバラバラと溢れ出た。

（ああ、やっちまった）

見事なまでの散らばりように、一雄はその場に立ち尽くした。

こんなことは初めてではない。なのに、どう手を出せばいいのかわからなくなり、茫然自失の体《てい》に陥ったようだ。

今日は燃えないゴミの日である。どこも燃えるゴミほどの量はなく、出ていないお宅もあった。そのため、収集は比較的楽なのだ。

但し、燃えるゴミと違って、中身は千差万別である。プラスチック製品が比較的多いが、金属や陶器などもあって、見た目と重さにギャップがあることも少なくない。

また、硬くて角があるものが入っていると、大して強度のない指定のゴミ袋は、簡単に破れてしまう。そのため、袋の外から何が入っているのか見当をつけ、素早く且つ注意深く扱わねばならない。

袋が破れたのは、注意を怠った結果であった。

「ねえ、ちょっと停めて」

同僚の声で、塵芥車が停車する。タッタッと軽やかな足音が近づいてきた。

「何してるの？　すぐに拾わなくちゃ」

言われて、一雄はようやく我に返った。

「あ、はい」

振り返ると、今日初めて一緒に仕事をする吉村春菜《よしむらはるな》が、あきれた面持ちを見せていた。

ゴミ収集の現場にも、女性はいる。絶対数は多くないし、長く勤めるひともまれらしいが、一雄の職場にもいた。

そのひとりが春菜であった。

彼女が今の会社に勤めだして、まだ二週間ほどである。けれど、その前にも別の清掃会社に勤務し、近隣の市で収集をしていたこともあって、仕事のノウハウは完璧に習得していた。ここでは一雄の後輩なのに、ベテランの風格すらあったのだ。

とは言え、春菜はまだ三十一歳である。そして独身。

それまで住んでいた賃貸マンションが建て直されるため、引っ越すことになったついでに、彼女は勤め先も近いところに変えたという。前の会社と今の会社の社長が飲み仲間のため、職場替えはスムーズにいったらしい。

会社で春菜と話したことはあまりない。ただ、一雄から見て、彼女はとにかく気さくで明るい女性という印象だった。

まあ、男に交じって肉体労働をしているのだ。そういう性格でなければ務まらないであろう。

とにかく元気だし、年齢を感じさせない若々しさもある。運動好きなのか日焼けしており、ショートカットだからいかにも体育会系っぽい。

一雄は根っからの文化系だから、春菜のような女性は、どちらかと言えば苦手なタイプだった。そのため、これまで仕事のときに組むことがなくて、正直ホッとしていたのである。

ところが、初めて組んだその日に、目の前でミスをやらかしてしまったのだ。きっと叱られるか、文句を言われるに違いない。そう思ったから、一雄は謝るより前に身構えてしまった。

ところが、彼女がちりとりとホウキを手にしているのに気がついて、きょとんとなる。

「ほら、突っ立ってないで、さっさと拾いなさい」

「あ、はい」

一雄は慌てて身を屈め、散らばったゴミを袋に戻した。

春菜が持っていたのは、鉄道ちりとりと呼ばれるものだ。ごみ受け部分にフードがついており、しかも本体を三本の支柱で保持する丈夫な造りになっている。それこそ駅員さんが、ホームなどを掃除するときに使われることから、その名がついた。

ホウキのほうも、掃くところが硬めの化繊素材だから、重さのあるゴミでも対処できる。それを使って、彼女は細かいゴミを素早く掃き取った。

おかげで、三十秒とかからずその場が綺麗になる。

「これでOK。それじゃ、行くわよ」

「あ、はい」

一雄はゴミをこぼさないように運び、塵芥車の後ろに投げ入れた。

「あの、ありがとうございました」

ホウキとちりとりを片付けた春菜に、焦り気味に礼を述べる。すると、彼女の口許から白い歯がこぼれた。

「こういうのはお互い様よ。次は気をつけてね」

笑顔で注意され、「はい」とうなずく。失敗も帳消しにされたようで、いつもならけっこう落ち込むのに、気持ちがすっと軽くなった。

（いいひとだな、吉村さん……）

苦手だと決めつけていたことが、恥ずかしくなる。

（よし、もう失敗しないぞ。集中、集中）

自らに声をかけ、一雄は塵芥車のあとを追った。

3

「ねえ、これから空いてる？」

夕刻、一雄は帰宅前に声をかけられた。春菜だった。

「あ、はい。特に予定はないですけど」

「だったら、付き合ってくれない？　ちょっと飲みたい気分なの」

「いいですよ。おれでよかったら」

「本当に？　よかった。あ、心配しなくても、お姉さんがちゃんと奢ってあげるからね」

べつに心配などしていなかったが、ただで飲めるのであれば、こんなに有り難いことはない。

「すみません。ご馳走になります」

「ううん。お願いしたのはこっちなんだもの。さ、行きましょ」

「はい」

年上の同僚のあとに続きながら、一雄は思った。

(吉村さんって、やっぱり体育会系だよな)

服装も、いかにもそれっぽい。色あせたジーンズに、薄手のパーカーを羽織っている。頭にはキャップを被り、足元はスニーカーだ。

それに、飲みたくなったから年下を誘うというのも、体育会系ならではであろう。もっとも、そういうひとたちとの交流が少なかったから、単なる偏見かもしれない。

ともあれ、彼女が先導して入った店は、女性が一般的に好むようなところではなかった。

「ここ、安くて美味しいのよ」

天井付近を煙が流れ、脂の焼ける匂いが漂う店内は、古びた壁も煤《すす》で黒ずんでいる。まさに飲み屋という雰囲気の、もつ焼き屋であった。

客席はカウンターの他に、狭いテーブルが四つほどある。まだ五時を回ったばかりなのに、カウンターはほぼ埋まっていた。

ふたりは奥のテーブル席に着いた。田舎の食堂にあるようなそれは、端のところが欠けている。椅子も安っぽい丸椅子だ。

「生ビールふたつね」

年配の夫婦がふたりで切り盛りしているようで、春菜は奥さんに飲み物を注文した。それから一雄に向き直り、

「あ、他の飲み物がよかった？」

と、今さら訊ねる。

「いえ。いつもだいたい生ビールですから」

答えると、彼女は我が意を得たりというふうにうなずいた。

「うん。焼きとんには、やっぱりビールよね。あ、注文も任せてもらっていい？美味しいやつを頼むから。まあ、ここのは全部美味しいんだけど」

「はい。お願いします」

生ビールがすぐに運ばれてくる。春菜は奥さんに串ものを何種類かと、モツ煮

とキャベツを注文した。

「それじゃ、乾杯」

差し出されたジョッキに、一雄は自分のものをぶつけて「乾杯」と答えた。

春菜はジョッキに口をつけると、「んっ、んっ」と喉を鳴らした。冷えたビールを半分近くも注ぎ込み、「はあー」と満足げに息をつく。

「仕事のあとの生ビールは最高ね」

それは一雄も同感だったから、「ええ」とうなずいた。だが、ひと口目に飲んだ量は、春菜のほうが断然多かった。

(けっこう呑兵衛《のんべえ》みたいだぞ)

これも体育会系だからだなと、勝手に決めつける。

「ところで、ちょっと訊きたいことがあるんだけど」

彼女が不意に、改まった態度を見せる。

「え、なんですか?」

「今日さ、仕事のとき、袋が破けてゴミが散らばったじゃない」

すぐにそのことを思い出し、一雄は頭を下げた。

「すみません。あのときはご迷惑をおかけしました」

「ううん、それはいいの。で、あのあとは松井君、普通に仕事をこなしてたけど、その前は何だか難しい顔をして、悩んでるっていうのとも違う感じで、とにかく仕事に身が入っていないように見えたのよ。ほら、あのゴミだって取り忘れて、慌てて戻ったからああいうことになったわけじゃない」

新曲の歌詞を考えて、集中できていなかったのは確かである。そのことに、春菜も気がついていたようだ。

「そうでしたね……」

神妙な面持ちでうなずくと、彼女が身を乗り出してくる。

「だから、もしも困り事があるのなら、わたしでよければ相談に乗るわよ。まあ、何ができるってわけじゃないけど、誰かに話すだけでも楽になることだってあるじゃない。もしかしたら、解決できる人間を紹介できるかもしれないし。これでけっこう、顔が広いのよ」

要は心配して、飲みに誘ってくれたのである。特に親交があったわけでもない、一同僚に過ぎない一雄を。

(なんて優しいんだろう)

いかにも面倒見のいい姐御肌ふうだから、これまでも気になる同僚を見かけたら、声をかけていたのではないか。それだけ普段から、周囲に気を配っているとも言える。

体育会系はがさつで無神経というイメージを、一雄は持っていた。少なくとも春菜については、その決めつけは間違っている。考えを改めると同時に、彼女への感謝の思いが大きくふくれあがった。

「ありがとうございます」

深く頭を下げると同時に、目頭が熱くなる。涙がこぼれそうになるのを、一雄はぐっと堪えた。

「お礼なんていいの。それで、どんなことで困ってるの?」

「えと……たぶん話したら、吉村さんはあきれちゃうと思うんですけど」

「そんなことないわよ。誰かにとって重大な問題なら、それはわたしにとっても重大なの」

その論理はよくわからなかったものの、春菜が心から心配し、親身になっているのは伝わってきた。だからこそ、すべてを打ち明ける気になったのだ。

「実は、おれ、音楽をやってるんですけど——」

インディーズのパッとしないミュージシャンであること、組んでいた相棒が田舎に帰り、ひとりでやってきたことなどを話す。注文した料理が運ばれてきて、勧められるまま食べて飲むうちに、酔ったせいか口が軽くなった。

気がつけば、作詞の悩み以上のことまで喋っていた。

「それで、もしも次のライブでクビが確定したら、そろそろ潮時かなと思ってるんです」

「潮時って？」

「音楽をすっぱり諦めて、就職しようかなって。今の仕事を続けるかどうかはわかりませんけど」

これに、彼女はあからさまに眉をひそめた。

「松井君は、それでいいの？」

「いいっていうか、もうすぐ三十歳ですから。まったく芽が出ないまま三十路を迎えるのは、正直つらいかなって」

「わたしが言ってるのは、年齢のことじゃないんだけど」

最初の生ビールが空いたので、次の飲み物を注文する。一雄は同じく生ビールを、春菜は焼酎の水割りを頼んだ。思ったとおり、お酒が好きなようだ。

「まあ、音楽をやめるって話は、とりあえず置いといて、まずは新しい曲の歌詞を考えなくちゃいけないってことなのね」

「そうです」

「でも、これまでだって歌詞を書いてきたわけでしょ。そんなに気負わなくても、いつもの感じでやればできるんじゃないの？」

「いつもの感じだと、いいものにならないんです」

「どうして？」

「やっぱり、苦手なんですよ。歌メロはともかく、歌詞が凡庸っていうのが、おれに対する固定された評価なんです」

「そんなことを言われてるの？」

「はい。ライブのとき、MC——司会進行のひとから、ネタにされることもありますから」

「ふーん」

春菜が難しそうな顔を見せ、焼酎のグラスに口をつける。わたしの手には負えないと、匙を投げられている気がした。

(ま、しょうがないか)

まったく詳しくないジャンルのことで、そうそうアドバイスなどできるものではない。一雄だって、たとえば春菜から好きなスポーツのことで見解を求められたって、完全にお手上げなのだから。

とは言え、話したことで気が楽になったのは間違いない。胸に巣くっていた迷いや重しが取れ、いつの間にか軽くなっている。もちろん、飲んで酔ったせいもあるのだろうが。

一雄もジョッキに口をつけ、ビールを喉に流し込んだ。それから、

「吉村さんって、学生時代は何をやってたんですか？」

どんな運動をしてたのか気になって質問すると、彼女が目をぱちくりさせる。

「え、何をって？」

「部活動とか」

「んー、文芸部ね」

予想もしなかった答えに、一雄は「ええっ!?」と声をあげてしまった。

「ぶ、文芸って、小説とかの？」

「そうよ。本を読むのが好きで、他には特に趣味なんてなかったわ」

「え、運動は？」

「わたし、運動は苦手だったのよ。体育の成績なんて、ずっと悪かったわ」

典型的な体育会系だと思っていたのに、まさか真逆だったなんて。意外すぎて、一雄は言葉を失った。

「なに、文学少女に見えない？」

含み笑いで訊かれ、ようやく我に返る。

「あ──ああ、いえ……」

「まあ、もう少女って年じゃないけど」

「いえ、そういう意味じゃ」

「ま、無理ないわよね。わたしだって、正直変わりすぎだと思うもの。昔はもっと暗くて引っ込み思案で、おとなしかったから」

つまり、昔から今のような性格だったわけではなく、意識して変えたというのか。

「何か心境の変化でもあったんですか？」

気になって訊ねると、春菜はグラスを手に「んー」と首をかしげた。

「まあ、いろいろあったから。結婚とか離婚とか」

人生の一大事をまとめてふたつも口にされ、驚愕する。しかも、結婚はともかく、離婚までしていたなんて。

「い、いつ結婚されたんですか？」

思わず身を乗り出した一雄を横目に、彼女は水割りをコクコクと飲んだ。ひと息ついてグラスを置き、もったいぶることなく打ち明ける。

「大学を卒業して、すぐくらいよ。二十三歳のとき。相手は大学の先輩で、わたしと同じ本好きなひとだったの。あと、インドア派で、性格がおとなしいのもいっしょね」

「じゃあ、趣味や好みが合ったから結婚したんですか？」

「そうね。気を遣うこともなかったし。ごくごく平和な結婚生活だったわ」

だったら、どうして離婚したのだろう。その疑問を口にしなくても、春菜は自ら語った。

「だけど、自分と同じタイプの人間といっしょに暮らすっていうのは、四六時中鏡を見ているようなものなのよ。最初はいいんだけど、だんだん鼻について、イライラしてくるの」

「え、どうしてですか？」

「自分のイヤなところまで、ずっと見せられているんだもの」

そう言ってから、春菜が唐突に問いかける。

「ねえ、鏡を見るときって、ヘンな顔をしたくならない？」

「え？」

「百面相っていうか、しかめっ面をしたり、鼻を上向きにしたり」

「ああ、そうですね」

「それって、自分のイヤなところを見たくないからそうするんだって、ある日気がついたのよ」

どういうことなのかわからず、一雄は首をかしげた。

「だからわたしも、それをすることにしたの。つまり、それまでの自分とまったく違うタイプの人間になることにしたのね。インドア派だったのに、積極的に外に出て、運動もして、色んなひととおしゃべりをして、他愛もないことでケラケラ笑うようにしたの」

「そんな簡単に変えられるものなんですか？」

「ええ。ほら、俳優が自分と異なる役柄を演じるのといっしょよ。本当の自分を見せるわけじゃないから、むしろ気が楽だったわ」

偽りの姿ゆえ、周りからどんなふうに思われても平気ということらしい。

（つまり、今見ている吉村さんは、本当の吉村さんじゃないってことなのか）

それにしては、やけに自然に映る。演技が本気になったのだろうか。

「そうやって自分を変えてみたら、不思議なもので、ものの見方も変わったの。読書は今でも好きなんだけど、本の好みが広がったし、どんなことでもおおらかな気持ちで受け止められるようになったわ」

「じゃあ、いいことずくめだったんですね」

「わたしにとってはね。でも、旦那はそうじゃなかったのよ。だって、好みのタイプだった妻が、真逆になったんだもの」

「じゃあ、それで？」

「もともとおとなしい性格だったから、わたしに元に戻れとは言えなかったのね。だからわたしも、受け入れてもらえたと思ってたんだけど、実はとっくに愛想を尽かしてて、勤務先の後輩と浮気してたの。それも、昔のわたしみたいなタイプの女の子と」

「ええっ？」

「それで離婚。結婚生活は、二年も続かなかったわね」

春菜はやれやれというふうに肩をすくめた。別れた夫のことは、とっくに吹っ切れているようだ。

「ま、男のほうが一般に保守的だし、変化を好まないみたいだから、そうなっちゃったのは仕方ないのよ」

彼女は自分のグラスを飲み干すと、一雄に顎をしゃくった。

「それ、全部飲んで」

「え？　あ、はい」

一雄もジョッキを空にした。てっきり、次を注文するためなのかと思えば、

「ねえ、松井君の家って遠いの？」

またも話題をころっと変える。

「いえ、歩いて帰れる距離ですけど」

「じゃあ、行こう」

「え？」

「松井君の家。どんな歌を作っているのか、お姉さんが聴いてあげるわ」

恩着せがましい申し出に困惑しつつ、それでも一雄は、不思議と悪い気がしなかったのである。

アパートの部屋に招き入れると、春菜は狭い室内を「ふうん」と納得した面持

ちで見回した。

「いかにも独身男の部屋っていう感じね」

微妙にディスっているふうな感想に、一雄は眉をひそめた。それでも、壁際に置いたケースから愛用のギターを取り出すと、

「あら、マーチンじゃない」

いきなりブランド名を口にされて驚く。

「え、ギターのこと、詳しいんですか？」

「ううん、全然。前に、ギターの写真集を買って、眺めてたことがあったの。弾けないし、さわったこともないんだけど、単純に見た目が気に入って」

「へえ」

「昔のわたしだったら、間違ってもギターに興味を惹かれるなんてなかったから、これも自分を変えたおかげなんでしょうね。まあ、そんなことはいいんだけど、その写真集の中で、一番気に入ったのがマーチンのギターだったの。だから憶えてたのよ」

「そうなんですか」

「でも、マーチンって高いんじゃない？」

「まあ、それなりに。これは同じモデルの中でも安いほうなんですけど、学生時代にアルバイトをして、ローンを組んで買いました」

「へえ、頑張ったのね。じゃあ、さっそく聴かせてちょうだい」

春菜が畳にあぐらをかく。一雄もその前に尻を据えると、手早くチューニングをした。

「ええと、夜だから大きな声を出せないんですが」

いちおう断ってから、一雄は一曲披露した。昔から歌っている、かつての相棒と作ったものだ。

途中、声が裏返りそうになったのは、春菜がじっと見つめていたからである。ライブで浴びるお客の視線よりも真剣で、しかも距離が近かったから、緊張せずにいられなかった。

それでもどうにか歌いきると、彼女がパチパチと拍手をしてくれる。

「へえ、いいじゃない」

お世辞ではないとわかる素直な笑顔と称賛に、一雄はぺこりと頭を下げた。

「ありがとうございます」

「作詞が苦手って言ってたけど、そんなことないじゃない」

「いや、今のは前の相棒が書いた詞なんです」

「ああ、そうなの。だったら、松井君が詞を書いたやつも聴かせて」

「わかりました」

自分の中では自信がある歌を、一雄は披露した。春菜は今度も真剣に聴いてくれたものの、

「なるほどね」

曲が終わっても、ただうなずいたのみ。拍手もなかった。

（やっぱり駄目なのか……）

正直な反応に落ち込む。才能のなさに泣きたくなりつつ、一雄はギターを脇に置いた。

「わたし、メロディはあとのほうが好きよ。だけど、言葉がうまく入ってこないの。あ、何か言ってるなっていうぐらいで」

彼女の感想は率直で、的を射ていた。

「そうですよね……」

自分でも納得できるだけに、落胆が大きい。すると、春菜がアドバイスを口にした。

「ねえ、自分を変えてみたら？　わたしみたいに」

「え、変えるって？」

「わたしは、もともとの性格や行動を一八〇度変えたら、色んなものが見えてきたし、新しい発見があったわ。松井君がうまく詞が書けないのは、自分の歌はこうだっていう思い込みっていうか、決めつけがあるせいだと思うの。一度それを取っ払ったら、作詞もうまくいくんじゃないかしら」

なるほどと思わないではなかった。けれど、では自分のどこをどう変えればいいのか考えても、何も浮かばない。内気な文学少女だった春菜ほど、これといった特徴のない人間なのだから。

そんな内心を、年上の女は悟ったようである。

「まあ、いきなり変えろったって、戸惑っちゃうわよね。だから、普段しないようなことをやってみるぐらいでもいいと思うわ。たとえば、これまで手を出さなかったものを食べてみるとか、趣味じゃない映画を観るとか」

そのぐらいならできそうかなと、一雄はうなずいた。それで詞が浮かぶとは思えなかったけれど。

ただ、できることは何でもやるしかないのだ。

（たしかに、自分を変えるしかないんだよな）

それによって、新たな世界が見えるかもしれない。

すると、春菜がじっと見つめてくる。これまで以上に深刻な眼差しだったから、
一雄は思わず居住まいを正した。

「あと、これだけは伝えておきたいんだけど」

「な、なんですか？」

「松井君は、音楽が好きなんでしょ？」

「はい、もちろん」

「だったら、やめるなんて簡単に言わないほうがいいわ」

静かな口調なのに、言葉が胸に響いてくる。それはきっと、誰かに言ってもらいたいと、無意識に願っていたことだったからであろう。

「もしも嫌いになったのなら、すぐにでもやめていいわ。でも、好きだったら続けるべきよ。もう三十歳だからなんて、年齢を理由にしないで。三十だろうが四十だろうが関係ないわ。いくつになっても、好きなことがあるっていうだけで幸せじゃない」

「……そうですね」

一雄はうなずき、目を伏せた。音楽を始めてからの、様々な出来事が胸の中で渦巻き、瞼の裏で涙に変わる。

「わたしは音楽なんて全然詳しくないけど、少なくとも松井君の歌をいいなって思ったわ。同じように感じるひとは他にもいるはずだし、簡単に諦めないで」

「でも」

「それとも、もう限界なの？　苦しくて立ち上がれないぐらいに」

「……いえ」

「だったら続けなさい。これはお姉さんからの命令よ」

上から目線の励ましが、かえって嬉しい。頑張らなくちゃという気概も湧いてきた。

「ありがとうございます……おれ――」

お礼の声が震えたものだから、一雄はまずいと焦った。涙がこぼれそうだったのだ。

「ほら、いらっしゃい」

声をかけられ、顔をあげる。春菜がこちらに両手を差し出しているのが、瞳にぼやけて映った。

「……え？」

「泣きそうになってる男の子を慰めるのは、お姉さんの役目なのよ」

冗談めかした言葉が、胸に温かく沁みる。一雄は我慢できず、彼女の胸に飛び込んだ。

ふに――。

柔らかなふくらみが顔を受け止める。思わず目許をこすりつけたのは、涙を拭うためであった。

けれど、次々と溢れ出たため、きりがないと諦める。男が泣くなんてみっともないとわかっているが、悲しくて泣いているわけではない。これは次に進むための決意の涙なのだと、自分を赦すことにした。

「いい子ね」

春菜が背中を優しく撫でてくれる。穏やかな気持ちで身を任せ、一雄は年上女性の甘い香りをうっとりと嗅ぎ続けた。

4

「どう、落ち着いた？」

声をかけられてハッとしたのは、どのぐらい経ってからであろうか。柔らかなボディが心地よくて、一雄はうとうとしかけたようである。

そのせいでもないのだろうが、膨張したペニスが脈打っていた。

（あ——）

どうしてこんなときにと焦り、おとなしくなれと股間に命じる。しかし、その部分は意識したことでいっそう硬くなり、ズボンの前を突き上げた。

（まずいぞ……）

これでは離れたくても離れられない。身を剝がした途端に、勃起を気づかれる恐れがある。

どうしようと困り果てたとき、

《ねえ、自分を変えてみたら？　わたしみたいに》

さっき春菜に言われたことが、頭の中でこだまする。

《普段しないようなことをやってみるぐらいでもいいと思うわ――》

次の瞬間、変えるべきところが見つかった。

ゴミ収集の仕事をするようになってから、三人の人妻と親密な関係を持った。みんな長くは続かなかったけれど、それ以外にもうひとつ、共通することがあったのだ。

(おれ、いつも受け身だったんだよな)

途中から調子に乗り、やりすぎたところはあったにせよ、行為に及ぶ入り口は、いつも人妻たちから手を出されたのである。関係があっけなく終わったのは、もしかしたらそのせいかもしれない。

(つまり、おれから積極的に求めれば――)

春菜が言ったとおり、新しい道が拓けるかもしれない。

欲望を正当化しているだけだと、一雄とてわかっている。だが、ここまで親身になってくれる、優しくて素敵な年上女性に、何も感じないほうがおかしい。その思いを素直に表すことは、決して間違っていない。

これまで異性に対して積極的になれなかったのは。拒まれるのが怖かったからである。臆病な自分と訣別するためにも、今は真っ正面から彼女にぶつかってみよう。

決意を固め、一雄は春菜の背中に腕を回し、強く抱きしめた。

「え、ちょっと」

戸惑った声が聞こえ、挫けそうになったものの、手の力を緩めなかった。

「ありがとう、吉村さん」

感謝の思いを告げたものの、胸元に顔を埋めていたから声がくぐもる。

「え？　ああ、うん……」

「吉村さんのおかげで、おれ、すごく元気になりました」

下半身も、という言葉を、一雄は呑み込んだ。

「だったらよかったわ」

「それで、おれ、吉村さんのことが――」

続けて、何を言えばいいのかわからなくなる。好きだなんて軽々しく口にするのは違うし、ヤリたくなったでは品がなさすぎる。

だったら行動で示そうと、一雄は彼女を押し倒した。

「やん、バカ」

春菜がなじる。おいたをする幼子をたしなめるような口調だった。心から拒絶しているふうではない。

これなら大丈夫だと確信し、仰向けになってもボリュームを失わない乳房に、服の上からむしゃぶりつく。

「もう……松井君がこんなことをするひとだとは思わなかったわ」

やれやれというふうに言われ、一雄は（しめた）と思った。

「はい。普段のおれは、絶対にこんなことをしません」

「え？」

「さっき吉村さんが、普段しないようなことをして自分を変えればいいって言ったから、それを実行しているんです」

これに、彼女はプッと吹き出し、心からおかしそうに笑った。

「もう、松井君ってば」

べつに冗談を言ったわけではなく、本気なのだ。それを理解してもらうために、シャツの裾から手を入れて、なめらかな肌をまさぐった。

「あん」

甘えた声を洩らした年上女性が、身をしなやかにくねらせる。手が奥に侵入し、女らしいふくらみを捉えても抵抗しなかった。

中に着けていたのはブラジャーではなく、丈の短いタンクトップ型の下着のようだ。どうりでふにふにした感触が、ダイレクトに伝わったはずである。

（まどかさんもそうだったな……）

お隣さんだった人妻のことを思い出しかけ、頭から追い払う。こんなときに、他の女性のことを考えるのは失礼だ。

「ちょ、ちょっと待って」

春菜が焦った声をあげ、身をよじる。何かあったのかと、一雄は顔をあげた。

「え、どうかしましたか？」

「これ、自分で脱ぐから」

とりあえず離れると、彼女は羽織っていたパーカーを肩からはずした。さらに、内側のシャツも頭から抜く。

おっぱいのボリュームをこれ見よがしにするインナーと、白い肩があらわになる。顔は日焼けしているが、からだは素肌の色だ。スポーツやサロンではなく、仕事焼けらしい。

ただ、ウエストは引き締まって細い。労働以外でも鍛えているのではないだろうか。

「お蒲団、お願いしていい？」

「あ、はい」

畳んで壁際に寄せていた蒲団を、一雄は素早く広げた。そして、上半身とズボンを脱ぎ、ブリーフ一丁になる。積極的な態度を示すために。

「え、もう？」

春菜が目を見開く。牡の股間を盛りあげるシンボルに気がついたのだ。

欲望の証を見られても、一雄は恥ずかしいとは感じなかった。ただ、先走りすぎだと、彼女が引くのではないかと心配になる。

ところが、それは杞憂であった。

「わたしに抱きついただけで、そこが大きくなったの？」

事実その通りだったから、一雄は「はい」と返答した。すると、春菜が困惑の表情を見せる。

「どうして？」

「え、どうしてって？」

「わたしなんて、松井君より年上だし、女らしくないし、エッチな気持ちになる要素なんてひとつもないと思うんだけど」

「そんなことありません。おれは吉村さんに魅力を感じて、我慢できなくなったから押し倒したんです」

「でも……わたしがさわったわけでもないのに？」

愛撫をしないのに勃起したことが疑問らしい。もしかしたら別れた夫は、何らかの奉仕をしないとペニスが硬くならなかったのか。

「吉村さんみたいに素敵な女性を目の前にしたら、男なら誰だってこうなりますよ」

一雄は思い切ってブリーフも脱いだ。あらわになった秘茎が逞しく反り返り、ビクビクと脈打つ。

「あん、すごい」

元人妻の視線が、肉の槍に注がれる。濡れた目があやしく輝き、彼女も劣情を煽られているようだ。

これならもっと積極的に動いても大丈夫だろう。春菜を蒲団に寝かせると、一雄はジーンズを奪い取った。

中に穿いていたのは、紺色のパンティ。白やピンクのレースで飾られた、けっこうお洒落なやつだ。

（やっぱり女性なんだな）

男に交じって肉体労働をしていても、下着にはちゃんと気を配っている。そういうひとだから、少しもお洒落ではないもつ焼き屋に連れて行かれ、お酒好きのところを見せられても、がさつだとは感じなかったのだ。

実際、下着姿でボディラインをあからさまにする彼女は、とてもセクシーだ。

「吉村さん――」

一雄は春菜に身を重ね、唇を奪った。

「んっ」

女体が一瞬強ばり、唇も拒むように引き結ばれる。けれど、どちらも間もなく緩んでほどけ、年下の男を受け入れてくれた。

（ああ、吉村さんとキスしてる）

かぐわしい吐息に、アルコールの残り香はなかった。唾液に焼きとんのタレの甘みがわずかにあったものの、舌を戯れさせるあいだに消えてしまう。

「はあ」

唇をはずすと、春菜が大きく息をついた。赤らんだ頬が愛らしい。もともと年齢を感じさせない女性であったが、今はいっそうあどけなく映った。

「キスなんて、何年ぶりかしら……」

感に堪えないふうなつぶやきからして、離婚して以来、男を作らなかったようである。

「どうでしたか？」

「うん……気持ちよかったわ」

「それじゃ」

一雄はもう一度くちづけると、舌をさらに深く差し入れた。

「ンぅ」

春菜が小鼻をふくらませ、歓迎するように肢体をくねらせた。

舌を絡ませ合いながら、乳房を覆う下着をたくし上げる。あらわになった柔肉を揉み、頂上の突起を指で挟むと、呼吸が切なげにはずんだ。

「ふは——」

息が続かなくなったか、彼女が頭を振ってくちづけをほどく。泣きそうに潤んだ瞳がいじらしい。

「……ね、わたし、汗くさくない？」

シャワーも浴びずに抱き合っていることが、今さら気になったようだ。

今日は燃えないゴミの収集だったから、生ゴミの移り香はない。量が多くないぶん作業人員を減らしたため、いつもと同じぐらい時間がかかったものの、汗だくになるほどの仕事量ではなかった。

「そんなことありません。おれのほうこそ、くさくないですか？」

「ううん。普通に男の匂いがするわ」

どこか懐かしむように目を細めたのは、別れた夫の体臭を思い出したためだろうか。

（そんなもの、おれが忘れさせてやる）

対抗心を抱き、胸の谷間に顔を埋める。

「吉村さんも、女らしくてとってもいい匂いがします」

クンクンと大袈裟に鼻を鳴らすと、彼女が「ば、バカ」と背中を叩く。普段のままの、甘酸っぱい肌の匂いを嗅がれて、居たたまれなくなったのか。

だが、一雄はもっとあからさまなパフュームを感じたかった。

右手を移動させ、下穿きの中心を指でまさぐる。そこは温かく湿り、内部の息吹を外側にまで伝えていた。

「くぅン」

艶めいた声が聞こえる。むっちりした太腿が指を強く挟み、腰回りが細かく痙攣するのがわかった。

（感じてるんだ）

新たな湿りが広がる感じもある。すっかりその気になっているようだ。

一雄は身を起こすと、パンティに両手をかけた。

「脱がせますよ」

春菜は返事をせず。顔を背ける。けれど、ヒップが浮きあがり、ちゃんと協力してくれた。

紺色の薄物が美脚を下る。途中で裏返り、クロッチの裏地が見えた。

そこには、糊が乾いたような跡の他、白い粘液がべっとりと付着していた。

生々しい痕跡にも劣情を煽られつつ、パンティを爪先から抜き取る。両膝に手をかけて開かせると、楚々とした恥叢の真下に、淫靡な華がほころんでいた。

（これが吉村さんの――）

無意識に、三人の人妻のそこと比較してしまう。だが、今となっては、頭に浮かんだ三つの女芯が誰のものなのか、ごっちゃになってよくわからない。

ただ、春菜のそこが最も乱れがなく、清楚なのは間違いなかった。

「とっても綺麗です。吉村さんのここ」

思ったままを口にすると、

「う、嘘よ」

震える声が否定する。

「嘘じゃありません」

それを証明するべく、一雄は間髪を容れず身を屈め、かぐわしい花園に口をつけた。

「キャッ、ダメっ！」

春菜が悲鳴をあげ、腰をよじる。だが、一雄は両腿を肩に抱え、彼女の下半身をがっちりと固定した。

その上で、遠慮なく舌を躍らせる。

発酵しすぎたヨーグルトを思わせる恥臭が、鼻奥にまで流れ込む。二十五歳の若妻、希代美のそれよりも濃厚で、酸味も強かった。

だからこそ、たまらなく愛おしい。

「あ、ああッ、ほ、ホントにダメなの……よ、汚れてるのぉ」

春菜が嘆く。仕事でさほど汗をかかずとも、分泌著しい性器が生々しい匂いをさせているとわかっているのだ。

もっとも、それが牡を昂らせることまでは知らないらしい。

(旦那さんは、この匂いを知らずに別れたわけか)

馬鹿なやつだと、会ったこともない男に優越感を抱く。そいつよりも満足させてあげるべく、濡れ割れを抉るようにねぶった。

「ううう、も、バカぁ。嫌いよぉ」

それが本心でないことは、声にひそむ甘い色香と、ヒクヒクと心地よさげに波打つ下腹が教えてくれる。快感が羞恥を押し流しつつあるため、照れくさくて年下の男をなじったのだ。

ならば、もっと気持ちよくさせてあげよう。

敏感な肉芽を探り、舌ではじくと、細かなカスが舌に残る感じがある。付着していた恥垢が剝がれたのではないか。

それを唾液に溶かして呑み込むことで、元人妻との一体感がふくれあがる。

「う、うう……あ、いやぁ」

洩れ聞こえる喘ぎ声が、いっそう色めく。もはや悦びに抗えず、女体は淫らな反応を呈していた。

舌を差し入れられる膣口がすぼまり、温かな蜜を溢れさせる。むっちりした内腿が一雄の頭を強く挟み、すぐに緩む。その間隔が、徐々に短くなった。

「くう、ううう、だ、ダメぇ」

よがる声がすすり泣きを帯び、腰がビクッ、ビクンとわななきだす。いよいよ頂上が迫ってきたようだ。

(もうすぐだぞ)

あれこれ試してみたところ、春菜はクリトリスよりも膣のほうが、より深く感じるようだ。一雄は尖らせた舌を侵入させ、クチュクチュと出し挿れした。

「ああ、ああ、あああッ」

極まった嬌声がほとばしる。両脚が蒲団に投げ出され、腰が上下にせわしなくはずんだ。

「そ、それ、弱いのぉ」

やはりこれがいいのだと確信し、舌ピストンで女窟をほじる。今ひとつ刺激が足りない気がして、秘核も指でこすった。

「ダメダメダメ、そ、それ、ダメぇぇええっ!」

駄目と言われても、やめる道理はない。いっそう激しく舌と指を動かし、両者をシンクロさせることで、春菜は快楽の極致に昇りつめた。

「イクッ、イクッ――うううっ！」

背中が浮きあがり、半裸のボディが硬直する。細かな震えをやり過ごしたあと、がっくりと脱力した。

「ふあ……ハッ、はあ」

胸が大きく上下して、下着からこぼれた乳房をぷるぷると揺らす。瞼を閉じ、陶酔にひたる面差しは、仕事のときの威勢と愛想のいい彼女とは、別人のようであった。

（こんな顔もするんだな）

もちろん偽りではない。これも紛う方なき春菜なのである。

一雄は彼女に添い寝して、乱れたショートカットを手ぐしで整えてあげた。すぐにまた崩れることになるのに、愛しさがふくれあがって、そうせずにいられなかったのだ。

それだけでは飽き足らず、ツンと突き立った乳頭や、逆立った秘毛を指で弄ぶ。すると、春菜がうるさそうに顔をしかめた。

そして、目をつぶったまま牡の股間をまさぐり、そそり立つモノを握る。

「くうう」

一雄が呻くと、彼女はようやく目を開けた。

「エッチなんだから」

こちらを睨む眼差しは熱っぽく、次の行為を待ち望んでいるふうでもある。しなやかな指も、これが欲しいとねだるみたいに、ペニスをゆるゆるとしごいた。

それでも、どうしても確認したいことがあったらしい。

「ねえ……イヤじゃなかったの？」

「え、何がですか？」

「わたしのアソコ。洗ってないから、匂いがキツかったでしょ」

「キツいっていうか、すごくいい匂いで昂奮しました」

正直に答えると、春菜の目がうろたえたように泳ぐ。

「いい匂いって――」

「きっと、吉村さんのことを好きになったから、アソコの匂いも好きになったんだと思います」

告白の言葉が、意識せぬまま口から溢れ出た。それだけ彼女への情愛が高まっていたのだ。

「な、なに言って――」

焦りを浮かべた春菜が、クスンと鼻をすする。それから、

「……本気なの？」

怖ず怖ずと訊ねた。

「え、何が？」

「わたしのことなんか、好きになっていいの？」

「どうしてですか？ 吉村さ――春菜さんは、おれにとって最高の女性です」

「で、でも、年上だし、バツイチだし」

「そうやっていろいろな経験をしたからこそ、おれに大切なことを教えてくれたし、おれを変えてくれたじゃないですか」

「変えたって、エッチな男になったってこと？」

「そうじゃなくって。おれ、女性に好きだって告白したの、初めてなんですよ」

まさかという顔を見せた春菜だったが、一雄が真剣な眼差しを向けたことで、信じてくれたようだ。

「そうなの……」

「おれにとって、春菜さんは恩人です。とても大好きで、大切なひとなんです。だから──」

握られた分身に、一雄は漲りを送り込んだ。

「おれ、春菜さんとひとつになりたいです」

脈打つ肉根を、彼女が強く握る。一雄が動いてからだを重ねると、そのまま中心に導いてくれた。受け入れてくれるのだ。

(ああ、いよいよ)

愛しいひとと結ばれる瞬間を迎え、胸が高鳴る。

「くうう」

切っ先を自ら恥割れにこすりつけ、春菜が悩ましげに呻く。艶腰が左右にくねり、亀頭が膣口に浅くめり込んだ。

恥蜜がたっぷりとまぶされ、結合のお膳立てができる。そこに至って、彼女は何かを思い出しように「あっ」と声をあげた。

「え、どうしたんですか?」

「わたし……松井君のこれ、おしゃぶりしてないわ」

クンニリングスをされたのに、お返しをしていないのを悪いと思ったのか。なんて律儀なのだろう。

「それは次のお楽しみにとっておきますよ」

一雄が告げると、春菜が悔しげに見つめてきた。

「そんなのずるいわ」

ずるいとはどういう意味なのか。きょとんとした一雄であったが、不意に理解する。

（そっか。自分ばっかり洗っていないアソコを舐められて、不公平だと思っているんだな）

お返しというより、仕返しがしたかったらしい。蒸れた臭気を漂わせる男根を嗅いで、からかいたかったのか。

年上なのに、子供じみた発想がいじらしい。一雄は彼女を抱きしめ、唇に軽くキスをした。

「あとで、いくらでもおしゃぶりさせてあげますよ」

「エッチしたあとじゃ、意味ないんだけど」

ふくれっ面を見せた春菜が、フンと鼻を鳴らす。

「見てなさいよ。明日はわたしが先におしゃぶりするんだからね」

明日も収集の仕事がある。終わって汗をかいたあとで、フェラチオをするつもりらしい。

つまり、ふたりの関係は、これからも続くということだ。

「じゃあ、今はおれが、春菜さんを気持ちよくしてあげますね」

「なによ。年下のくせに、余裕ぶっちゃって」

あくまでも年上の意地を見せる春菜である。それでも、一雄が深々と挿入すると、

「くぅうーン」

愛らしい声で啼き、裸身を波打たせた。

「おふぅ」

一雄も喘ぎ、尻の筋肉をギュッと引き締める。柔らかく温かな穴に、ぬっぷりと包み込まれる感じがたまらなかったのだ。

「すごく気持ちいいです。春菜さんのオマ×コ」

わざと卑猥な四文字を口にすると、彼女が「ば、バカ」とうろたえる。年上なのに、けっこう純情だ。

「春菜さんはどうですか？」

「……どうって？」

「おれのチ×ポ、気持ちいいですか？」

「バカ」

憤慨の面持ちを見せつつも、春菜は目を合わせないようにしながら、

「いいに決まってるじゃない」

早口で言い、頬を染める。なんて可愛いひとなのか。

「動きますよ」

強ばりきった肉根をそろそろと出し挿れすると、春菜がのけ反る。

「あ、あ、イヤぁ」

もちろん、本当に嫌なのではない。もっとしてほしいのだ。

抽送をリズミカルにすると、息づかいがはずみだす。頭を左右に振って髪を乱し、掲げた両脚を一雄の腰に絡みつけた。

「くうう、へ、ヘンになっちゃう」

やはり膣のほうが、より感じるようだ。

「いいですよ。ヘンになってください」

「バカぁ。あ、ああっ、だ、ダメぇ」

女体を折り畳み、真上から杭打つように責め苛めば、よがり声にすすり泣きが交じる。交わってから三分も経っていないのに、早くも最初の波が迫っているようだ。

「ね、ね、い、イッてもいい？」

表情をいやらしく蕩けさせながらも、いちいち許可を求めるのが愛らしい。

「もちろん。おれはまだですから、いっぱい気持ちよくしてあげますよ」

「うれしい……あ、ああっ、ほ、ホントにイッちゃう」

たっぷり濡れた蜜壺をかき回され、三十一歳が絶頂する。

「イクイク、く――うはぁあああっ！」

ガクンガクンと跳ねる女体をかき抱き、尚も一定のリズムでピストンを繰り出す。一度脱力した春菜が再び上昇に転じるのに、そう長くはかからなかった。

「はうう、か、硬いのが、中で暴れてるぅ」

歓喜の波に翻弄される彼女を目の前に、一雄の胸には、これまで思いつきもしなかったフレーズが、次々と生まれていた。新しい歌が、自分の歌が、ようやく世に出せそうだ。

（ありがとう、春菜さん）

感謝の言葉を胸に、一雄は愛しいひとを腕に抱き、ギターのごとくかき鳴らすのであった。

＊この作品は、書き下ろしです。また、文中に登場する団体、個人、行為などは実在のものとはいっさい関係ありません。

二見文庫

捨《す》てる人妻《ひとづま》、拾《ひろ》う人妻《ひとづま》

著者　橘《たちばな》　真児《しんじ》

発行所　株式会社 二見書房
東京都千代田区神田三崎町2-18-11
電話　03(3515)2311［営業］
03(3515)2313［編集］
振替　00170-4-2639

印刷　株式会社 堀内印刷所
製本　株式会社 村上製本所

落丁・乱丁本はお取り替えいたします。
定価は、カバーに表示してあります。
©S.Tachibana 2020, Printed in Japan.
ISBN978-4-576-20149-8
https://www.futami.co.jp/

二見文庫の既刊本

女生徒たちと先生と

TACHIBANA,Shinji
橘 真児

地方に住む女子生徒四人組は性的な興味あふれる年頃。ある日、その一人が発した言葉によって、誰ともなく互いの身体検査をしたり、一人は絶頂まで体験してしまった。さらに担任の男性教師を軽い罠にかけることに。彼を四人の「男性の肉体研究」の材料としてさまざまにいたずらし、好奇心を満たしていくがそれでも治まらず……。甘酸っぱい青春官能エンタメの傑作！

二見文庫の既刊本

人妻たちと教師

TACHIBANA,Shinji
橘 真児

高校教師の範行は、セクハラ疑惑の教師として、自宅謹慎の身であった。箝口令がしかれて公にならなかったが、誰が何のためにやったのかがわからない。悶々としている彼のところに前年担任した生徒の母親や、教え子の若妻配達業者、お隣の人妻が訪ねてきては、身をもって慰めてくれる。女性たちの献身で犯人もわかってくるのだが……。書下し官能エンタメ！

二見文庫の既刊本

あの日抱いた人妻の名前を僕達はまだ…

TACHIBANA,Shinji
橘 真児

30歳を前に久々に会った同級生三人組が、高校時代の思い出話を始めた。仁志が、実は、高三で初体験をしたことを告白すると、彰も「実は俺も……」と。三人が同じ時期に同じように初体験をしていたことに驚く彼ら。さらに、各々の相手の特徴がどこか似通っている。そのことに気づいた彼らは、その「人妻」を探しはじめるが、驚きの結末が。書下し官能エンタメ！

二見文庫の既刊本

人妻の筆下ろし教室

TACHIBANA,Shinji
橘 真児

35歳の早紀江は国語教師を辞め、小さな習字教室を開くことにした。そこに隣人が「弟の性の相談を聞いてやって」と頼んでくる。しかし、話を聞くだけのはずが体を使って答えることになってしまった。さらに、別の大学生には習字を教えているうちについ下半身に目が行き、いつの間にか元気な「筆」を下ろしてやることに……。書下し官能エンタメ!

二見文庫の既刊本

人妻食堂 おかわりどうぞ

TACHIBANA,Shinji
橘 真児

ある夜、充義は道を間違えて、見知らぬ食堂に入ることに。店にいた女性に聞くと、本来は子ども食堂で、近所の人妻たちが始めたボランティアなのだと。定食を食べて出ようとすると、彼女が「疲れているみたい。元気を出して」と抱きしめてきた。そのまま奥へ移動して……数日後、また帰りに寄ってみると、今度は別の人妻が――。書下し慰労官能！

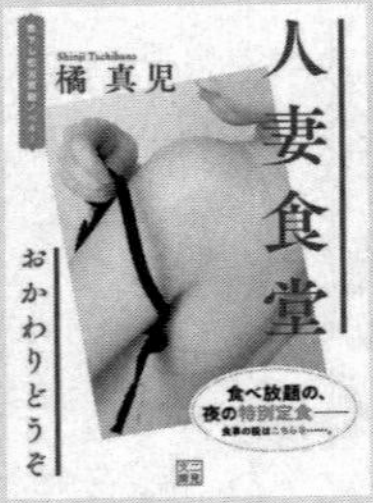

新春新婚

小料理のどか屋 人情

阪鬼一郎

JN067521

時代小説

二見時代小説文庫

新春新婚《にいめとり》――小料理のどか屋人情帖30

目次

第一章　再会の日　7
第二章　年越し蕎麦と豆腐飯　27
第三章　七草《ななくさ》ご飯膳　55
第四章　祝いの宴　81
第五章　行徳《ぎょうとく》の客　111
第六章　あおり車《ぐるま》御用　139

第七章　筍《たけのこ》づくしと鯛《たい》づくし　166
第八章　海山雑炊《うみやまぞうすい》と鯛煮麺《たいにゅうめん》　187
第九章　灯屋《あかりや》と笹屋《ささや》　211
第十章　最後の一匹　236
終　章　あたたかな灯《ひ》　269

新春新婚《にいめとり》　小料理のどか屋 人情帖30・主な登場人物

時吉《ときち》……横山町《よこやまちょう》の、のどか屋の主《あるじ》。元は大和梨川藩《やまとなしがわはん》の侍・磯貝徳右衛門《いそがいとくえもん》。

おちよ……時吉の女房。時吉の師匠で料理人の長吉の娘。

長吉《ちょうきち》……「長吉屋」を営む古参の料理人。諸国の吉《きち》名乗りの弟子を訪ね歩く旅に出る。

千吉《せんきち》……のどか屋の跡取り。長吉・時吉の下で修業を積み、年明けには若主《あるじ》となる。

およう……縁あって千吉の嫁と決まった娘。祝言の前から皆に若おかみと呼ばれている。

おせい……おようの母。夫、仁次郎《じんじろう》を亡くし、つまみかんざしの内職で生計をたてた。

大三郎《だいざぶろう》……つまみかんざしの職人。前夫と死別したおせいと所帯を持つ。

おたえ……三河町の大火から逃げる途中で産気づき、おちよと産医の羽津《はつ》に助けられた。

大助《だいすけ》……おたえの亭主。腕を買われ行徳で指折りの左官の親方となった。

青葉清斎《あおばせいさい》……竜閑町の本道(内科)医。時吉に薬膳を教えるなど、古くからののどか屋の馴染み。

大橋季川《おおはしきせん》……季川は俳号。のどか屋の常連、おちよの俳句の師匠でもある。

良庵《りょうあん》……のどか屋の近くに住む、もとは易者だった腕の良い按摩《あんま》。

万年平之助《まんねんへいのすけ》……黒四組《くろよんぐみ》配下の隠密廻り同心、「幽霊同心」とも呼ばれる。千吉と仲が良い。

与兵衛《よへえ》……薬種問屋、鶴屋の隠居。千吉が花板をつとめた紅葉屋の後ろ盾。

信五郎《しんごろう》……馬喰町の力屋《ちからや》という飯屋の主。のどか屋にいた猫が棲みつき猫縁者となる。

第一章　再会の日

一

天保《てんぽう》十年（一八三九）も師走《しわす》になった。

横山町《よこやまちょう》の旅籠《はたご》付き小料理屋のどか屋の師走は、いつもといくらか違っていた。

「暮れから新年にかけて、宴《うたげ》が目白押しだね」

旅籠の元締めの信兵衛《しんべえ》が言った。

中食《ちゅうじき》が終わると、短い中休みを経て二幕目に入る。数をかぎった中食もいいが、いささかあわただしい。じっくり酒と肴《さかな》を楽しめる二幕目に顔を見せる常連も多かった。

「新年はわたしたちの宴で」

跡取り息子の千吉《せんきち》が、おようのほうを手で示した。

ともに明ければ十七歳になる。おようが旅籠の手伝いとして入ったことから縁が生まれ、新年には晴れて祝言《しゅうげん》の宴が開かれることになっていた。

もうだいぶ前から、おようはのどか屋では「若おかみ」と呼ばれている。

千吉の母のおちよが大おかみで、おようが若おかみだ。

「その前に、師匠の送りの宴がありますから」

あるじの時吉《ときき ち》が元締めに言った。

「そうそう。そちらも盛大にやらないと」

千吉が言った。

もと武家で、刀を包丁に持ち替えて料理人になった時吉は、師匠である長吉《ちょうきち》の娘のおちよと縁あって結ばれ、跡取り息子の千吉が生まれた。初めのうちは二人で切り盛りしてきたのどか屋は、二度にわたって焼け出されるなどの苦労もしたが、多くの常連客に支えられていまものれんが続いている。

師匠の長吉は、浅草《あさくさ》の福井町《ふくいちょう》の名店、長吉屋を長く営んできた。時吉もそうだが、必ず「吉名乗り」をする弟子たちは江戸ばかりでなく、日《ひ》の本《もと》じゅうに散らばっている。

料理人として長らく厨《くりや》に立って、弟子の指導も行ってきた長吉だが、さすがに齢《よわい》を重ねて体の節々が痛むようになってきた。腕のいい按摩《あんま》に療治をしてもらうなど、だましだましつとめを続けてきたが、そろそろ後進に道を譲ろうと考えるに至った。

長吉には一つの念願があった。日の本じゅうに散らばる弟子のもとをたずね、久闊《きゅうかつ》を叙《じょ》しがてら料理を食し、励まして回る。そのかたわら、各地の神社仏閣に詣《もう》でる。まだ体が動くうちに、ぜひともそれだけはやり遂げたいというのが長吉の願いだった。

留守にする長吉屋を託されることになったのが、女婿《むすめむこ》の時吉だった。

料理の腕は申し分がないし、人として信に足《た》る。若い弟子に料理を教えて育てるのもうまい。

いまも子《ね》の日と午《うま》の日には長吉屋へ赴《おもむ》き、指南《しなん》を終えてからのどか屋へ戻るようにしている。来年からは毎日浅草まで通うことになるが、若いころは藩で右に出る者のない剣客《けんかく》だったから、そのあたりの体力は申し分がない。

「おとっつぁんもいよいよ隠居ねえ」

猫たちに煮干しをやりながら、おちよがしみじみと言った。

「諸国を漫遊するご隠居か。なかなかいいじゃないか」

元締めが笑みを浮かべた。

「はいはい、仲良くね」

先を争って喧嘩を始めた小太郎《こたろう》としょうに向かって、おちよが言った。

のどか屋の守り神だったのどかとその子のちのはすでに亡くなったが、二代目のどかとゆき、それにいちばん新参のふく、合わせて五匹の猫がいる。のどか屋の猫は福猫だという評判が立ったから、雌が子を産むたびにほうぼうへもらわれていく。おかげで猫縁者もずいぶんと増えた。

「そういえば、おまえのほうも紅葉屋《もみじや》さんが終《しま》いになるから、宴をやってもらわないとな」

時吉が二代目に言った。

今日はずっとのどか屋だが、千吉は上野黒門町《うえのくろもんちょう》の紅葉屋で昼から花板《はないた》をつとめる日も多い。かつて時吉と料理の腕くらべをしたこともある女料理人お登勢《とせ》の見世《みせ》だ。縁あって「十五の花板」として厨に入り、見世を盛り立ててきたが、まだ十一という若さながらも跡取り息子の丈助《じょうすけ》の腕も上がってきたし、そちらのほうは近々、御役御免になる。

来年からは、千吉がのどか屋の花板で、おようが若おかみ、おちよは大おかみだ。通《かよ》いとはいえ、時吉は師匠であり義父でもある長吉の見世を継ぐことになる。

「忙しくなるわね」

仕込みの手伝いをしていたおようが言った。

「来年なんてあっという間だよ」

千吉が笑みを浮かべたとき、表で人の気配がした。

「こんにちは」

「呼び込みに行きましょう」

元気よく姿を現わしたのは、近くの大松屋《おおまつや》の若夫婦だった。

跡取り息子の升造《ますぞう》は千吉の幼なじみだ。その千吉にいいなずけができて初めのうちはうらやましがっていた升造だが、旅籠の手伝いとして雇われたおうのという娘と縁ができて、なんと千吉より先に祝言を挙げてしまった。いまは仲睦まじくともに呼び込みに出かけている。

「あとはやるから、行っといで」

千吉がおように言った。

「はあい」

おようが手を拭く。

「千ちゃんは一緒に行かないの？」

升造が訊いた。

「今日は火消しさんの祝いの席の約が入ってるので、仕込みで忙しいんだよ」

千吉は笑みを浮かべた。

「ああ、そりゃしょうがないね」

と、升造。

「代わりにわたしが」

支度を整えたおけいが右手を挙げた。

長らくのどか屋を支えてきた古参《こさん》の助《すけ》っ人《と》だ。旅籠の六つの泊まり部屋をなるたけ埋めるべく、繁華な両国橋《りょうごくばし》の西詰へ出かけて呼び込みをする。

のどか屋と大松屋はともに信兵衛が元締めの旅籠だが、それぞれ売り物が違う。大松屋は内湯、のどか屋は朝餉《あさげ》の豆腐飯の膳だ。これを食べたいがためにのどか屋に泊まる客も多い。

そんなわけで、競うように呼び込みをしているうちに、それぞれの旅籠に泊まり客がつくのが常だった。

「なら、行ってきます」

おうのがおちよに言った。

「ああ、気をつけてね」

のどか屋の大おかみが笑顔で送り出す。

四人はにぎやかに話をしながら両国橋の西詰に向かった。

二

「お泊まりは、内湯がついた大松屋へ」

升造が声を張りあげた。

「ゆったりのんびりのお風呂ですよー」

若おかみのおうのが笑顔で言う。

なかなかに息の合った呼び込みだ。

「うちも負けずに」

おけいが言った。

「はいっ」

のどか屋の若おかみはいい返事をしてから呼び込みを始めた。

「お泊まりは、おいしい朝餉のついたのどか屋へ。名物の豆腐飯のお膳がお待ちしていますよー」

　よく通る声で言う。

「ほかほかご飯に、味のしみたお豆腐がのってます」

　おけいも笑顔で言った。

「江戸の名物、豆腐飯ー」

　およう は大きく出た。

「江戸の名物、大松屋の内湯ー」

「それは言い過ぎよ。せめて横山町にしないと」

　若夫婦が明るく掛け合う。

　いくらか経ったとき、三人の男が近づいてきた。

「おう、旅籠かい？」

　年かさの男が問う。

「はい、すぐ近くの横山町で」

　おけいが身ぶりをまじえて言った。

「手前どもの大松屋には内湯がついております」

　升造がここぞとばかりに言った。

「旅の疲れをいやしていただけますよ」

おうのが言葉を添える。

「おう、いいじゃねえか。風呂へ入りたかったんだ」

「善は急げだ。決めちまおう」

あとの二人が言う。

およう が何か言いかけてやめた。

同じ元締めで身内のようなものだ。ここはおとなしく譲ることにした。

「ありがたく存じます」

升造は満面の笑みになった。

「では、ご案内いたしますので」

おうのが弾んだ声で言った。

「というわけで、相済みません」

大松屋の二代目はのどか屋の二人に軽く手を挙げた。

「ご苦労さまで」

「負けずに気張りますから」

おけいとおようが答えた。

大松屋の若夫婦と客を見送ったのどか屋の二人は、ほどなくまた呼び込みを始めた。

「お泊まりは、豆腐飯が名物ののどか屋へ」

おようが明るく告げる。

「旅籠付きの小料理のどか屋は、すぐそこの横山町にあります。浅草にも日本橋《にほんばし》にも近いですよー」

おけいも負けじと言った。

両国橋の西詰は江戸でも指折りの繁華な場所だ。のどか屋と大松屋ばかりでなく、ほかにも呼び込みの数は多い。

それからしばらく経ったが、客がつくのはよその旅籠ばかりで、のどか屋には一人もつかなかった。

さきほどの大松屋のように、あっけないほどすぐ客が見つかることもあるが、なかなかついてくれない日もある。

「気を入れ直していきましょう」

おけいが帯を軽くたたいた。

「はいっ」

おようが髷《まげ》に挿《さ》したつまみかんざしを直す。

義父がつまみかんざしの親方で、母のおせいが手伝っているから、折にふれて違うものを飾っている。今日は上品な色合いの藤のつまみかんざしだ。

「お泊まりは、のどか屋へ—」

「朝餉はのどか屋の豆腐飯—」

おけいとおようは競うように「のどか屋」の名を唱えた。

それを聞いて、通り過ぎようとした丸髷《まるまげ》の女がふと歩みを止めた。

「横山町ののどか屋でございます」

おようがなおも名を告げる。

「もし」

女が意を決したように近づいてきた。

「いま、『のどか屋』とおっしゃいましたね」

女はたずねた。

「はい、さようでございます」

おようが答えた。

「旅籠付きの小料理のどか屋でございます」

おけいが笑みを浮かべた。

「小料理のどか屋……そのお見世は、ひょっとして岩本町《いわもとちょう》にあったのではないでしょうか」

女はたずねた。

「さようです。岩本町で焼け出されて、いまの横山町に移ってきたんです」

おけいは答えた。

それを聞いて、女ははっとしたような顔つきになった。

「おかみさんは、おちよという名ではありませんか?」

女は勢いこんで問うた。

三十代の後半くらいの歳恰好《としかっこう》だ。

「さようです。ご存じなので?」

おけいが逆に問い返した。

「むかし、三河町《みかわちょう》の火事で焼け出されたとき、おちよさんに助けていただいたんです。柳原《やなぎわら》の土手で産気づいて難儀をしていたとき、おちよさんのおかげで助かったんですよ」

女は思いがけないことを告げた。

「まあ、そうだったんですか。岩本町ののどか屋も大火で焼けてしまったんですが、その火の手が上がるなかで一緒に逃げたのがおちよさんだったんですよ」

おけいがそう明かした。

「そうだったんですか。岩本町が焼けたと聞いて、あとで様子を見に行ったことがあるんですけど、そのときはべつのお見世になってしまっていて」

女が言う。

「それは細工《さいく》寿司の『小菊《こぎく》』ですね。のどか屋の時吉さんの弟子の吉太郎《きちたろう》さんがあるじなんです」

おけいが教えた。

「ああ、そうだったんですか。そこでのれんをくぐって訊けば良かったんですね」

女は少し悔しそうな顔つきになった。

「じゃあ、これからのどか屋にご案内いたしましょうか」

おけいが水を向けた。

「呼び込みはわたしがやってますので」

おようがすかさず言う。

「ええ、ぜひ。行徳《ぎょうとく》まで帰らなければならないんですが、まだ船はありますから」

女は笑みを浮かべた。

これで話が決まった。

三

女の名はおたえといった。

三河町ののどか屋が焼けた大火で逃げている最中に産気づき、難儀をしているときにおちよに助けられた。幸い、青葉清斎《あおばせいさい》の妻の羽津《はつ》に取り上げてもらい、事なきを得た。

亭主は大助《だいすけ》という名で、当時もいまも左官をしている。請われて行徳で親方になっており、大火のおりに生まれた泰平《たいへい》もひとかどの若者に育って父のもとで修業をしているらしい。

「岩本町ののどか屋さんには亭主と一緒に御礼に行って、猫を一匹もらって帰ったんですよ」

おたえが告げた。

「まあ、猫縁者だったんですね」

おけいが目を丸くした。

「ええ。その猫はもう亡くなってしまったんですけど」

おたえが言う。

「のどか屋にはいま五匹の猫がいますよ」

と、おけい。

「お見世には、のどかっていう守り神の猫がおりました」

いくらか遠い目つきで、おたえは言った。

「そののどかはいま猫地蔵になってますけど、生まれ変わりだと言われる二代目ののどかがおります。そっくりの柄《がら》の猫で」

おけいが笑みを浮かべた。

「そうですか。それは楽しみです」

おたえが笑みを返した。

そんな調子で、なおもしばらくよもやま話をしながら歩いた。

今日は今戸《いまど》の親族に不幸があって、おたえだけ江戸へやってきたということだった。

「ゆっくりしていられないのは残念ですけど」

おたえは本当に残念そうだった。

「のどか屋は旅籠を兼ねてますから、いずれみなでお泊まりに来てくださいましな」

おけいが言った。

「そうですね。帰ったら亭主に言ってみます。息子も久々に江戸見物をしたいと言ってましたから」

おたえは答えた。

「もうすぐそこですよ」

おけいが指さした。

「あっ、あれね」

おたえも気づいた。

遠目でも分かる。

あたたかい色合いののれんに、大きく「の」と染め抜かれていた。

四

「まあ、あのときのおたえさん……」

話を聞いたおちよの顔がぱっと晴れた。

「長々とご無沙汰しておりました」

おたえは頭を下げた。

「大火のあとに岩本町へ様子を見にいったら『小菊』になっていたので、あきらめてしまわれたそうなんです」

おけいがいきさつを伝えた。

「お弟子さんの見世だと分かっていたら、すぐ訊いたんですけど」

おたえは悔しそうな顔つきで言った。

「まあ何にせよ、またお目にかかれてよかったですよ」

時吉が笑みを浮かべた。

「この子はまだ生まれていなかったんですものね」

おちよは千吉を指さした。

「跡取りさんで？」

おたえが訊く。

「はい、千吉と申します」

厨で手を動かしながら、千吉は答えた。

「おいくつで？」

おたえがたずねた。

「年が明ければ十七になります」

千吉が答えた。

「わたしと一緒に呼び込みをしていたおようちゃんと、年が明けたら祝言を挙げることになってるんですよ」

おけいが教えた。

「まあ、それはおめでたく存じます」

おたえは笑顔で言った。

「えへへ」

千吉の口から思わず笑い声がもれた。

嬉しくてしょうがないという様子だ。

「そちらの息子さんも、ずいぶん大きくなられたのでは？」

おちよがたずねた。

「ええ。あのとき生まれた泰平は父親の跡を継いで左官になっています。嫁取りはまだですけど」

おたえが笑みを浮かべた。

話によると、おたえの亭主の大助は腕を買われて行徳へ移り、当地で指折りの左官になっているということだった。

そんな話をしているあいだに、二代目のどかとゆきが一緒にやってきて、おたえに身をすりつけてきた。猫はこうやっておのれのにおいをつけようとする。

「まあ、前にいたのどかちゃんにそっくり」

おたえが驚いたように言った。

「生まれ変わりということになっています」

時吉が白い歯を見せた。

「横手にのどか地蔵がありますので、お参りしていってくださいまし」

おちよが言った。

それから、のどか屋からもらった猫の話になった。残念ながらおとし死んでしまったけれど、とても情の濃い猫で、近所の人からもかわいがられていたようだ。

「さようですか。また子が生まれるかもしれないので、よろしければ行徳までお持ちください」

おちよが言った。

「それから、ぜひみなさんでお泊まりに」

時吉も和す。

「名物の豆腐飯の朝餉がお待ちしていますので」

千吉も如才《じょさい》なく言った。

「亭主に伝えておきます。つとめがあるのですぐには来られないかもしれませんが、年が明けて落ち着いたら必ず参ります」

おたえはそう言って頭を下げた。

今日は行徳まで船で帰らなければならない。乗り遅れたら大変だから、名残《なごり》惜しいけれども、おたえは帰路に就くことになった。

おちよと千吉とおけいが見送りに出た。

「ああ、これがのどか地蔵ですね」

おたえは思わず笑みがこぼれるような猫地蔵を見て言った。

「ええ、うちの守り神だった猫が、ほんとに神様になったんですよ」

おちよは手で示した。

のどか地蔵の前で、おたえは両手を合わせた。

そのとき、通りの向こうにおようの姿が見えた。

千吉が手を挙げる。

若おかみは、客を三人もつれていた。

第二章　年越し蕎麦と豆腐飯

一

本日、二幕目
うたげでかしきりです
のどか屋

師走にしては穏やかな風のある日、のどか屋の前にそんな貼り紙が出た。

「宴って、祝言でもあるのかい」

中食を食べ終えたなじみの大工衆の一人がたずねた。

冬の味覚、寒鰤《かんぶり》の照り焼きを目玉に据えた、食べごたえのある自慢の膳だ。胡麻《ごま》油《あぶら》の香りが心地いいけんちん汁だけでも具だくさんでずっしりと重い。

「わたしの師匠がお弟子さんのもとを廻る旅に出るもので、その送りの宴なんです」

時吉は答えた。

「そんなにたくさん弟子がいるのかい」

大工が驚いたように問う。

「おとっつぁんのお弟子さんは日の本じゅうに散らばってるんですよ」

おちよがいくらか自慢げに答えた。

「そりゃ大変《てえへん》だ」

「お遍路《へんろ》の旅みてえなもんだな」

大工衆が言った。

「ええ。お遍路の旅にも出たことがあるので、このたびもいろいろ回ってくるつもりみたいですよ」

おちよは告げた。

中食が滞《とどこお》りなく売り切れ、短い中休みが終わると、宴の客が少しずつ集まってきた。

駕籠《かご》から降り立ったのは、隠居の大橋季川《おおはしきせん》だった。

元締めの信兵衛と並ぶ、常連中の常連の俳諧師《はいかいし》だ。かつては「一枚板の席の置き物」と呼ばれるくらいに毎日顔を見せていたのだが、あいにく腰を痛めてしまい、そういうわけにもいかなくなった。

ただし、良庵《りょうあん》といういい按摩の療治を受けるようになってからだいぶ持ち直してきた。良庵の療治を受ける日はのどか屋に泊まり、朝の豆腐飯を食してから浅草の住まいへ駕籠で戻るのが常だ。

「ちと早すぎたかね」

隠居の白い眉がやんわりと下がった。

「追い追い見えるでしょうから」

おちよが笑顔で出迎えた。

「どうぞお座敷のほうへ」

時吉が身ぶりで示す。

「いやいや、今日は長さんの宴だから、わたしはこっちがいいよ」

季川はそう言って一枚板の席のほうへ向かった。

「お、気が入ってるね」

隠居は厨のほうへ声をかけた。

跡取り息子の千吉はねじり鉢巻きで仕込みの真っ最中だ。

「大師匠《おおししょう》の送りの宴ですから」

千吉は笑みを浮かべた。

ほどなく、元締めの信兵衛がのれんをくぐってきた。善屋《ぜんや》のあるじの善蔵《ぜんぞう》も一緒だ。

信兵衛が持っている旅籠は、のどか屋のほかに三軒ある。近くの大松屋、それに巴屋《ともえや》に加えて、浅草の近くに善屋があった。長吉屋のほうが近いから、あるじの善蔵はそちらの常連だ。

ほどなく、本日の主役がのれんをくぐってきた。

「おう、世話になるぜ」

長吉が軽く右手を挙げた。

「上座《かみざ》のいいところへ」

おちよが父に身ぶりで示す。

「んな構えた宴なんぞ、やってもらわなくてもいいんだがよ」

長吉は苦笑いを浮かべて座敷に上がった。

刺身は客がそろってからだが、すでに焼き鯛《だい》などは出されている。その仕上がりを、長吉はしばし古参の料理人のまなざしで検分していた。

「いかがです？」

千吉の仕事ぶりが気になったのか、おようがたずねた。

「まあまあだな」

長吉は笑みを浮かべた。

厨で千吉がほっと一つ息をつく。

ここで黒四組《くろよんぐみ》の面々がそろって入ってきた。

送りの宴に、だんだんに役者がそろってきた。

二

「おれも日の本じゅうが縄張りだから、そのうちどこかでばったり会うかもしれねえな」

黒四組のかしらの安東満三郎《あんどうみつさぶろう》が言った。

将軍の履物《はきもの》や荷物などを運ぶ黒鍬《くろくわ》の者は、三組まであることが知られている。しかし、人知れず四組目が設けられていた。安東満三郎がかしらをつとめる約《つづ》めて黒四組だ。

黒四組のつとめは、世に知られぬ影御用《かげごよう》だ。

当節は盗賊にも知恵者《ちえしゃ》が増え、日の本を股にかけて悪さをしたりする。捕り方も縄張りにこだわっていたら悪者をむざむざと捕り逃がしてしまう。

そこで、黒四組の出番だ。日の本のいずこへでも出張《でば》っていくかしらの安東満三郎、つなぎ役の韋駄天《いだてん》侍《ざむらい》、井達天之助《いだてあまのすけ》、江戸に詰めているから一見したところ町方の同心にしか見えない万年平之助《まんねんへいのすけ》、ここぞという捕り物のときだけ力を出す日の本の用心棒、室口源左衛門《むろぐちげんざえもん》。いたって少数精鋭だが、町方や火付盗賊改方《ひつけとうぞくあらためかた》などの力を借りてこれまでさまざまな悪党どもをお縄にしてきた。

のどか屋の神棚には十手《じって》が飾られているが、これは町方ではなく黒四組から預かったものだった。元武家の時吉ばかりでなく、勘ばたらきに秀《ひい》でた千吉とおちよの働きも加味して託された十手だ。平生《へいぜい》は神棚に飾ってあるだけだが、のどか屋の働きでお縄になった悪者はいくたりもいる。

「もしどこかでお目にかかったらよしなに」

長吉が笑みを浮かべた。

「どれくらいの見世を廻るんですかい？」

万年平之助がたずねた。

「そうさな……」

古参の料理人は指を折りだした。

「十《とお》じゃ足りないでしょう」

おちよが口をはさんだ。

「ちいと黙ってな。分かんなくなっちまうから」

長吉がにらむ。

「はいはい」

おちよは口をつぐんだ。

「そうさな……ま、おおよそ干支《えと》と同じくらいか」

古参の料理人は言った。

「手始めはどこだい？」

一枚板の席から隠居が問うた。

「まずは大磯《おおいそ》を皮切りにおおむね街道筋を。佐原《さわら》とかは向きが逆だし、いずれ出直すこともできるでしょうから」

長吉は答えた。

大磯の弟子は、のどか屋でも修業をしたなじみの男だ。

ほどなく、また客が入ってきた。

「いらっしゃいまし、先生」

千吉が笑顔で声をかけた。

「お招きいただきまして、ありがたく存じました」

折り目正しく一礼したのは、学者の春田東明《はるたとうめい》だった。

千吉の寺子屋の先生でもあった。もともとは長吉屋の客だったから、この宴には欠かせぬ顔だ。

「いやいや、わざわざお越しいただきまして」

長吉がていねいに礼をした。

それから、江戸で見世を開いている弟子が三人、どこかで落ち合ってから来たらしく、一緒にのれんをくぐってきた。

時吉にとっては弟弟子に当たる。かつては兄弟子のほうが多かったのだが、せがれに店を譲ったりあきないをやめたりして、いつしか弟弟子ばかりになった。

「おお、すまねえな。達者でやってるか」

長吉が久々に会う弟子たちに声をかける。

「おかげさんで」

「どうにかやってまさ」

「師匠もどうかお気をつけて」

弟子たちが口々にあいさつした。

厨で仕込みをしながら、千吉は引き締まった顔つきになった。

年季の入った兄弟子ばかりだ。舌の肥えた客たちにこれからおのれの料理を出さねばならないと思うと、身の引き締まる思いだった。

「遅くなってすまないね」

そう言いながら、与兵衛《よへえ》が入ってきた。

上野黒門町の薬種問屋、鶴屋《つるや》の隠居で、そろそろ御役御免だが千吉が花板をつとめている紅葉屋の後ろ盾だ。

これで役者がそろった。

三

「鯛の活《い》けづくりでございます」

おようが座敷に皿を運んでいった。

さすがに今日はいささか緊張の面持ちだ。

「跡取りのいいなずけだ」

長吉が身ぶりをまじえて紹介した。

「ほほう、跡取りのお孫さんがもう嫁を」

「それはそれはおめでたいことで」

弟子たちが言った。

「ありがたく存じます。ようと申します」

おようが一礼した。

髷に飾った白い鶴のつまみかんざしもひょこりと動く。

「この盛り付けはどっちがやったんだい」

長吉が厨に問うた。

「わたしがやりました」

千吉が手を挙げた。

「そうか……まあまあだ」

大師匠からそう言われて、千吉はほっと一つ息をついた。

続く寒鮃《かんびらめ》の湯ぶりはおちよが運んでいった。

「こりゃ、あるじの仕事だな」

長吉がにやりと笑った。

「分かる？」

と、おちよ。

「そりゃ分かるさ。あしらいの据え方を見ただけで料理人の年季は察しがつく」

古参の料理人が言った。

「ちょうどいい塩梅《あんばい》で」

与兵衛が笑みを浮かべた。

湯ぶりにした寒鮃の身は冷たい井戸水で締め、水気をていねいに拭く。あしらいを添えて土佐醤油につけて食せば、冬の口福《こうふく》の味になる。

宴と言っても構えたものではない。久々に顔を合わせる弟子の話などを聞きながら、長吉は上機嫌で酒を呑んでいた。

肴は一枚板の席にも出た。

「あんきもかい？」

隠居が笑顔で問うた。

「はい、今日は焼きあんきもで」

時吉が答えた。

「ひと手間加えるのがあるじらしいね」

元締めが笑みを浮かべた。

塩を振って半刻《はんとき》(約一時間)おき、酒で洗って胡椒《こしょう》を振る。それから粉をまぶしつけ、平たい鍋に油を引いて両面をこんがりと焼く。食べやすい厚さに切って、茹でた小松菜を添えれば、こたえられない酒の肴の出来上がりだ。

「さすがはのどか屋さんですね」

善屋のあるじがうなった。

「恐れ入ります」

手を動かしながら時吉が答える。

「来月はもう若夫婦の祝言の宴だね」

隠居が温顔《おんがん》をほころばせた。

「そちらの支度もあるので、正月はばたばたしそうです」

と、時吉。

「暮らすところは決まったのですか?」

春田東明がたずねた。

「このあいだ下見《したみ》に」

元締めが言った。

「どのあたりです？」

総髪の学者がなおもたずねた。

「ここからいくらも離れていない長屋に空きが出たもので」

信兵衛が答えた。

「もう検分も済ませてありますので」

千吉が言った。

「大松屋さんの先の路地を入ったところですから、ほんとにすぐそこで」

おようが身ぶりをまじえた。

「それは好都合ですね、千吉さん」

教え子に向かって、春田東明がていねいに言った。

「ええ。うふふ」

千吉はまた嬉しそうに笑うと、次の肴を仕上げにかかった。

高野豆腐《こうやどうふ》の揚げ煮だ。

噛むと煮汁が口の中にあふれるのが高野豆腐のありがたさだが、ひと手間かけるとさらにうまくなる。

まず高野豆腐を普通に煮て味つけし、汁気を切って四つに切っておく。煮汁を取っておくのが勘どころだ。

四つ切りにした高野豆腐を油で揚げ、煮汁に戻して再び煮る。油が浮いてくるから、ていねいにすくい取る。これを冷まして味を含ませてから器に盛る。

「手間を味わうような料理だね」

隠居が温顔で言った。

「料理人としてここまで育つのに時がかかったからな」

座敷から長吉が言った。

「まだまだこれからで」

千吉は殊勝《しゅしょう》に答えた。

「来年からは、おまえさんがここの若あるじだ。気張ってやんな」

黒四組のかしらが声をかけた。

「はいっ」

千吉がいい返事をする。

「若おかみと祝言を挙げるんだから、そりゃ気張るよな」

仲のいい万年平之助同心がおようのほうを手で示して言った。

「うん、気張るよ、平ちゃん」

いつものように、千吉は気安く呼んだ。

その後も料理は次々に出た。

平貝《たいらがい》の網焼きには浅葱《あさつき》と大根おろしをあしらう。そぎ切りにしてから酒醬油につけた平貝を網焼きにすると、風味豊かな酒の肴になる。

金麩羅《きんぷら》も出た。

天麩羅の衣に玉子の黄身《きみ》をまぜると、つややかな金色《こんじき》の仕上がりになる。鱚《きす》も海老《えび》も、上等の衣をまとってなおさら引き立つ。

「祝いごとには、やっぱりこれだね」

海老天をさくっと嚙んだ元締めが笑みを浮かべた。

そのとき、表のほうから足音が重なって響いてきた。

「にゃあーん」

お客さまよ、とばかりに二代目のどかが入ってくる。

「いらっしゃいまし」

おちよが笑顔で出迎えた。

のどか屋に姿を見せたのは、よ組の火消し衆だった。

四

「甚句《じんく》をさーっとやってから帰りますんで」

かしらの竹一《たけいち》が言った。

「もちろん、門出《かどで》の祝いの甚句で」

纏持《まといも》ちの梅次《うめじ》が和す。

「すまねえな。おれなんぞのために」

長吉が言う。

「若あるじも門出なんで」

竹一は千吉のほうを指さした。

「紅葉屋の花板は今年で終わりだからね」

紅葉屋の後ろ盾の与兵衛が言った。

そちらのほうは構えた送りの宴ではなく、おかみのお登勢と跡取り息子の丈助に引き継ぎをして厨を後にすることになっている。

「なら、さっそく」

梅次が両手を打ち合わせた。

「おう」

竹一はのどの具合を調《ととの》えてから美声を響かせはじめた。

江戸に料理屋　数々あれど（やー、ほい）
音に聞こえし　長吉屋（ほい、ほい）

纏持ちと若い火消し衆が合いの手を入れる。

梅次は見えない纏を振るしぐさをまじえた。

育てし弟子は　数あまた（やー、ほい）
津々浦々に　吉《きち》のれん（ほい、ほい）
たづね歩いて　諸国旅（やー、ほい）
つつがなきかと　弟子さがし（ほい、ほい）

名調子が続く。

これから始まる長い旅に思いを馳せたのか、長吉が感慨深げにうなずいた。

晴れて江戸へと 戻ってみれば（やー、ほい）

孫は立派な 花板よ（ほい、ほい）

再び見たや 晴れ姿（やー、ほい）

どうかご無事で お戻りを（ほい、ほい）

竹一が唄いながら両手を合わせた。

甚句は締めくくりに入った。

皆々様に なり替わり（やー、ほい）

われらがお祈り……（ほいっ）

よ組の火消し衆の動きがそろった。

右手で纏を振るしぐさをする。

……いたします（ほい、ほい）

かしらの美声に合わせて、火消し衆がゆっくりと礼をした。

「ありがてえ」

長吉は目元に指をやった。

「どうかお達者で」

「江戸へ戻ってきてくださいよ」

声が飛ぶ。

「ああ、まだ晦日《みそか》まではいるけどよ」

長吉屋のあるじは答えた。

「向こうでも宴はやるのかい？」

隠居がたずねた。

「いや、構えた宴はもういいんで、引き継ぎを兼ねてちょいと集まってから」

長吉は時吉のほうを手で示した。

「承知しました」

時吉は答えた。

「江戸を出る前に、うちへ寄ってね、おとっつぁん」

おちよが声をかけた。

「晦日は品川《しながわ》に泊まるから、その前に寄る」

と、長吉。

「だったら、うちに泊まってから発《た》てばいいのに」

おちよが少し不服そうな顔つきになった。

「それじゃ気が変わらねえ。蕎麦でもたぐってから発つよ」

父は渋く笑った。

「だったら、わたしがつくります」

千吉が手を挙げた。

「おお、江戸の食い納めだ。楽しみにしてるぜ」

古参の料理人は、孫に向かって笑みを浮かべた。

五

時の流れは速い。

年はあっという間に押しつまって晦日になった。

「なら、頼むぞ」

長吉は時吉に言った。

「留守はしっかり預からせていただきますので」

時吉は引き締まった顔つきで答えた。

長吉屋へは毎日通いになる。正月の三が日は休むが、今日はまだ客が来るから一緒にのどか屋へ行くわけにはいかない。

「どうかお達者で」

「無事のお帰りを」

弟子たちが言った。

昨日の晩、さほど構えたものではないが、ささやかな送りの宴を見世で催した。弟子やお運びの女衆から御守を渡された古参の料理人は、いくたびも続けざまに瞬《まばた》きをしていたものだ。

「ああ、まだあの世へ行くつもりはねえからな」

長吉は笑って答えた。

「では、見送りを」

時吉は身ぶりで示した。

まだ客は入っていない。長吉屋の料理人と女衆は見世の前まで見送りに出た。

千吉の兄弟子の信吉《しんきち》も、弟弟子の寅吉《とらきち》も殊勝な顔で控えている。

「なら、横山町までぶらぶら歩いていくからよ」

長吉は右手を挙げた。

「はい」

時吉は短く言った。

来《こ》し方のことがさまざまによみがえってきて、胸が詰まって言葉にならなかった。

「しっかり気張れ。見世をつぶすなよ」

終いは戯《ざ》れ言《ごと》まじりに言うと、長吉は歩きだした。

未練になると思ったのかどうか、一度も振り向くことはなかった。

その背がだんだん小さくなり、角を曲がって見えなくなるまで、時吉はじっと見送っていた。

六

長吉がのどか屋に現れたのは、そろそろ二幕目が開く頃合いだった。

中食は合戦場みたいな忙しさになるから、大松屋へ寄ったりして時をつぶし、のどか屋を訪れたのだ。

「お待ちしておりました、大師匠」

千吉が笑みを浮かべた。

かつては「じいじ」と呼んでいたが、正月には祝言を挙げる若者はもうすっかりひとかどの料理人の顔だ。

「おう。いい香りがしてるな」

長吉は手であおぐしぐさをした。

「中食は年越し蕎麦の膳だったんで。おとっつぁんの分は残してあるよ」

おちよが言った。

「なら、その残り物を食ってから駕籠で品川へ行くか」

長吉は答えた。

「小ぶりの豆腐飯を合わせたお膳なんですけど」

と、千吉。

「おう、そりゃ江戸の食い納めにはちょうどいいや」

古参の料理人の目尻にいくつもしわが浮かんだ。

「では、二人でおつくりします」

おようが若おかみの顔で言った。

今日の呼び込みはおけいに任せ、千吉と一緒に厨へ入っている。

「祝言に来られなくてすまねえな」

長吉がわびた。

「いえ、どうかご無事でお戻りを」

おようは笑みを浮かべて言った。

「これならのどか屋も安心だ」

長吉はおちよに言った。

「まあ、みなで力を合わせてなんとかやっていくから、おとっつぁんも無理しないで」

と、おちよ。

「弟子のところを廻るだけだからよ。無理なところは一つもねえぜ」

長吉は言い返した。

ここで膳の支度が整った。

「はい、お待ちで」

千吉が蕎麦の丼を盆に載せた。

「お待たせいたしました」

豆腐飯と薬味を載せ、おようが一枚板の席に陣取った長吉のもとへ運んだ。

「おとっつぁんが食べ終わるまで、のれんは出さないから」

おちよが言った。

「なら、ゆっくり食ってやらあ」

憎まれ口をたたいたものの、長吉はすぐさま箸を動かしだした。

「蕎麦はいくらかのびてるかもしれませんが」

千吉が少し心配そうに言った。

「はは、そりゃしょうがねえや。これくらいこしが残ってりゃ上々吉《じょうじょうきち》よ」

長吉はそう答えてまた蕎麦をたぐった。

膳に添えた豆腐飯は、泊まり客の朝餉に出すものよりは小ぶりにしてあった。

甘辛い江戸の味つけでじっくりと煮た豆腐をほかほかの飯にのせる。初めは豆腐だけを匙《さじ》ですくって食し、しかるのちにわっとまぜて胃の腑に入れる。薬味を添えればさらに味に深みが出る名物料理だ。これを食べたいがためにのどか屋に泊まる客もたくさんいるほどだった。

「うん、うめえ」

豆腐飯を味わうなり、長吉が言った。

「年越し蕎麦と豆腐飯、しばらくもう江戸に思い残すことはねえっていう味だな」

長吉はそう言って笑った。

「そのうち、恋しくなったら帰ってきてね」

おちよが情をこめて言った。

「お待ちしております」

若あるじの顔で、千吉が頭を下げた。

膳の進み具合を見ていたおようがさりげなくのどか屋を出て、駕籠を手配してきた。

このあたりは大おかみのおちよから伝授された気配りだ。

発つときが来た。

「おっ、手回しがいいな」

駕籠が来たのを察して、長吉が腰を上げた。

「おめえらも達者でいな」

土間や座敷でくつろいでいる猫たちに声をかけると、長吉は表へ出た。

みなで見送る。

「どうかお達者で」

「お元気で」

千吉とおようが笑みを浮かべた。

「おう。仲良くやんな。戻ったら曾孫《ひまご》ができてるかもしれねえな」

長吉も笑みを返す。

「気が向いたら文《ふみ》も書いて」

おちよが言う。

「ああ、気が向いたらな」

長吉はそう答えると、駕籠に乗りこんだ。

おちよが切り火で送る。

「達者でな」

長吉は笑みを浮かべた。
長く忘れがたい顔だった。

第三章　七草《ななくさ》ご飯膳

一

明けて天保十一年（一八四〇）になった。

旅籠付きの小料理屋のどか屋は、正月の三が日は料理屋だけほぼ休む。ただし、旅籠はやっている。正月の江戸には初詣《はつもうで》の客がほうぼうからやってくる。旅籠にとっては書き入れ時だから、のれんを出さないという手はない。

旅籠の泊まり客のために、朝の豆腐飯を出さなければならない。よって、厨に火は入る。

朝の膳は泊まり客ばかりでなく、常連の客にも供される。普請場が早い大工衆などが豆腐飯を喜んで平らげてつとめに出ていく。

今年から長吉屋への通《かよ》いになる時吉だが、三が日は浅草のほうも休みだ。このときばかりは、のどか屋でゆっくり過ごすことができた。

ただし、十日過ぎに千吉とおようの祝言の宴がある。その前に、新たに入ることになった長屋へ所帯道具を運んでおく段取りだから、なにかと気ぜわしい。

「おっ、今年もよろしくな」

ふらりと入ってきた岩本町の名物男が言った。

湯屋のあるじの寅次《とらじ》だ。

「どうぞよろしゅうに」

座敷の拭き掃除をしていたおちよが手を止めて言った。

「今年もいい品を入れてやるからよ」

野菜の棒手振《ぼてふ》りの富八《とみはち》が言った。

湯屋のあるじとはいつも一緒に動いているから、岩本町の御神酒徳利《おみきどっくり》と呼ばれている。

「お待ちしております」

豆の仕込みをしながら、時吉が答えた。

三が日の中食の膳はないが、四日からは新年らしいものを出さなければならない。

いま仕込みを始めたのは黒豆《くろまめ》だ。

「ご無沙汰しておりました」

笑顔でそうあいさつしたのは、「小菊」のあるじの吉太郎だった。

岩本町にあったのどか屋が焼け出されたあと、同じところに建てた「小菊」は、細工寿司の名店として料理屋の番付にも載っているほどで、いまも変わらぬ繁盛ぶりを見せている。

おかみは寅次の娘のおとせで、吉太郎は時吉の弟子だから、のどか屋とは切っても切れない縁だ。

「こちらこそ。おとせちゃんも岩兵衛《いわべえ》ちゃんもお達者で？」

おちよがたずねた。

「おかげさまで。もう跡取りの顔でつとめていますよ」

吉太郎は手を動かすしぐさをした。

「なら、もう岩兵衛『ちゃん』じゃないわね」

と、おちよ。

「そりゃあ、ここの跡取りとおんなじだから」

寅次が笑みを浮かべた。

「いまは若おかみと一緒に呼び込みへ」

おちよが告げた。

「そりゃあ、仲のいいこって」

岩本町の名物男が言った。

「長屋への家移《やうつ》りはどうするんだい」

野菜の棒手振りがたずねた。

「祝言が近いので、その前に所帯道具だけ運んでおこうかと」

時吉が答えた。

「それならあとが楽ですね」

そう言った吉太郎の足に、ふくが身をすりつけてきた。

「よしよし」

吉太郎がいちばん若い雄猫の首筋をなでてやる。

「小菊」にもみけという猫がいた。もとはのどか屋の猫だったが、焼け出されたあとも同じところに未練がありげだったから吉太郎とおとせが飼うことになった。

そのみけも天寿を全うして昨年亡くなった。いまはそのせがれのしろが看板猫をつとめている。

久々に来た「小菊」のあるじと、しばらく猫談義が続いた。

「うちのゆきも、だいぶおばあちゃんになったので」

座敷の隅で昼寝をしている猫を指さして、おちよが言った。

「たくさん子を産んだから、もう楽隠居《らくいんきょ》みたいなものですね」

吉太郎が言う。

「そうね。この子はまだまだこれからだけど」

ひょこひょこと歩いてきた二代目のどかを手で示して、おちよが笑みを浮かべた。

ゆきに比べればぐっと若いが、ふくは二代目のどかの子だ。

「なら、祝言には気の入った細工寿司を持ってきますよ」

吉太郎が言った。

「悪いね。気を遣ってもらって」

厨から時吉が言う。

「なに、引き札みてえなもんだからよ」

「細工寿司の腕の見せどころだから」

岩本町の御神酒徳利が言った。

二

同じころ——。

両国橋の西詰には、千吉とおようの姿があった。

旅籠の客の呼び込みだ。

のどか屋には「い・ろ・は・に・ほ・と」の六つの部屋がある。「へ」は語呂《ごろ》が悪いから飛ばしだ。

今日はあと三つ空いている。一階の「と」の部屋は、遅くたずねてくる酔客《すいきゃく》などのために空けておくから急いで埋めなくてもいいが、残りの二部屋の客をできれば見つけておきたいところだ。

「お泊まりは、朝餉のついたのどか屋へどうぞ」

おようが明るい声を響かせた。

その髷には、華やかな鶴のつまみかんざしを挿している。義父の大三郎《だいざぶろう》がつまみかんざしづくりの親方で、母のおせいも手伝っているから、しばしばかんざしが変わる。

「朝は名物、豆腐飯ー」

千吉も負けじと呼び込みをする。

かつては半袢《はんがみしも》を身に着けて呼び込みをしていたものだが、背丈が伸びてすっかり小さくなってしまった。そこで、先だって新たに半被《はっぴ》をこしらえた。のれんに合わせたあたたかい色合いの半被の背には、こう記されている。

はたごつき小料理
横山町　のどか屋

「浅草にも近いですよ。お安くなってます」

若おかみの顔で、おようがさらに呼び込みをした。

両国橋の西詰は、江戸でも指折りの繁華な場所だ。人の往来があり、床見世《とこみせ》や芝居小屋などもあまた出ている。それを当てこんで、あきないがたきの旅籠も呼び込みに余念がなかった。

「あっ、先を越されちゃったね」

大松屋の跡取り息子の升造から声がかかった。

「こちらも気張ってやります。今年もよしなに」

その若女房のおうのが笑みを浮かべた。

「こちらこそ。互いに競い合って気張りましょう」

おようが笑みを返した。

大松屋の升造は千吉の幼なじみだ。物心ついたころからともに遊び、一緒に寺子屋にも通った。

その仲良しの二人は、嫁取りもきびすを接して行うことになった。

初めにおようをいいなずけにしたのは千吉だった。旅籠の元締めの信兵衛はなかなかの知恵者《ちえしゃ》で、忙しい旅籠に助《すけ》っ人《と》としてつとめる娘を必ず一人雇っていた。おようもその一人だ。

のどか屋に助っ人に来ていたおようを千吉が見初《みそ》めて、いいなずけにしたことに発奮したのか、升造も負けじとばかりにそのあとに来たおうのを嫁にした。こちらはいち早く祝言を挙げたので、千吉は朋輩《ほうばい》に先を越されるかたちになった。

のどか屋の千吉とおよう。

大松屋の升造とおうの。

二組の若夫婦が競うように呼び込みの声を響かせるから、場はおのずと華やぐ。

「お泊まりは、内湯がついた大松屋へ」

「ゆったりのんびりのお風呂ですよー」

　大松屋の二人がどこか唄うように声をかけた。

「こちら、のどか屋は料理自慢のお宿です」

「朝は名物……」

「豆腐飯ー」

　千吉とおようが息の合った呼び声を響かせる。

　二組が競うように声をあげていると、幸い、いくたりもの客が足を止めてくれた。

「内湯と朝餉か。こりゃ迷うな」

「両方ってわけにゃいかないのかい」

　客が問うた。

「ようございますよ。うちに泊まっていただいて、大松屋さんで内湯だけでも」

　千吉が笑顔で答えた。

「いやいや、うちにお泊まりのうえ、朝餉だけのどか屋さんで」

　升造が負けじと言った。

　そんなやり取りをしてるうちに、さらに人の輪が広がってきた。

「なら、おれらはのどか屋で」

「こちらは大松屋にしましょう」

首尾よくそれぞれに客がついた。

「では、ご案内いたします」

「ここからすぐですので」

二人の若おかみが笑みを浮かべた。

三

明日からのどか屋と長吉屋が始まる三日の午後、時吉と千吉は小ぶりの荷車を借りて本所《ほんじょ》へ向かった。

おようの所帯道具を長屋へ運ぶためだ。祝言が終わってからだとばたばたするので、先に運んでおくことにしたのだ。

本所ではおようの母のおせいと、義父の大三郎が待っていた。

「大した嫁入り道具でもねえんですが」

つまみかんざしづくりの親方が言った。

鏡台や着物など、いたってつつましやかな品揃えだ。

「当座はこれくらいで暮らしていけると思いますので」

おせいが言う。

「所帯道具はうちからも運び入れますから」

時吉が白い歯を見せた。

「乗って行っていい？」

おようの弟の儀助《ぎすけ》が荷車を指さした。

年が明けて九歳になった。寺子屋に通い、このところはつまみかんざしづくりの手伝いもしている。父の血を引いたのか、手先はなかなかに器用で見どころがあるようだ。

「おまえは荷物じゃないだろう？」

父があきれたような顔つきになった。

「お姉ちゃんの嫁入り道具を運ぶんだから」

おせいも言う。

「橋を渡って、餡《あん》巻《ま》き食べたい」

儀助が言った。

背丈は伸びてきたが、まだまだわらべだ。義理の兄になる千吉がつくる甘い餡巻きは儀助の大の好物だった。

「また今度ね」

千吉はさらりとかわした。

「おめえはつまみかんざしの手伝いだ」

大三郎がそう申し渡した。

「はあい」

儀助はやや不承不承《ふしょうぶしょう》に答えた。

「なら、行ってきます」

おせいが言った。

「おう、頼む」

つまみかんざしづくりの親方と跡取り息子に見送られ、およりのささやかな嫁入り道具を載せた荷車は動きだした。

時吉が引き、千吉が押す。両国橋の上りでは、おせいとおようも押すのを手伝った。

「もういいよ。押しが要《い》るほど重くはないから」

時吉が声をかけた。

「はいよ」

すかさず千吉が手を放す。

「おまえはずっと押し役だぞ」

時吉がすぐさま言ったから、跡取り息子は苦笑いを浮かべた。

幸い、雨も雪も降らなかったが、両国橋を吹き抜ける風は冷たい。おようとおせいは首をすくめながら歩いた。

荷車は下りにさしかかった。

荷車を風よけにするために、おようとおせいは橋の中ほどへと歩く向きを変えた。

そのとき……。

うしろから荒々しい荷車の音が響いてきた。

「どけどけっ」

「轢《ひ》かれてえのか」

荷車引きが大声で叫ぶ。

「危ない」

千吉が声をかけた。

おようとおせいはあわててそのうしろに隠れた。

酒樽《さかだる》とおぼしいものを積んだ荷車は、たいそうな勢いで両国橋を下っていった。

ものすごい勢いで去っていった荷車の人夫たちは、屋号のない無地の半纏をまとっていた。

千吉が前方を見た。

「半纏《はんてん》には何も描いてなかった」

時吉が眉をひそめた。

「はた迷惑だな」

四

千吉とおようが暮らす長屋は、大松屋の先の路地を入ったところにあった。

のどか屋からも近い。味噌汁を運んでも、さほど冷めないほどの近さだ。

「せがれ夫婦が十日過ぎに入らせていただきますので、どうぞよしなに。これはつまらぬものですが」

おちよは長屋の女房衆に手土産を渡した。

「どうかよしなに」

「よろしゅうお願いいたします」

千吉とおようがていねいに頭を下げた。

「まああ、それはこちらこそ」

「いい香りがするわね」

女房衆が笑顔で言った。

「すぐそこで小料理屋をやっているもので、折詰をお持ちしました」

おちよが笑みを浮かべた。

のどか屋特製の折詰には、正月らしく、昆布巻《こぶま》きや慈姑《くわい》や黒豆《くろまめ》、紅白蒲鉾《こうはくかまぼこ》に栗《くり》きんとんに田作《たづく》りに数《かず》の子《こ》などが彩りも美しく詰めこまれていた。

「なら、さっそく開けてみようよ」

「お味見しなきゃね」

「わあ、楽しみ」

三人の女房衆のところへは、わらべたちや居職《いじょく》の亭主らも現れ、たちまち人の輪ができた。

「こんなおいしい黒豆、食べたことないわね」

「ほんと、さすがは料理屋さん」

女房衆が感心の面持《おもも》ちで言った。

「暮らしはじめたら、ときどきおすそ分けできますので」

おようが如才なく言った。

「わたしが若あるじで、花板ですから」

千吉が胸を張った。

「こっちがあるじじゃねえのかい」

居職の亭主が時吉のほうを手で示した。

「わたしは浅草の長吉屋という料理屋のあるじを、通いでつとめることになっております」

時吉が答えた。

「わたしの父があるじなんですが、諸国にちらばったお弟子さんのもとをたずねて廻っているもので」

おちよが手短に告げた。

「へえ、浅草まで通いじゃ大変だ」

「気張ってやってくださいましな」

女房が声をかけた。

「栗きんとん、おいしい！」

わらべの一人が声をあげた。

「甘いかい？」

千吉が問う。

「うんっ」

わらべは元気よく答えた。

「餡巻きなら、長屋でもつくれるかも」

おようが言った。

「そうだね。落ち着いたら、いずれつくってあげよう」

千吉は笑顔で答えた。

五

「いよいよ祝言の宴が迫ってきたね」

隠居の季川が温顔で言った。

長吉屋の一枚板の席だ。

板前ができたての料理を出す開き厨には、通いのあるじの時吉と、若い板前が代わる代わるに立つ。若い料理人にとっては何よりの修業の場だ。

「まあ、構えた宴でもないので」

手を動かしながら、時吉は答えた。

「でも、当人にとっては一生に一度きりの宴だからね」

鶴屋の隠居の与兵衛が言った。

千吉が花板をつとめていた紅葉屋が隠居所の代わりだが、もともとは長吉屋の客だった。今日は久々に古巣へ顔を出したところだ。

「その日はわたしものどか屋で祝いの料理をつくることに」

時吉は笑みを浮かべた。

「できれば手伝いに行きたいくらいで」

一緒に厨に立っている信吉が言った。

かつては千吉と同じ長屋で暮らしていた仲のいい兄弟子だ。房州《ぼうしゅう》の館山《たてやま》から修業に来ている。

「こちらを休むわけにはいかないからな。……はい、お待ちで」

時吉は肴の碗をていねいに下から出した。

料理は下から出さなければならない。長吉から時吉、時吉から千吉。年長の者から年若の者へ、代々受け継がれてきた教えだ。

どうだ、食え、とばかりにゆめゆめ上から出したりしてはならない。

どうぞお召し上がりください、と下から出すのが礼儀だ。

その教えを、長吉屋ゆかりの料理人はみな忠実に守っていた。

「これは海老芋《えびいも》だね」

隠居が言った。

「はい、常節《とこぶし》と煮合わせにしております」

時吉が答えた。

「海老芋は上方《かみがた》のものだったと思うけれど」

与兵衛が軽く首をかしげた。

薬種問屋の隠居はなかなかの食通だ。

「砂村《すなむら》の義助《ぎすけ》さんという人がいろいろと京野菜を育てていて、珍しい品を折にふれて届けてくださっているんです」

長吉屋のあるじ代わりになった男が答えた。

「同じ里芋《さといも》でも、煮ると味が濃くなるね」

隠居が笑みを浮かべた。

「追いがつおでじっくりと煮ておりますから」

と、時吉。

「常節もうまいよ」

与兵衛の顔もほころんだ。

続いて、信吉が平貝《たいらがい》の昆布締めを出した。

し、一刻半《いっときはん》（約三時間）ほど昆布締めにした平貝の薄皮をていねいに取ってそぎ切りにし、けんとつまを添えて土佐醤油ですすめる。これも酒がすすむひと品だ。

「うまいよ」

隠居が笑顔で言った。

「ありがたく存じます」

だいぶ場数《ばかず》を踏んできた若い料理人が一礼した。

そこで本厨から若い衆があわただしく入ってきて、揚げ物の応援を頼んだ。

本厨を仕切っているのは脇板《わきいた》の捨吉《すてきち》だ。あまり口は回らないから、客の相手をする
より黙々と厨仕事をこなすほうが向いている。

煮方頭《にかたがしら》の仁吉《にきち》が補佐役で、椀方頭《わんかたがしら》の梅吉《うめきち》がそれに次ぐ脇鍋《わきなべ》格だ。老舗の長吉屋に
は、富士《ふじ》、大井川《おおいがわ》、浜名《はまな》、伊勢《いせ》、二見《ふたみ》、京《きょう》その他の間《ま》がとりどりにしつらえられてお

り、仕切りのある落ち着いた座敷で会食をすることができる。運び役の仲居も含めるとなかなかの大所帯だ。のどか屋から通う時吉はそのすべてを束ねていかねばならない。

「こちらはしばらくいいからね」

隠居が気を遣って言った。

「手が回ったら、ついでに揚げ物を」

与兵衛も言う。

「承知しました。では、そうさせていただきます」

時吉は頭を下げると、海老天を揚げる支度を始めた。

六

七日の中食――。

のどか屋の前にこんな貼り紙が出た。

けふの中食

七草《ななくさ》ごはん
おかゆではなく、ごはんにて
ほかに、ぶりのてりやき、こばちにねぶか汁
三十食かぎり　四十文にて

「おっ、七草粥《がゆ》じゃなくて飯なのかい」

「そりゃ珍しいな」

さっそく足を止めたなじみの左官衆が言った。

「はい、今年はご飯で」

貼り紙を出し終えたおようが笑顔で言った。

「なら、さっそく入《へえ》ろう」

「祝言の前祝いみてえなもんだからな」

「四十文だけで、ご祝儀はねえけどよ」

左官衆はわいわい言いながらのどか屋ののれんをくぐった。

「はい、お三人さま、ご案内ー」

おようがいい声を響かせた。

「いらっしゃいまし」

ねじり鉢巻きの千吉が気の入った声をかけた。

「おっ、いい声じゃねえか」

「気が入ってるな、二代目」

「猫らはだらけてるけどよ」

座敷に上がった左官衆の一人が指さした。

「そりゃ、だらだらするのが猫のつとめみてえなもんだからよ」

「猫がしゃきっとしたつらで『いらっしゃいまし』とか言ったら、みんなひっくり返《けえ》るぜ」

座敷でにぎやかな笑い声が響いた。

隅のほうで、黒猫のしょうと銀と白と黒の模様が美しい小太郎がのんびりと寝そべっている。もう一匹の雄猫のふくは、母猫の二代目のどかと同じ茶白の柄だ。

「はい、お待たせいたしました」

「七草ご飯のお膳でございます」

おようとおちよが盆を運んでいった。

「お、来た来た」

「そろそろ祝言じゃねえのかい、若おかみ」

　客の一人が問うた。

「五日後にここで」

　おようが笑顔で答えた。

「その日は昼から貸し切りにさせていただきますので」

　おちよが和す。

「そうかい。貸し切りにしねえと入らねえだろうからな」

「下も使わなきゃ」

　左官衆の一人が土間を指さした。

　中食のあいだは混むから、茣蓙《ござ》が敷かれている。祝いごとで使うときはおめでたい花茣蓙が使われる。

「ええ。おおよその座り場所は決めてありますので」

　おちよは笑みを浮かべた。

「楽しみだな、二代目」

　左官衆のかしらが厨の千吉に声をかけた。

「はいっ」

手を動かしながら、千吉は元気のいい返事をした。

その後も続々と客が入ってきた。

なかには長逗留の旅籠の客もいる。

「七草のご飯は初めて食べたよ」

「お粥じゃなくてもおいしいんだね」

顔がほころぶ。

七草は塩を少々入れた湯でさっと茹で、いい色合いになったところで上げて細かく刻んでおく。

米は昆布だしに酒を加えて風味豊かに炊く。

炊き上がったら、刻んだ七草を加え、いくらか蒸らす。仕上げにまぜて盛り付け、白胡麻塩を振れば出来上がりだ。

「おいしいね」

「春の七草って何だっけな」

客の一人が首をひねった。

「せり、なずな、ごぎょう、はこべら、ほとけのざ……」

そこまで唄うように言ったおちよが、若おかみのほうを手で示した。

「すずな、すずしろ……これにて」

およようは千吉のほうを見た。

「春の七草でございます」

のどか屋の二代目は芝居がかった口調で言った。

「いいとこを取りやがったな」

「祝言もその調子でやりな」

「ああ、照り焼きもうまかったぜ」

左官衆が上機嫌で腰を上げた。

のどか屋の中食は、今日も好評のうちに売り切れた。

第四章　祝いの宴

一

その日が来た。

幸いにも、雨や雪は降らなかった。

案じていたが、直前に雪が積もることもなかった。千吉とおようの祝言の宴は好天に恵まれた。

「えっ、ほっ……」

「えっ、ほっ……」

調子を合わせた駕籠がのどか屋の前で止まった。

駕籠屋の手を借りて降り立ったのは、隠居の季川だった。

見世の前の貼り紙を見て、一つうなずく。

本日うたげの為
かしきりです
　　　　のどか屋

分かりやすくそう記されていた。

「あっ、一番乗りです、師匠」

のれんを手に出てきたおちよが笑みを浮かべた。

「はは、そうかい。ちょっと気が焦ったね」

季川は笑みを浮かべると、駕籠の支払いを済ませ、杖を突きながら入り口に向かった。

おちよがのれんをかける。

今日の「の」はひときわ明るく、笑みを浮かべているように見えた。

「いらっしゃいまし」

真っ先に声をかけたのは、千吉だった。

おのれの祝言の宴だが、父の時吉とともに厨仕事に余念がない。

「おっ、気張っているね」

隠居の白い眉がやんわりと下がった。

「師匠はいつものお席で」

おちよが一枚板の席を手で示した。

「そうさせていただくよ」

季川はいささか大儀そうに腰を下ろした。

隣でのんびりしていた二代目のどかが飛び下り、ゆっくりと伸びをする。

ほどなく、元締めの信兵衛が大松屋の親子とともに姿を現わした。

「本日はおめでたく存じます」

信兵衛が笑顔で言う。

「ありがたく存じます。元締めさんはこちらに」

おちよが一枚板の席を示した。

「千ちゃん、おめでとう」

竹馬《ちくば》の友の升造が声をかけた。

「ありがとう、升ちゃん。やっと追いついたよ」

鯛の塩焼きを仕上げながら、千吉が白い歯を見せた。

そうこうしているうちに、宴の客は次々にやってきた。

「あっ、平ちゃんに、東明先生も」

千吉が声をあげた。

「今日だけ黒四組のかしらだ」

万年同心がそう言って、一枚板の席に陣取った。

宴に招く者にはかぎりがあるため、黒四組からは千吉と仲がいい万年同心だけが出ている。

「まずは厨仕事だね、千吉さん」

つややかな総髪の恩師が言った。

「はい。一段落したら着替えて座敷へ」

千吉は答えた。

「そろそろいいぞ。あとは一人で何とかなるから」

時吉がうながした。

せがれの祝いの宴だから、長吉屋はほかの弟子に任せてのどか屋の厨に詰めている。

「そうそう、主役がいないと始まらないから」

おちよも言う。

「じゃあ、あとはお願いします」

千吉は鯛を一尾《いちび》焼き上げてから言った。

「はいよ」

時吉はいい声で答えた。

二

おようとその家族はのどか屋に泊まっていた。

本所から花嫁衣装でやってくるのは大儀だ。途中で雨に降られたりしたら目も当てられない。

そこで、おようと母のおせい、義父の大三郎と弟の儀助の四人でのどか屋に泊まることになった。

もう一人、本所で河岸《かし》の仕事をしている叔父が祝いにやってくる。おようの父の仁次郎《じんじろう》は筋のいい蕎麦屋で、本所でやぶ仁という見世をおせいとともに営んでいた。深川《ふかがわ》の名店、やぶ浪《なみ》で修業した蕎麦職人だから腕はたしかだ。

いない。

あいにくなことに、仁次郎は若くして心《しん》の臓《ぞう》に差し込みを起こして亡くなってしまった。およようがまだ四つのときだった。おようは実の父の顔をおぼろげにしか憶えていない。


その後、幼いおようを育てるために、おせいはつまみかんざしの内職に精を出すようになった。その縁で親方の大三郎に見初められ、おようにとっては弟になる儀助も生まれた。そんな苦労をしているだけに、母も感慨深げだった。


「新郎はそろそろ支度ができそうです」

おちよが二階の部屋に伝えにきた。

「承知しました。お客さんのほうは？」

おせいが訊く。

「だんだん見えてきました。残りはあといくたりかで」

おちよは答えた。

「承知しました。では、支度を」

おせいはおように目配《めくば》せをした。

「階段ですっころばねえようにしないとな」

大三郎が笑みを浮かべた。

「おいらは？」

儀助がなぜかおのれの胸を指さした。

「おめえは何も役がねえんだから、ただついてくりゃあいいんだ」

大三郎がややあきれたような顔で言った。

「では、お待ちしておりますので」

おちよは笑顔で言って階段に向かった。

三

客は次々に現われた。

岩本町組には、いつもの御神酒徳利に加えて、「小菊」のあるじの吉太郎も加わっていた。

「祝いの細工寿司です」

吉太郎が時吉に包みを渡した。

「ああ、これはありがたい。あとで切って出すよ」

時吉は弟子に向かって礼を述べた。

火消しのよ組からは、かしらの竹一と纏持ちの梅次が顔を出した。もちろんあとで甚句を披露する。

竜閑町《りゅうかんちょう》からは本道《ほんどう》の医者の青葉清斎が来た。これで一枚板の席が埋まった。

「羽津から、くれぐれもよしなにと」

清斎が笑みを浮かべて伝えた。

妻の羽津は江戸でも指折りの産科医だ。

「千吉を取り上げてくださったんですものね」

おちよが帯に軽く手をやった。

「月日が経つのは早いものだね」

隠居がしみじみとした口調で言った。

千吉とおようの朋輩も続けざまに入ってきてにぎやかになった。つまみかんざしづくりを手伝っている本所の長屋仲間も来た。猫縁者でもある馬喰《ばくろちょう》町の力屋《ちからや》からは、あるじの信五郎《しんごろう》が加わった。

土間には紅鶴《べにづる》に牡丹《ぼたん》をあしらった花茣蓙が敷かれている。祝いごとのときだけ出番が来る華やかな茣蓙だ。その上には、千吉とおようの朋輩たちが陣取った。

「えー、ではそろそろ主役の入場です」

おちよが段取りを進めた。

「まず新郎さんから」

おけいの声が響いた。

「よっ、待ってました」

「のどか屋の二代目」

岩本町の御神酒徳利が声をかける。

千吉は一階の部屋から姿を現わした。

「どこから来るのかと思ったら、わたしの泊まり部屋かい」

隠居が笑う。

千吉は紋付き袴に威儀《いぎ》を正していた。

ただし、しかつめらしい家紋ではなく、「の」と染め抜かれている。

「続いて、花嫁さんの入場です」

おちよが身ぶりをまじえた。

ほお、とため息がもれる。

「綿帽子《わたぼうし》じゃないんだな」

万年同心が瞬きをした。

「お母様の手になるものでしょうか」

背筋を伸ばしたまま、春田東明が言った。

おようは花嫁らしい綿帽子をかぶっていなかった。

その代わり、髷には白い鴛鴦《えんおう》のつまみかんざしを挿していた。愛らしくて思わずほっこりするような出来だ。

「では、そちらに」

おちよが手で示した。

千吉とおようは、一礼してから座敷の上座に腰を下ろした。

その前には、白木の三方《さんぽう》が据えられている。固めの盃のための酒器《しゅき》がいまや遅しと出番を待っていた。

「それでは、年の功でご隠居さんに」

厨から時吉が声をかけた。

「そりゃ、わたしより年上がいたら大変だからね」

季川が笑って立ち上がろうとした。

春田東明がさりげなく手を貸す。

青葉清斎も気遣って付き添った。

「いや、座敷までなら歩けるよ」

隠居が笑みを浮かべた。

「では、固めの盃を」

おちよが手で示した。

千吉もおようも、さすがに緊張の面持ちだったが、固めの盃は滞《とどこお》りなく終わった。

「これでのどか屋の二代目と若おかみは、晴れて夫婦《めおと》となりました。いついつまでも仲睦まじく」

隠居がよどみなく言った。

娘の晴れ姿を見ていたおせいが、思わず目元に指をやる。

「それでは、お料理をどんどん運んでまいりますので、二人の門出を祝いつつお召し上がりくださいまし」

おちよが如才なく言った。

「おっ、ならさっそく」

「うまそうな鯛じゃねえか」

よ組の火消し衆が箸を取った。

それを合図にしたかのように、ほうぼうで手が動きだした。

「紐は食べられないからね」

千吉がそう言って、鯛の浜焼きに飾られた紅白の紐飾りを外した。

優雅な足のついた黒塗りの膳に、尾の張った鯛が据えられている。むろん、新郎新婦ばかりではない。一人一尾というわけにはいかないが、招かれた客の要所要所に焼き鯛の膳が置かれていた。

「餡巻きはないの?」

儀助が千吉にたずねた。

「餡巻きなら、おいらも食べたいな」

千吉の朋輩の手が挙がる。

「おいらも」

「なら、もうちょっとしたらね」

千吉が答えた。

年が明けて十七歳になった新郎には酒が注がれているが、花茣蓙に陣取った朋輩はお茶だ。凝った料理より餡巻きのほうがいいらしい。

「造りもうめえぞ」

「まずは料理を食いな」

　岩本町の御神酒徳利が言った。

　鯛の姿づくりは、時吉がことに腕によりをかけて仕上げた。いままさに泳いでいるかのような鯛の腹に、見事にそろった造りが詰めこまれている。

「お待たせいたしました。二種の細工寿司でございます」

　おけいが寿司桶を運んできた。

「新郎新婦の顔のほうはわたしが」

　吉太郎がすかさず言った。

「わたしのほうはちょっと不出来ですけど」

　千吉が髷に手をやった。

「いや、ちゃんと『壽《ことぶき》』に見えるよ」

　元締めが言った。

「切り口にこれだけ字を浮かびあがらせるのは手わざだねえ」

　隠居も感心の面持ちで言った。

「ほかにもいろいろつくったのかい」

　義父の大三郎が千吉に訊いた。

「そろそろ出ると思うけれど、紅白蕎麦を打ちました」

千吉は答えた。

おようがいくらかしんみりとうなずく。

先だって、母のおせいと話をした。

早逝《そうせい》した父の仁次郎が達者なら、さぞや気を入れて蕎麦を打ってくれたことだろう。

「そりゃいいな」

「早く食いてえもんだ」

よ組の火消し衆が言った。

「なら、天麩羅の盛り合わせのあとにお出ししましょう」

時吉が厨から答えた。

「だったら、手伝うよ」

千吉が腰を浮かせた。

「おまえは主役なんだから」

すかさずおちよが言った。

「でんと構えてなきゃな。……ま、呑みな」

義理の叔父が酒を注いだ。

「は、はい」

千吉はまた座り直した。

まず天麩羅が出た。ともに縁起物の海老と鱚だ。

「この心の臓なら、大丈夫ですね」

一枚板の席では、話の流れで青葉清斎が隠居の診察を終えたところだった。

「足腰は弱ったけれど、まだ身は平気かい」

隠居が笑みを浮かべた。

「あと十年は達者で過ごせるでしょう」

本道の医者は太鼓判を捺《お》した。

「いつになったらあの世へ行けるのかねえ」

そう言いながらも、隠居の顔には笑みが浮かんでいた。

「いつまでも達者でいてくださいましな」

元締めがそう言って酒を注いだ。

「まだこれから三代目の顔も見ないといけないからね」

隠居が座敷のほうを見た。

ほうぼうから酒を注がれて、千吉はだいぶ赤い顔になっている。

「はい、お待たせで」

花茣蓙の席にも天麩羅が運ばれた。

「わあ、おいしそう」

「いただきます」

次々に箸が伸びた。

「餡巻きまでにおなかいっぱいになりそうだよ、千ちゃん」

朋輩の一人が言った。

「お酒呑んでるから、しくじりそう、餡巻き」

千吉が答えた。

数えで十七になったばかりだが、祝言の主役だし、江戸の世だからそこはそれだ。

「だったら、お茶にしなさい」

おちよがぴしゃりと言った。

「もうすすめないようにしよう」

大三郎が酒器をひっこめた。

「そうそう、そのほうがいいわ」

おせいが笑みを浮かべた。

天麩羅の次は、話に出ていた紅白蕎麦が供された。

白は御膳粉《ごぜんこ》を使っている。紅のほうは紅粉に生姜《しょうが》を加えているから、ぴりっとした味わいがある。

「こりゃあ縁起物だね」

大松屋のあるじの升太郎《ますたろう》が笑みを浮かべた。

「おいらの祝言でも出たよ」

升造が言う。

「そうだったっけ。忘れちまったよ」

升太郎は苦笑いを浮かべた。

蕎麦の次はちらし寿司だ。

早春の恵みの若竹《わかたけ》に錦糸玉子《きんしたまご》や蕗《ふき》などをあしらった上品なちらし寿司は、いたって好評だった。

料理も酒も行きわたった。そろそろ出しものの頃合いだ。

「ここいらで、よろしゅうございますか」

よ組のかしらに向かって、おちよが小声で言った。

「おっ、出番かい」

竹一が盃を置いた。

「このために呼ばれたんだからな」

纏持ちの梅次が渋く笑った。

「では、ここいらで、よ組の火消しさんより、祝いの甚句を賜りたいと存じます」

おちよが段取りを進めた。

「よっ、江戸一」

「いや、日の本一」

岩本町の御神酒徳利があおる。

みなの注目のなか、ほまれの半被をまとったよ組の二人が前へ進み出た。

四

「なら、お耳汚しですが、のどか屋の二代目と若おかみの門出を祝って……」

梅次が纏をかかげるしぐさをした。

「甚句をご披露させていただきます」

かしらの竹一が歌舞伎役者のような一礼をした。

「よろしければ合いの手を」

纏持ちが張りのある声で言う。

「おう、任せな」

湯屋のあるじが真っ先に言った。

「では」

よ組のかしらは両手を一つ打ち合わせると、やおら美声を響かせはじめた。

江戸に料理屋　数あれど（やー、ほい）

旅籠付いたる　ほまれ宿（ほい、ほい）

合いの手を入れながら、梅次が見えない纏を振るしぐさをする。

横山町の　夢のれん（やー、ほい）

のどか屋二代目　千吉と（ほい、ほい）

明るく元気な　若おかみ（やー、ほい）

おようの晴れて　祝言よ（ほい、ほい）

めでためでたの　のどか屋よ（やー、ほい）

この先《さき》生まるる　三代目（ほい、ほい）

いついつまでも　末永き（やー、ほい）

繁盛願い……

竹一の声がひときわ高くなった。

「ほいっ、ほいっ」

梅次の手の動きも力強くなる。

たてまつりまする……

甚句の二人は息の合った礼をした。

「よっ、江戸一」

「ほまれのよ組」

声が飛ぶ。

「ありがたく存じました」

千吉がまず礼を述べた。

「一生の思い出になります」

おようも上気した顔で言う。

「これからも若い衆を連れて来るからよ」

かしらが笑みを浮かべた。

「うまいもんを食わしてくんな」

纏持ちが和す。

「うまんもんといえば……」

「そろそろ餡巻きを」

「わあ、食べたーい」

土間の花茣蓙から声が飛んだ。

「お兄ちゃん、餡巻き」

儀助も弾んだ声で言った。

「分かったよ」

千吉は答えた。

「大丈夫？　酔ってない？」

おようが気づかう。

「ああ、たぶん大丈夫」

千吉はそう答えて、湯呑みの茶を啜った。

「よし、なら厨を代わってくれ」

時吉が言った。

「承知で」

千吉のいい声がのどか屋に響いた。

五

平たい鍋を熱し、水で溶いた粉を流してかたちを整える。

そこへ餡を載せ、手際よくくるくると巻いていく。

料理人の腕の見せどころだ。

千吉の働きぶりを見て一つうなずくと、時吉はおちよに目配せをして土産の支度に取りかかった。

宴に来てくれた客には、土産に赤飯《せきはん》の折詰を出す。

ぷっくりとしたささげがふんだんに入った自慢の赤飯だ。黒胡麻塩の小袋も抜かりなく添えられている。これをはらりとかけて食せば、なおのこと赤飯のうま味が増す。

「はいよ、三つできたよ」

千吉が告げた。

「あっ、花嫁さんはいいから」

腰を浮かせかけたおようを見て、おちよが手で制した。

「わたしが運びますから」

おけいが笑みを浮かべた。

餡巻きは次々に運ばれていった。

「わあ、おいしい」

「久々に食べたけど、千ちゃんの味だね」

「今日はことに餡が甘いよ」

「そりゃ祝言の宴だから」

寺子屋にも一緒に通った朋輩たちが笑顔で口々に言った。

「おいしいっ」

弟の儀助も満面の笑みだ。

「また食べに来てね」

千吉が厨から言う。

「うんっ」

儀助は元気よく答えた。

餡巻きが好評のうちに平らげられ、千吉は席に戻った。

「そろそろ出番かい？」

隠居が訊いた。

「さようですね。では、出しものの真打ちにご登場いただきましょう」

時吉が笑顔で答えた。

「これが出ないことにはね」

元締めの信兵衛が笑みを浮かべた。

俳諧師である隠居の大橋季川による、祝いの発句《ほっく》だ。

むろん、段取りのなかに入っていたから、紙も筆の用意もしてあった。

おちよが手早く墨を磨《す》る。

そのあいだ、隠居はのどか屋の昔話をひとくさり披露していた。二度にわたって焼け出されたが、そのたびにいい常連客がついて、こうして二代目が晴れの日を迎えた。古くからの常連客としては感無量だという話を、みな神妙に聞いていた。

支度が整った。

「では、僭越《せんえつ》ながら」

隠居は筆を執ると、うなるような達筆でこうしたためた。

のどかなる宿は

新春新婚

「新婚は『にいめとり』と読んでくだされ」

季川が紙をかざした。

「いい言葉ですね」

春田東明が笑みを浮かべた。

「字面《じづら》も音の響きもいいです」

青葉清斎も和す。

「では、付けてください、おちよさん」

隠居は女弟子のほうを手で示した。

「えー、どうしよう」

おちよは額に手を当てた。

師がどういう発句を詠むかまでは知らされていなかったから、付け句はその場で詠まねばならない。

ちょうどそのとき、二代目のどかがしゃらしゃらと鈴の音を軽快に響かせながら通り過ぎていった。

それを見たおちよの頭に、だしぬけに句が浮かんだ。

猫も振るなり
祝ひの鈴を

おちよは紙にそうしたためた。

「決まったね」

隠居が笑みを浮かべた。

六

「本日はありがたく存じました」

のどか屋を出たところで、千吉が頭を下げた。

「お荷物になりますが、赤飯でございます」

おようが風呂敷包みを渡した。

「おっ、気が利くな」

湯屋のあるじが受け取った。

「風呂敷も土産のうちかい？」

野菜の棒手振りが訊く。

「もちろんです」

若おかみは笑みを浮かべた。

のどか屋ののれんと同じ明るい柿色に「の」という字が散らされている。思わずほっこりするような柄だ。

「遠くからありがたく存じました」

おちよが青葉清斎に包みを渡した。

若夫婦ばかりでなく、あるじとおかみも土産を渡す。

その近くで杖を突いて、隠居があたたかいまなざしで見守っていた。

「いい宴に出させていただきました」

本道の医者は白い歯を見せた。

「羽津先生によろしくお伝えくださいまし」

おちよのほおにえくぼが浮かんだ。

「赤飯はうちでは出さないので学びになります」

力屋のあるじが言った。

「みなさんで召し上がってくださいまし」

時吉が笑顔で告げた。

「おっ、今日が祝言かい」

「きれいな花嫁姿じゃねえか」

ちょうど通りかかったなじみの大工衆から声がかかった。

「ありがたく存じます」

「またよしなに」

若夫婦は如才なく言った。

「なら、またふらっと本所から来るからね」

母のおせいが言った。

「餡巻き食べに来るよ」

儀助はそればっかりだ。

「気張りすぎずに、達者でやりな」

大三郎がおように情のこもった声をかけた。

「はい」

うなずいた拍子に、髷に挿したつまみかんざしの鴛鴦もふるりと揺れた。

「なら、またな」

万年同心が右手を挙げた。

「ありがとう、平ちゃん」

千吉の声が明るく響く。

ほどなく、すべての客に土産の風呂敷包みが渡った。

最後の客の姿が見えなくなるまで、のどか屋の二組の夫婦はじっと見送っていた。

第五章　行徳《ぎょうとく》の客

一

「あっ、千ちゃん、いまからかい？」

大松屋の升造が声をかけた。

「ちょっと寝坊しちゃって」

千吉が髷に手をやった。

「急いで行かないと」

おようも言う。

二人の長屋からは、大松屋の前を通って行かなければならない。打ち水をしていた升造に、寝坊してあわてているところを見られてしまった。

「はは、おいらもときどき寝過ごすよ」

升造は笑って言った。

「なら、また」

軽く手を挙げて、千吉は先を急いだ。

ちょうど表におちよが出てきた。

「相済みません」

おようが先にわびた。

「呼びに行こうかと思ったくらいで」

と、おちよ。

「ごめん。急いでやるから」

千吉が口早に言った。

豆腐飯はできていたが、中食の仕込みなどはまだだった。すでに泊まり客や朝の早い大工衆が朝餉を食しはじめている。

「もっと気を入れていけ」

時吉がやや不機嫌そうに言った。

「相済みません」

千吉は頭を下げた。

「はは、新婚だからよ」

「朝が遅いのは致し方ねえや」

「いまがいちばんいいときだからよ」

朝の豆腐飯だけ食べに来たなじみの大工衆が口々に言った。

それを聞いて、おようの顔が赤く染まった。

二

「なら、あとは頼むぞ」

時吉はおちよに言い残してのどか屋を出た。

「あいよ」

おちよが短く答えた。

「仕込みに手間取ったら遅くなるかもしれないが、泊まりにはならないと思う」

時吉が告げた。

「あんまり無理しないで」

おちよは案じ顔で言った。

「分かった」

時吉は笑みを浮かべた。

長吉屋まで通い、料理の指南《しなん》をしてあるじの代わりをつとめるのはなかなかに大変だ。脇板の捨吉を筆頭に、腕のいい料理人はいくたりもいるが、祝いの宴などがあるときはそれを束ねて仕込みから目を光らせていなければならない。

のどか屋にいるときに仕込みにしくじりなどがあっても、急に知らせたり駆けつけたりすることはできない。長吉屋の料理人たちとよくよく打ち合わせて、段取りに狂いがないようにしなければならないから大変だった。

若いころは大和梨川藩《やまとなしがわはん》の禄《ろく》を食《は》み、藩では右に出る者のない剣の遣い手として鳴らしていた。身の鍛えも存分に行った。そんな若き日の蓄えが残っているから、毎日浅草まで通うだけならまださほどの苦にはならない。

さりながら……。

この先、だんだん衰えも出るだろう。長吉はいつ江戸へ帰ってくるか分からないし、無事帰ってきても遅かれ早かれ隠居するだろう。そうなると、おのれとおちよが長吉屋に詰めてのれんを守らねばならない。

のどか屋は千吉があるじで、おようが若おかみだ。二代目に譲るしかないが、今日みたいに朝寝坊をしているようでは先が思いやられる。

時吉はいま一つ浮かない顔で足を速めた。

すると、向こうから野菜の棒手振りの富八がやってきた。

今日は御神酒徳利ではなく、本来のなりわいで、天秤棒《てんびんぼう》をいなせに担いでいる。

「これから浅草ですかい？」

富八がたずねた。

「そのとおりで。今日の勧《すす》めは？」

時吉が問い返す。

「いい蕗の薹《とう》がたんと入ってまさ。のどか屋にも廻ろうと思ってたところで。ちょいと見ておくんなせえ」

富八は天秤棒を下ろした。

「こりゃあいいね。天麩羅にしたらうまそうだ」

時吉は品をたしかめてから言った。

「なら、さっそく届けてきまさ」

気のいい棒手振りが笑みを浮かべた。

三

「中食、まもなく始まりです」

のれんを手にした若おかみの声が明るく響いた。

「今日の膳は何でえ」

「何でも食うつもりで来たんだがよ」

なじみの職人衆が言う。

「小鯛の塩焼きに、蕗の薹の天麩羅、それに若竹煮と浅蜊汁《あさりじる》が付いております」

おようは唄うように答えた。

「そりゃ豪勢だな」

「品数が多すぎるほどだぜ」

「よし、入った入った」

客は次々にのれんをくぐってきた。

あれもこれもと欲張らないほうがいいと、おちよは首をひねったのだが、千吉は
「よし行け」とばかりに蕗の薹の天麩羅を膳に加えた。富八が運んできた蕗の薹が実

にうまそうだったからだ。

たらの芽などもほろ苦くてうまいが、蕗の薹の天麩羅も春の恵みの一つだ。もうひと品加わると、なおのこと膳が華やかになる。

「いけない、手が回らないや」

千吉が声をあげた。

「だから言ったじゃないの」

おちよの声が高くなる。

「塩焼きに時がかかるから、天麩羅まで手が回らないんだ」

千吉は困った表情で答えた。

小鯛の身に小骨が残っていないか吟味し、もしあれば骨抜きでていねいに抜く。それから金串を末広に打ち、火がよく通るように皮目に斜め十文字の切り込みを入れる。

これに粗塩を振って焼く。播州赤穂《ばんしゅうあこう》から運ばれてきた塩だから、味はたしかだ。

若あるじは塩焼きにかかりきりで、天麩羅にまでなかなか手が回らない。膳の運び手のおようとおけいも困った顔つきになった。

「仕方ないわね。わたしが揚げるから」

おちよが言った。

「おっ、大おかみの出番だな」

「もとは料理屋の娘だからよ」

客がさえずる。

父の長吉からは「おめえの味つけは大ざっぱでいけねえ」とよく言われるが、料理の手際《てぎわ》にかけては時吉にも負けないほどの腕前だ。

「すまないな、おっかさん」

千吉がわびる。

「わびを言ってる暇があったら、手を動かしなさい」

おちよはぴしゃりと言った。

うへえという顔つきにはなったが、千吉はすぐにまた手を動かしはじめた。

蕗の薹の天麩羅は味噌だれを添えると美味だが、手が回らなかったため塩を振って出すことにした。小鯛も塩焼きだから甘めの味噌だれのほうがいいが致し方ない。

「お待たせして相済みません」

おようが申し訳なさそうな顔つきで膳を運んだ。

「こちら、いま少しお待ちくださいまし」

おけいが待っている客に頭を下げた。

「いってことよ」

「こいつを伸ばして遊んでるからよ」

客がふくの体をびろーんと伸ばした。

雄猫だが温厚なたちで、客のなすがままにされている。

「はい、天麩羅揚がりました」

おちよが声を張りあげた。

「塩焼き、あと三尾だから」

千吉も続く。

「いま盛り付けます」

おようがばたばたと動いた。

そんな按配で合戦場のような忙しさが続き、のどか屋の中食はどうにかすべて出し終えた。

四

「思い付きで品を増やしたら駄目ね」

後片付けをしながらおちよが言った。

「ほんと、どうなることかと思った」

おようもほっとしたように言う。

「ごめん。次から気をつけるから」

千吉がわびた。

「蕗の薹は二幕目に出せばよかったのよ」

と、おちよ。

「でも、数をたくさん仕入れちゃったから」

千吉が髷に手をやった。

「そこから思案しないと」

おようがしっかりした口調で言った。

「そうだね」

若おかみの言うことなら、二代目は素直に聞く。

「じゃあ、そろそろ呼び込みに」

おけいが水を向けた。

「はい。支度はできてます」

働き者のおようが答えた。

「今日はご隠居さんの泊まり部屋しか埋まってないから、よろしくね」

千吉が若あるじの顔で言う。

「五部屋じゃなくてもいいから、一つでも二つでも」

大おかみが和す。

「承知しました」

おようが笑みを浮かべた。

「じゃあ、行ってらっしゃい」

千吉が手を挙げた。

何を思ったのか、小太郎が立派な尻尾をぴんと立てて真っ先に出ていく。

「おまえも呼び込みかい、小太郎」

おちよがおかしそうに言ったから、のどか屋に和気が満ちた。

五

二幕目に入ると、元締めの信兵衛がやってきた。

ほどなく、力屋のあるじの信五郎ものれんをくぐってきた。今日の見世は休みのようだ。

「その後も、みなさんお元気で？」

おちよが問うた。

「子が二人になったもんで、毎日にぎやかですよ」

力屋のあるじは機嫌よく答えた。

看板娘のおしのは、のどか屋で修業をした京生まれの為助《ためすけ》と縁あって結ばれ、二人の子宝に恵まれている。先日は力屋が休みの日に子供たちをつれてあいさつに来た。猫好きのおしのは久々にのどか屋の猫たちをあやして上機嫌だった。

「そりゃあ何よりだね」

元締めが笑みを浮かべる。

「今日は近場の神社へお参りに行ってまさ」

信五郎が言った。

ここで千吉が肴を出した。

風呂吹き大根の柚子味噌《ゆずみそ》がけだ。

外の風が冷たいから、こういう料理がほっとする。

「心までほっこりするね」

元締めが笑みを浮かべた。

「ほんに、柚子味噌がたっぷりで」

力屋のあるじも満足げに言う。

「力屋さんでは風呂吹き大根は？」

おちよが訊いた。

「いや、濃いめの大根の煮つけがもっぱらで。それをおかずに飯をわしわし食うのが、うちのお客さんだから」

信五郎は身ぶりをまじえた。

「それもおいしいですよね」

千吉が言う。

「うちのお客さんは汗をかくあきないの人が多いから、味が濃いくらいがちょうどいいんで」

力屋のあるじはそう言うと、柚子味噌の風味豊かな風呂吹き大根をまた口中《こうちゆう》に投じた。

柚子は武州《ぶしゆう》の瀧野入《たきのいり》村（現・埼玉県入間《いるま》郡毛呂山《もろやま》町）の産だ。のどか屋は仕入れにつてがあるから、冬場にはいい柚子が手に入る。

ややあって、岩本町の御神酒徳利がのれんをくぐってきた。

「おっ、蕗の薹はどうしたい？」

富八が真っ先にたずねた。

「それが、欲張って天麩羅も付けたら大忙しで」

おちよが苦笑いを浮かべて事の次第をかいつまんで告げた。

「そうかい。そりゃかえって悪いことをしちまったな」

気のいい棒手振りが言った。

「いえ、二幕目に出せばよかっただけなんで」

千吉があわてて言った。

「まだあるのかい？」

湯屋のあるじがたずねた。

「ええ、いくらかは」

と、千吉。

「なら、揚げておくれ。わりかた好物なんで」

寅次が言った。

「わたしにもおくれでないか」

元締めも手を挙げる。

「では、わたしも」

力屋のあるじが続く。

「おいらは余ったらでいいからよ」

富八が笑みを浮かべた。

そんな按配で、二幕目にも蕗の薹の天麩羅が出た。

今度は急いで味噌だれをつくった。だしと味醂《みりん》で味噌をのばし、すり胡麻をまぜればちょうど具合が良くなる。

「これは酒がすすむね」

元締めが笑みを浮かべたとき、表で人の気配がした。

「あっ、お客さんね」

おちよが腰を浮かせた。

ほどなく、おようとおけいが客を案内してきた。

「まあ」

その顔を見て、おちよの顔に驚きの色が浮かんだ。

のどか屋に姿を現わしたのは、かつて助けたおたえだった。

それればかりではない。

おたえの家族の顔もあった。

六

「ご無沙汰《ぶさた》をしておりました」

おたえの亭主が頭を下げた。

行徳の左官の大助だ。

「まあ、こちらこそご無沙汰で。あの、ひょっとしてこちらは……」

おちよは脇に控えていた若者のほうを手で示した。

「せがれの泰平で」

大助は白い歯を見せた。

「あのとき生まれたお子さんが、もうこんなに大きくなって」

おちよは瞬きをした。

「ここの跡取りとどちらが上だい？」

元締めが問う。

「おたえさんを助けた年に千吉が生まれたので」

おちよが答えた。

「なら、同い年だ」

「明けて十七かい」

岩本町の御神酒徳利が言った。

「まあ、とにかく上がってくださいましな」

おちよが座敷を手で示した。

「まずはお荷物を」

おけいが言う。

「ああ、そうね。お願いします」

おちよは笑みを浮かべた。

行徳の家族は二階の見晴らしのいい部屋に荷を下ろし、茶を呑んで一服してからまた下りてきた。

「二幕目なので、凝った肴をおつくりします」

千吉が言った。

「おっ、そりゃ楽しみだな」

湯屋のあるじが真っ先に言った。

「うーん、でも、数にかぎりがあるので、遠方からのお客さんに」

千吉は申し訳なさそうに答えた。

「おいらたちは後回しでいいや」

富八が笑って言った。

料理ができるまでのあいだ、おたえの家族とよもやま話をした。

泰平は父と同じ左官の組で腕を磨いている。まとっている半纏の背には、丸に大という屋号が誇らしく染め抜かれていた。

「いつのまにか、親父より背丈が伸びやがって、壁の上のほうの塗りは任せてまさ」

大助は身ぶりをまじえて言った。

「うちもわたしはもう抜かれてしまって」

おちよが手を頭のほうにやった。

時吉にはまだ達していないが、千吉の背丈はおちよを超えた。

「うちは娘に抜かれちまったんで」

力屋のあるじがそう言ったから、のどか屋の一枚板の席に笑いがわいた。

「まあ、こんにちは」

座敷にひょこひょこと上がってきた二代目のどかに、おたえが声をかけた。

老猫のゆきと、そのせがれのしょうは座敷の隅のほうで仲良く寝ている。

「こちらからいただいた猫は、おととし死んじまいましてね」

大助がそう言って、猪口《ちょく》の酒を干した。

「この子は雌ですか？」

おたえが問う。

「ええ。そのうち子を産むと思うので、よろしかったらまた差し上げますよ」

おちよが答えた。

「いい子を産みそうね」

茶白の柄のある猫を見て、おたえが言った。

「うみゃ」

産むわ、とばかりに、二代目のどかがないた。

「なら、行徳の大助組まで知らせてもらえればもらいに来まさ」

左官の親方が乗り気で言った。

「いつになるのか分かりませんけど」

と、おちよ。

「行徳なら、見物がてら休みの日に届けますよ」

厨で手を動かしながら、千吉が言った。

「生まれもしねえのに、気が早えな」

野菜の棒手振りがそう言ったから、のどか屋にまた和気が漂った。

ほどなく、肴ができた。

「お待たせしました。牡蛎《かき》の柚子釜蒸しでございます」

おようが座敷に運んでいった。

「おっ、こりゃ凝ってるな」

「気の入った普請みてえだ」

行徳の親子が思わず覗きこむ。

柚子味噌に身を使った柚子を釜に見立てた料理だ。

牡蛎は江戸前の活きのいいものだ。鍋で八方だしを煮立てて、牡蛎と下茹でをした三河島菜《みかわしまな》をさっと煮てそのまま浸しておく。

この煮浸しを柚子釜に入れ、器ごと蒸し器に入れて蒸す。柚子の香りが立ってきたらもう頃合いだ。

柚子の皮をおろして玉味噌にまぜた柚子味噌をかけ、蓋を添えれば、小粋で華やかな肴の出来上がりだ。

「お料理屋さんじゃないと味わえない肴ね」

おたえが目を細くした。

「うん、うめえ」

大助が声をあげた。

「牡蛎がぷりぷりしてらあ」

泰平も満足げだ。

「いいなあ」

「食いたかったぜ」

岩本町の御神酒徳利が言う。

「柚子釜にはかぎりがありますが、焼き牡蛎でしたら、いまから焼きますので」

すかさず千吉が言った。

「そう来なきゃ」

寅次が笑みを浮かべた。

「もちろん、こちらにも」

元締めが手を挙げる。

「食わないで帰るのは殺生《せっしょう》だからね」

力屋のあるじが言う。

「承知しました」

千吉が両手を軽く打ち合わせた。

「少々お待ちください」

若おかみのいい声が響いた。

七

行徳から来た家族は、岩本町の湯屋に寄ってから細工寿司の「小菊」で夕餉を取った。寅次があるじの吉太郎に仔細を伝えたから、腕によりをかけた細工寿司とおにぎりと具だくさんの味噌汁が供された。

そのうち、今晩はのどか屋に泊まる日の隠居の駕籠が着いた。隠居は大松屋の内湯に浸かってから按摩の良庵の療治を受ける。

「親方さんもいかがですか?」

おちよが水を向けた。

「療治かい。やってもらえるのなら、そりゃありがてえ」

行徳の左官の親方は乗り気で言った。

「良庵さんの療治は江戸一だからね」

隠居が笑顔で言う。

「そりゃ言い過ぎですよ」

良庵のつれあいのおかねが軽くいなすように言ったが、按摩の腕には定評がある。凝っているところが必ず楽になるから、療治を受けた者が驚くのが常だった。

「こりゃあ生き返った」

大助は感に堪えたように言った。

普請仕事でいくらか腰を伸ばしてしまってからどうもしっくり来なかったのだが、良庵の療治のおかげでまた身に力が入りそうだった。

「行徳から来て良かったな、おとっつぁん」

跡取り息子が笑顔で言った。

「それもこれも、おたえが助けてもらった縁だ。おめえがこうやって無事育ったのも、のどか屋さんの縁があったればこそだからな」

左官の親方が言った。

「ありがてえこって」

千吉と同い年の若い左官が両手を合わせた。

夜には時吉が戻ってきた。

その晩ののどか屋には、いつもより遅くまで灯りがともっていた。

隠居もまじえ、煮奴《にやっこ》の鍋をつつきながら、さらに呑む。

横山町には筋のいい豆腐屋がある。朝の豆腐飯ばかりでなく、夏には奴豆腐、風が冷たい時分には煮奴や湯豆腐を楽しむことができる。だしで豆腐と葱を煮ただけの簡明な料理だが、酒の友として人気の品だ。

「五臓六腑《ごぞうろっぷ》にしみわたるね」

煮奴を食した隠居の白い眉がやんわりと下がった。

「来て良かったわね」

おたえがしみじみと言った。

「明日の朝の豆腐飯もお楽しみに」

長吉屋から戻ってきた時吉が笑顔で言った。

「楽しみにしてまさ」

行徳の左官の親方が白い歯を見せた。

八

「評判どおりのうまさだな」

泰平がそう言って、わしっと豆腐飯をほおばった。

「これを食べたいがために、のどか屋に泊まる人も多いんだよ」

隠居が温顔で言う。

「ほんと……それはよく分かります」

おたえが感に堪えたように言った。

「一度でもうめえもんが、二度、三度とうめえから」

大助がうなずいた。

「おれら、これだけ食いに通ってるんで」

「普請場が近くにあったら万々歳よ」

なじみの大工衆が言った。

「大工かい？」

大助が問うた。

「おう」

「そっちは何だ？」

大工衆が問うた。

「行徳の左官だ」

大助は背の屋号を誇らしげに示した。

「そうかい。なら身内みてえなもんだ」

「のどか屋にはたまたま泊まったのかい」

大工の一人が問うた。

「話せば長い縁がありまして」

と、おたえ。

「その長《なげ》え話をぐっと約《つづ》めると？」

さらなる問いに、おたえはいくらか思案してから答えた。

「のどか屋さんには深い恩があるんです」

かつて難儀を助けてもらった女が笑みを浮かべた。

出立の時が来た。

もっとも、すぐ行徳へ帰るわけではなかった。

左官の家族には寄るところがあった。

かつて助けてもらった羽津の診療所だ。

おちよが事細かに場所を教えた。途中で手土産を買い、かねて行かねばと思っていた御礼を果たすことも、このたびの江戸行の眼目の一つだ。

「では、本当にありがたく存じました」

おたえがていねいに頭を下げた。

「こちらこそ。羽津先生によろしゅうお伝えくださいまし」

おちよが礼を返す。

「なら、猫が生まれたら知らせてもらえれば」

大助が二代目のどかを指さして言った。

「承知しました。文を出しますので」

おちよが請け合う。

「行徳の大助組と言やあ、土地《ところ》じゃ知らぬ者がねえんで」

左官のかしらが胸を張った。

「なら、また」

泰平が同い年の千吉に向かって右手を挙げた。

「はい、お待ちしてます」

のどか屋の二代目は、明るい声で答えた。

第六章　あおり車《ぐるま》御用

一

「長さんはいまごろどうしてるだろうかねえ」

長吉屋の一枚板の席で、隠居の季川が言った。

「いまにものれんを分けて戻って来そうですが」

厨で手を動かしながら、時吉が言った。

「文とかは来ないのかい」

井筒屋《いづつや》の善兵衛《ぜんべえ》が訊いた。

薬研堀《やげんぼり》の銘茶問屋のあるじだったが、跡取り息子に身代《しんだい》を譲り、いまは楽隠居だ。もっとも、浅草の並木町《なみきちょう》の出見世には折にふれて顔を出しているらしい。長吉屋は昔からのなじみだ。

「師匠はそういう性分《しょうぶん》じゃないもので」

時吉は苦笑いを浮かべた。

一緒に板場に立っている煮方《にかた》の礼吉《れいきち》もつられて笑う。長年、修業を積んできたから、そろそろのれん分けをしても充分つとまりそうな料理人だ。

「ちよもあきらめていますよ。……はい、お待ちで」

時吉は肴を出した。

「これはまた華やかな色合いだね」

季川がすぐさま言った。

「うまそうな玉子焼きだ」

井筒屋の隠居が笑みを浮かべた。

「三色玉子でございます。野菜のお味噌を付けてお召し上がりください」

時吉が言った。

三色の赤は海老、青みは葱だ。これが玉子の黄色と悦ばしく響き合う。

「うまいね」

隠居が笑みを浮かべた。

「野菜を練りこんだ味噌がまた絶品だ」

善兵衛がうなった。

茄子《なす》や牛蒡《ごぼう》や人参《にんじん》を刻んで胡麻油で炒め、田楽《でんがく》味噌を加えてていねいに練りこんだ香ばしい味噌だ。これを添えて食すと、玉子焼きの海老と葱の味まで活きる。

「ところで、井筒屋さんにものどか屋ゆかりのわらべがいたね」

隠居がふと思い出して言った。

ちょうど行徳の左官の家族の話をしていたところだった。そのつながりでだしぬけに思い出したらしい。

「岩本町が焼けたときに、こちらが助けた双子の赤子を、手前が引き取って育てさせていただきました」

井筒屋の隠居が時吉のほうを手で示した。

「あの子たちは達者《たっしゃ》に暮らしていますか？」

すぐさま時吉が問う。

「ええ。もう十を過ぎたので、ずいぶん背丈も伸びました」

善兵衛は身ぶりをまじえた。

「さようですか。時が経つのは早いものですね」

時吉が感慨深げに言った。

「名は何と言ったっけ」

季川が訊く。

「江美《えみ》と戸美《とみ》です。『笑み』と『富』に通じるように、幸あれかしと付けた名で」

井筒屋の隠居はそう言うと、注がれた酒をくいと呑み干した。

「ああ、そうだったね」

と、隠居。

「見世の手伝いなどは？」

次の料理をつくりながら、時吉がたずねた。

「いずれはと思っているんですが、いまのところは習いごとなどを。どちらもいい娘に育ってくれているのでありがたいことで」

善兵衛は笑みを浮かべた。

「おのれが大火のときの捨て子だったことは知っているのかい？」

いくらか声を落として、隠居がたずねた。

「もらい子だったことは伝えてあるんですが、詳しいいきさつについてはね」

銘茶問屋の隠居は軽く首をひねった。

「そりゃあ、捨て子だったことを知ったら傷になりかねないからね」

と、隠居。

それを聞いて、礼吉が同情の面持ちでうなずいた。

「まあ、いずれは明かすときが来るかもしれない。そのときは、のどか屋さんに助けていただいた仔細も伝えて、あいさつに来させますので」

善兵衛は言った。

「承知しました。ちよにも伝えておきます」

時吉は引き締まった顔つきで答えた。

ほどなく、次の料理ができた。

珍しい寒鰤《かんぶり》ご飯だ。

寒鰤の身を賽《さい》の目に切り、塩を振ってしばらく置く。これを平たい鍋でこんがりと焼き、炊き込みご飯の具にする。

合わせだしで炊きこんだら、芹《せり》を散らして蒸らせば出来上がりだ。

「これも冬の恵みだね」

隠居が満足げに言った。

「寒鰤はこうして炊き込みご飯にしてもおいしいんですね」

善兵衛も感心の面持ちだ。

「料理人の長年の修業に培われた料理だね」

季川が大いに持ち上げた。

「ありがたく存じます」

時吉はていねいに一礼した。

二

「では、仕込みを頼みます」

時吉は脇板の捨吉に言った。

「承知で」

捨吉は短く答えた。

客あしらいがいま一つ得手《えて》ではなく、厨にこもって手を動かすほうが向いている。本来ならのれん分けをしていてもおかしくない歳だが、当人にそのつもりはないらしく、長吉屋を離れようとはしなかった。

ただし、腕はたしかだ。仕込みなどは任せておけばいい。

明日は祝いごとの宴があり、わらべもいくたりか来る。そこで、自慢の餡巻きを出すことにした。そのためには、小豆《あずき》を水に浸けるところから始めなければならない。

わらべ向きの餡巻きばかりではない。蛸《たこ》の小倉煮《おぐらに》などの料理にも使えるし、大人でも望みがあれば最後に汁粉《しるこ》を出す。餡を炊いておけば何かと重宝《ちょうほう》だ。

長吉屋を出て横山町ののどか屋へ向かう途中で、西の空にたゆとうていた赤みは薄れ、江戸の町は闇に包まれた。見世か屋台か、通りの遠近《おちこち》に提灯の灯りがともる。

巴屋の近くまで来た。ここいらはいくらか下り坂になっている。時吉はいったん立ち止まり、提灯に火を入れた。

いかに若い頃から鍛えているとはいえ、道の壊《く》えまでは分からない。暗くなってきたら足もとを照らしながら歩かなければ、思わぬ怪我をしてしまうかもしれない。

半町（五十メートル強）ほど先でも、提灯に灯りが入った。習いごとの帰りとおぼしい商家の娘に番頭らしき男が付き添っているようだ。

時吉はまた歩きだした。

道が下っているため、ただでさえ速い足がなおさら速まる。前の二人連れの提灯がしだいに大きくなり、屋号まで読めそうになった。

そのとき……。

後ろでやにわに声が響いた。

「どけどけっ」

「急ぎの荷車でえっ」

「邪魔だ邪魔だ」

「どけどけっ」

男たちの荒っぽい声が響いた。

時吉は振り向いた。

それとともに、「おかしい」と思った。

遠くから急いで荷を運んできた荷車なら、そのような「気」が漂うはずだ。

しかしながら、いまものすごい勢いで坂を下ってきた荷車にはそのようなものは漂っていなかった。まるで坂の上に降ってわいたかのように現れ、一気に時吉のほうへ下ってきたのだ。

「どけどけっ」

「轢《ひ》かれてえのか」

荷車引きの声が響く。

前の二人が引き、後ろの一人が押しているようだ。

三人がかりだから勢いが違う。

「危ないっ」

時吉はすんでのところで身をかわした。

荷車には筵《むしろ》がかぶせられていた。

だが……。

見たところ、さほど重い荷を運んでいるようには見えなかった。難儀な荷なら、引く者の気配で分かる。

束の間にすれ違っただけだが、荷車引きはいとも軽々と引いているように見えた。

「脇へどいて、お嬢さま」

坂の下手《しもて》で切迫した声が響いた。

提灯を持っていた番頭だ。

その灯りがにわかに揺らいだ。

「どけどけっ」

「急ぎの荷でえっ」

「邪魔すんな」

胴間声《どうまごえ》が重なって響く。

「きゃっ」

短い悲鳴があがった。

疾走してきた荷車を避けようとした娘が倒れたのだ。

時吉は急いで駆けつけた。

「大丈夫か？」

そうたずねたときには、荷車はもうその場から立ち去っていた。

「どけどけっ」

「邪魔だ、邪魔だ」

なおも声が響いている。

「お嬢さま、大丈夫でございますか？」

番頭とおぼしい男が気づかわしげに問うた。

「足が……」

娘はつらそうに右のふくらはぎを手で押さえた。

荷車をよけようとしたときにひねってしまったようだ。

「ずきずき痛むか。骨は？」

時吉は口早に問うた。

「折れてはいないかと」

娘は顔をしかめて答えた。

「手前は通塩町《とおりしおまち》の蠟燭《ろうそく》問屋、三河屋《みかわや》の番頭でございます。お嬢さまは習いごとの帰りで」

実直そうな男が告げた。

「まずは療治だな」

時吉は一つうなずくと口調を変えた。

「近くに骨接《ほねつ》ぎの心得もある按摩さんがいます。そこへ運んで、まずは冷やしてもらいましょう」

元武家で、怪我の対処法にも通じている時吉が言った。

「では、駕籠を探してまいりましょう」

番頭がおろおろしながら言った。

「いや、帰りはともかく、すぐ近くなのでわたしが負ぶって運びましょう」

時吉はそう申し出た。

「相済みません」

娘が申し訳なさそうに言う。

「さ、早く。急いで冷やしたほうがいい」

時吉は少ししゃがんで背を向けた。

三

幸いにも、良庵は療治に出ていなかった。

手でさわったところによると、骨は無事のようだ。

「腫《は》れが出るかもしれませんが、井戸水に浸した手ぬぐいを巻いて、水を替えながら冷やしてください。そうして休んでいれば、幾日かで治るでしょう」

良庵は告げた。

「ありがたく存じます。助かりました」

娘は頭を下げた。

「養生なさってください。駕籠は見つけてきますから」

時吉は笑みを浮かべた。

「ほんに、何から何まで」

番頭が頭を下げた。

こうして大事には至らなかったが、時吉の頭の中ではある絵図面が広がっていた。

およう の嫁入り道具を運ぶとき、両国橋の下りで同じように乱暴な荷車に出くわした。ことによると、同じやつらかもしれない。

巴屋に顔を出してから駕籠の手配をすると、時吉は三河屋の二人に声をかけてからのどか屋へ戻った。

すでにのれんはしまわれ、仕込みもほぼ終わっていた。時吉はみなに事のあらましを告げた。

「そりゃあ、あのときのやつらかも」

千吉がすぐさま言った。

「本所から嫁入り道具を運んでたときに『どけどけっ』て来た荷車？」

おようが問う。

「そう。あいつらの半纏には屋号がなかった」

千吉が答えた。

「今日は暗かったから、はっきり見えなかったんだが」

時吉は少し口惜しそうに言った。

「臭うわね」

おちよが鼻をうごめかせた。

「うん、わたしも感じた」

千吉が神棚を見た。

そこには小ぶりの十手が供えられていた。と言っても、町方のものではない。黒四組から託された十手だ。

千吉は母のおちよ譲りの勘ばたらきで、これまでにいくたりもの咎人《とがにん》をお縄に導いてきた。父の時吉は昔取ったる杵柄《きねづか》で、その腕前を立ち回りで発揮したことがある。

そんなわけで、のどか屋には、ほまれの「親子の十手」が託されていた。房飾りの色は、初代のどかから受け継がれてきた猫の毛色にちなんだ薄茶色だ。

「あのときの荷も軽そうに見えた」

時吉は言った。

「酒樽は積んでたけど」

と、千吉。

「中は空だったかもしれない」

時吉は思い返して言った。

「いったいどうしてそんなことを」

おようが不審そうな顔つきになった。

「平生《へいぜい》は重い荷車を引いているんだろう。で、ときどき憂さ晴らしに荷車を荒っぽく走らせて、怖がる様子を見て溜飲《りゅういん》を下げているわけだ」

時吉はそう読みを入れた。

「なんて迷惑な」

おちよは眉をひそめた。

「ほかにも怪我をした人がいるかもしれないよ」

千吉が言った。

「怪我どころか、殺《あや》められる人が出るかもしれない」

時吉は腕組みをした。

「なら、平ちゃんが来たら言ってみるよ」

千吉は仲のいい万年同心の名を出した。

「べつにあんみつさんでもいいけれど」

と、おちよ。

「とにかく、これ以上泣く人が出ないように網を張らないとな」

時吉は引き締まった表情で言った。

四

「そのうわさは、ちょいと耳にしてたんだ」

万年同心が耳に手をやった。

平生は町方の隠密廻りに身をやつしている。今日は釘売りのいでたちと道具だ。釘売りに身をやつす町方の隠密廻りに身をやつす黒四組の幽霊同心だから、言わば二重のやつしになる。

「ああ、そうなんだ」

厨で手を動かしながら、千吉が言った。

のどか屋の二幕目だ。一枚板の席には、元締めの信兵衛がいる。座敷に陣取っているのは、よ組の火消し衆だ。今日は新入りの祝いの宴らしい。

「どうもやにわに降ってわいたように『どけどけっ』とあおってきやがるようだな」

万年同心は苦々《にがにが》しげに言った。

「はた迷惑なやつですな」

かしらの竹一が言った。

「そんな鬱憤晴《うっぷんば》らしがあるかよ」

「江戸っ子の風上《かざかみ》にも置けねえな」

火消しの若い衆が色をなす。

「半纏に屋号のねえあおり組か。こりゃ大事《おおごと》にならないうちに網を張らねえと」

万年同心はそう言うと、焼き蛤《はま》を口中に投じた。

仕上げに垂らす醤油の加減だけでも味が違ってくる。甘ければ何でもいい上役と違って、並々ならぬ舌の持ち主だが、どうやら満足のいく出来だったようだ。

「おれらもひと肌脱ぎますぜ」

纏持ちの梅次が言った。

「おう、頼むぜ。ただ、どう網を張るかだな」

万年同心は箸を置いて腕組みをした。

「あおり組になるのはときたまで、平生は普通に荷車を引いてるんですね？」

若おかみが言った。

「ああ、それなら力屋さんに言っておくのはどうかしら」

おちよが軽く両手を打ち合わせた。

「いま言おうと思ったのに」

千吉が苦笑いを浮かべる。

「なるほど、力屋なら荷車引きがたくさん来るからな」

万年同心がうなずいた。

「あおり組が来るのがいちばんだけど、たとえ来なくてもうわさを聞いたりしてる人はいると思います」

おちよが言った。

「荷車引き同士のつながりはあるからな」

「火消しもそうだが、存外に狭《せめ》えからよ」

「そのうち糸がつながるぜ」

火消し衆が口々に言った。

「こりゃ捕り物につながりそうですな」

元締めがそう言って、猪口の酒を呑み干した。

「よし」

万年同心は一つ手を打ってから続けた。

「まずはかしらと相談してからだが、力屋に根回しをしたうえで網を張ることにしよう」

「気張ってね、平ちゃん」

千吉が風を送る。

「おう」

万年同心は気の入った表情で右手を挙げた。

五

どんぶりめし
かきあげ
うどん
力もち
いもめし
とろめし
おひたし
とりどりの短冊《たんざく》が壁に貼られている。

どの紙もずいぶんくすんでいるが、かえって味が出ている。

ここは馬喰町の力屋だ。

荷車引きに飛脚《ひきゃく》に駕籠屋。その身を使うあきないの男たちが入れ代わり立ち代わり「力」と記されたのれんをくぐっては、わしわしと飯をかきこんで出ていく。

「かき揚げと餅入りの大盛りうどん、お待たせいたしました」

若おかみのおしのが膳を運んでいった。

「おっ、泣いてるぜ」

客が教える。

「はいはい、ただいま」

おしのはすぐさま動いた。

力屋には二人の子がいる。祖父の信五郎と父の為助から一字ずつもらった信助《しんすけ》は満で二つで、だいぶ言葉も増えてきたが、下の娘のおそのはまだ生まれて半年だ。代わる代わるに母の乳を呑むから、おしのはいたって忙しい。

あるじの為助が働き者だから、厨はおおむね任せて信五郎と大おかみが孫の守《も》りをすることもしばしばあった。いくたびか炊いた飯がなくなればのれんをしまい、信五郎はのどか屋へふらりと顔を出す。朝はいたって早いので、のれんをしまうのも早い。

そんな力屋に、いささか場違いな男の姿があった。

釘売りのなりをした男は、あるじの信五郎としきりに話をしていた。大おかみや若おかみ、それに、手が空いたら若あるじの為助にも耳打ちをする。

「承知しました。うまいもんをお出ししますんで」

京から来た為助は白い歯を見せた。

その翌《あく》る日から、力屋の端のほうに新たな常連客が陣取るようになった。

一人ではない。二人が代わる代わるに力屋に詰め、折にふれて胃の腑に何か入れながら見世の様子をうかがう。

片方は髭面で、剣術指南の浪人といったいでたちだ。いま一人はさっぱりした顔で、飛脚のなりをしていた。ただし、髷だけは武家風だ。

髭面は室口源左衛門、飛脚のなりは井達天之助。いずれも黒四組だ。

江戸の荷車引きたちでにぎわう力屋に詰めていれば、はた迷惑な「あおり組」の尻尾をつかめるかもしれない。

万年同心から知らせを受けたかしらの安東満三郎は、さっそく手駒《てごま》を動かした。

その甲斐は、ほどなく覿面《てきめん》に表れた。

六

「いくら気張っても、大店《おおだな》の利になるだけだからよ」

力屋の客がそう言って、浅蜊の殻をちゃりんと皿に置いた。

「鳴るのは小判でも銭でもなくて浅蜊か」

その連れが苦笑いを浮かべた。

「いくら浅蜊を食ったって、一文にもならねえからな」

「いまごろ大店のあるじはうめえもんを食ってるんだろう」

「やってられねえぜ」

人相の悪い客はそう言うと、丼飯をわしっとほおばった。

鰤大根に丼飯。浅蜊がたっぷりの汁に小芋の煮っころがし。望みがあれば銭を足し、お浸しや玉子や豆腐を付けることができる。力屋ならではの力の出る膳だ。

「なら、またあれを出すか」

一人が声を落とした。

「世のため人のための荷車だな？」

もう一人がにやりと笑う。

「そうそう、間違った江戸の世直しだ」

「なら、あおり車に『世直し』っていう旗を立てて走らせようぜ」

その言葉を聞いて、力屋の隅でじっと茶を呑んでいた髭面の客が顔を上げた。

「で、どこで出す？」

聞かれているとも知らず、密談は続いた。

「また両国橋はどうだ」

「本所のほうからだな？」

「おう。橋の下りは気分がいいからな」

「なら、明日のつとめが終わってから出してやるか。七つ下がりにゃ出せるだろう」

「空《から》の酒樽をたんと積んでな」

「しっ、声がでけえ」

人相の悪い男が唇の前に指を一本立てた。

髭面の男が茶を呑み干した。

どこへともなくうなずくと、力屋に詰めていた男はゆっくりと腰を上げた。

七

「邪魔だ、邪魔だ」

両国橋に声が響いた。

橋の中程にさしかかると、その荷車はにわかに勢いを増した。

前に二人、後に一人の三人がかりだ。半纏に屋号はいっさい記されていなかった。

「どけどけっ」

「どけどけっ」

荒っぽい声がなおも響く。

「轢かれてえのか」

荷車は下りにさしかかった。

わざと通行人のほうへ曲がり、あわてさせてはまた進んでいく。

「おれらの邪魔をしたら怪我するぜ」

「どいた、どいた」

荷車は勢いを増した。

酒樽は積まれているが、中身は空だ。道行く人をあおって怖がらせるだけの荷車だった。

「どけどけっ」

「おれらが江戸で一番でえっ」

荷車はさらに荒々しい音を立てて進んだ。

だが……。

その行く手に、だしぬけに立ちふさがった者たちがいた。

「御用だ」

「御用」

町方の捕り方だ。

「げっ」

「おれら、何にもしてねえぜ」

あおり車の連中はにわかにうろたえた。

荷車が止まった。

振り向く。

「御用だ」

「御用」

本所のほうからも捕り方がやってきた。

袋の鼠だ。

「江戸を騒がせしあおり組、うぬらの命運、尽きたと知れ」

捕り方のいちばん後ろから、よく通る声が響いた。

黒四組のかしらの安東満三郎だ。いつものように、火の粉が飛んでこないところからぐっとにらみを利かせている。

「神妙にしろ」

「御用だ」

捕り方が迫った。

「ちっ」

一人が両国橋の欄干《らんかん》を乗り越え、大川にざんぶと飛びこんだ。

しかし、あんみつ隠密は用意周到だった。捕り方の船も抜かりなく控えていた。ろくに泳げもしなかったあおり組の男は、たちどころに捕らえられ、船に引き上げられた。

残る二人も逃げ場はなかった。抗《あらが》う気をなくしたあおり組の男たちは、橋の上にへなへなとくずおれた。

「これにて、一件落着！」

黒四組のかしらは、最後に高らかに言い放った。

第七章　筍《たけのこ》づくしと鯛《たい》づくし

一

「あのままずっと力屋に詰めておったら、相撲取りみたいになってしまったかもしれませんな」

室口源左衛門がそう言って、いくらかせり出した腹をぽんとたたいた。

「わたしだって、身が重くなって走りが遅くなってしまったくらいですから」

韋駄天侍が苦笑いを浮かべた。

「相済まないことで」

一枚板の席に陣取った力屋のあるじが頭を下げた。

「まあ、何にせよ、あおり組が捕まって万々歳だ」

安東満三郎がそう言って、あんみつ煮を口に運んだ。

顔を見てからでもすぐできる油揚げの甘煮だ。千吉は黒四組のかしらの好みが分かっているから、満足のいく甘さに仕上げる。

「で、悪い人たちはどうなるんでしょう」

おようがたずねた。

すでに呼び込みから戻っている。おけいとともに呼び込みに行ったところ、首尾良く三組も客が見つかった。

「ほかにも怪我をさせた者がいくたりもいることが分かった。さすがにお仕置きまではあるまいが、遠島《えんとう》は免れねえところだろう」

あんみつ隠密が答えた。

「島には荷車がねえだろうから」

万年同心がそう言って、筍《たけのこ》の木の芽焼きをさくっと嚙んだ。

今日の二幕目は筍づくしだった。筍ご飯に若竹煮、そしていま木の芽焼きが出たところだ。

筍を茹でて輪切りにし、表裏に鹿の子《かこ》包丁を入れる。胡麻油で両面をこんがりと焼きあげたら、酒と醬油と味醂を合わせたたれを回しかけて味をしみこませる。

仕上げは木の芽だ。たたいて香りを立たせた木の芽をふんだんに散らすと、春の恵みのひと品になる。

「どう？　平ちゃん」

千吉が厨から訊いた。

「うん、ちょうどいい按配だ」

万年同心は笑みを浮かべた。

それを聞いて、千吉も笑顔になる。

「うん、甘《あめ》え」

あんみつ煮を食したあんみつ隠密の口から、いつもの言葉が発せられた。

「この時季はやっぱり筍ですね」

韋駄天侍が白い歯を見せる。

「天麩羅も炊き込み飯もうまいからな」

日の本の用心棒の髭面が崩れた。

「若竹は刺身でもおいしいし、田楽もいけますから」

千吉が厨から言った。

「うちで出す刺身や田楽は、あんまり上品なものは向かないので」

力屋のあるじが言う。

「活きのいいお魚や、お豆腐とかですね」

と、おちよ。

「田楽は里芋も出しますがね。あとは魚田《ぎょでん》も」

信五郎が答えた。

「うまいものがたんと出るゆえ、力屋に詰めていたら腹が出た出た」

室口源左衛門が帯をぽんと手でたたいたから、のどか屋に笑いがわいた。

そのとき、表から人の話し声が響いてきた。

「あっ、寅次さんね」

おちよが真っ先に気づいて言った。

ほどなく、岩本町の名物男が野菜の棒手振りと一緒にのれんをくぐってきた。

「おっ、載ってるぜ」

湯屋のあるじが一枚の紙をさっとかざした。

それは、出たばかりのかわら版だった。

二

江戸をさはがせしあふり組
　お縄を頂戴す

そんな見出しのついたかわら版には、事のあらましがまるで見てきたように記されていた。

文《ぶん》だけではない。暴走する荷車が人々をなぎ倒していくさまが、お世辞にもうまいとは言いかねる画《え》で表されている。

「おっ、のどか屋と力屋のことも書いてあるぞ」

かわら版に目を通していた万年同心が言った。

「読んでよ、平ちゃん」

千吉が気安く言った。

万年同心は、いくらか芝居がかったしぐさでかわら版を持ち、勘どころをいい調子で読みあげた。

あふり組に目をつけしは、恐るべき勘ばたらきにてこれまであまたの賊を捕まえし、横山町の旅籠付き小料理屋の若あるじの千吉なり。

千吉の進言を受けし者は、かう思案したり。

荷車引きがあつまる見世に網を張らば、必ずや獲物が掛からん。

かくして、馬喰町の飯屋、力屋に網が張られ、あふり組の捕縛《ほばく》に導かれたり。


「おれらは千坊の手下みてえだな」

黒四組のかしらが苦笑いを浮かべた。

「影が薄いわねえ、うちの人」

おちよがややあいまいな顔つきで言った。

「べつにわたしの手柄じゃないのに」

千吉も少し困り顔だ。

「まあ、いいじゃねえか、のどか屋の引き札になるんだし」

湯屋のあるじが笑顔で言った。

「うちもお客さんがどっと来ますかねえ」

力屋のあるじが言った。

「そりゃ来るさ。明日は多めに大根を入れてやろう」

富八が二の腕をぽんとたたいた。

「なら、次の休みに娘夫婦が猫見物がてらこちらに来たいと言っていたんですが、休みをいくらか延ばしましょう」

信五郎が言った。

「それはぜひ。でも、お子さんの守《も》りは？」

おちよが問うた。

「はは、わたしと女房がやりますし、近場に乳母《うば》の当てもあるもんで」

力屋のあるじは笑って答えた。

「毎日気張ってるんだから、たまには羽を伸ばさせてやんな」

黒四組のかしらが味のある笑みを浮かべた。

「そうします」

信五郎が笑みを返した。

三

それからいくらか経った中食に、力屋の若夫婦が姿を現わした。

「まあ、二幕目に来るのかと思ったら」

おちよが少し驚いたように言った。

「うちは飯屋なんで、やっぱり中食に来んことには」

京生まれの為助が、相変わらずの上方訛《かみがたなま》りで言った。

「ご飯をいただいたら、お芝居を観にいくんです」

その女房のおしのが弾んだ声で言う。

「いいわねえ。どちらまで？」

おちよがたずねた。

「両国橋の西詰の小屋まで」

おしのが答えた。

「そのあと、師匠の見世にもあいさつして帰ろかと思てるんですわ」

為助がそう言って、おしのとともに座敷の隅に腰を下ろした。

ちょうど近くで二代目のどかが寝そべっていた。

「あらっ」

おしのが声をあげた。

「どうした？」

為助が問う。

「この子、来月あたりにお産するわね」

猫好きのおしのがいち早く気づいて言った。

「まあ、そうなの」

と、おちよ。

「なら、やまとのつれにもう一匹もらおか」

為助は乗り気で言った。

力屋はもともと猫縁者だ。

のどか屋でやまとという名だった猫がいつの間にか入り婿になり、ぶちという名で長らくかわいがってもらった。そのぶちが亡くなったあと、二代目のどかの子がもらわれていった。いささかややこしいが、名はやまとになった。

「そうね。二匹いてもいいから」

おしのが笑みを浮かべる。

「だったら、まず力屋さんに選んでもらいましょう」

おちよが言った。

「ほかにも手が挙がるでしょう」

力屋のもと看板娘が身ぶりをまじえた。

「むかし縁があった行徳の左官さんも子猫が生まれたら欲しいと」

おちよが答える。

「なら、丈夫な子を産んでね」

おのれも二人の子を産んで育てているおしのが、猫の首筋をなでながら言った。

二代目のどかが気持ちよさそうにのどを鳴らす。

「はい、お膳上がりました」

千吉がいい声で告げた。

「お待たせしました。山菜《さんさい》おこわ膳でございます」

若おかみが力屋の若夫婦のもとへ運ぶ。

「おっ、こらうまそうや」

為助が少し身を乗り出した。

「小鯛の焼き物とお味噌汁付きね」

おしのの瞳が輝く。

「前に、蕗の薹の天麩羅まで付けようとしてしくじったので、今日はじっくり焼き物ができるようにと」

おちよが言葉を添えた。

「そうですか。具だくさんでうまそうや」

「さっそくいただきます」

力屋の二人は箸を動かしだした。

山菜おこわの具は、蕨《わらび》に薇《ぜんまい》に独活《うど》、それに姫竹《ひめたけ》と油揚げだ。山菜はちゃんとあくを抜けばうま味だけが残る。おこわや炊き込みご飯の名脇役の油揚げもいいつとめをしていた。

前はばたばたしたが、このたびはじっくりと小鯛を焼くことができた。これに、豆腐と葱と若布の味噌汁と香の物の小皿が付く。数をかぎったのどか屋の中食の膳は好評のうちに売り切れた。

「ああ、うまかった」

為助が満足げに言った。

「ほんと、おなかいっぱい」

おしのが帯に手をやる。

「うちの料理の学びにもなったわ」

為助が厨の千吉に声をかけた。

「ありがたく存じます。こちらもそのうち学びに行きますんで」

のどか屋の二代目が言った。

「お待ちしてます。……なら、気張っていい子を産んでね」

おしのが二代目のどかに声をかけた。

「みゃ」

分かったにゃとばかりに、茶白の縞猫が短くないた。

四

「そうかい。たまには子の守りを任せて出かけるのもいいね」

隠居の季川が温顔で言った。

長吉屋の一枚板の席だ。

両国橋の西詰で芝居を観たあと、浅草寺《せんそうじ》にお参りし、門前でおいしい焼き団子を食べた。それから奥山《おくやま》で大道芸を観て、土産《みやげ》を買ってから福井町の長吉屋ののれんをくぐってきた。

「明日からまた気張りますんで」

為助が笑みを浮かべた。

「かわら版に載って、客がずいぶん増えたか?」

時吉が弟子にたずねた。

「ええ、おかげさんで」

為助が頭を下げた。

「もう猫の手も借りたいほどの忙しさでした」

おしのが妙な手つきをする。

「はは、そりゃ何よりだ」

隠居がそう言って、鯛飯を胃の腑に落とした。

今日の長吉屋は鯛づくしだ。

剣術の道場の祝いごとの宴があり、鯛の活けづくりや兜焼《かぶとや》きなどが所望《しょもう》された。

おかげで多めに仕入れた鯛の料理が一枚板の席の客にも供されている。

「わたしのほうは、時吉の『と』の字も載っておりませんでしたが」

時吉が笑って言う。

「でも、跡取りさんの手柄っていうことになったんやから」

為助はそう言って、鯛のあら煮に箸を伸ばした。

鯛もさることながら、炊き合わせた牛蒡も味がしみてうまい料理だ。

「弟弟子も鼻が高いです」

一緒に厨に入っていた寅吉が言った。

千吉の数少ない弟弟子の一人で、かつては兄弟子の信吉とともに仲良し三人組で同じ長屋に住んでいた。

潮来《いたこ》の生まれで、先に弟子入りしたもののはやり病で若死にしてしまった兄の益吉《ますきち》の志を継いで長吉屋に修業に入った。初めの頃はいかにも頼りなかったが、だんだんに腕を上げ、こうして花板と一緒に一枚板の席の厨に立てるまでになった。やがては潮来に戻り、亡き兄の名を付けた益吉屋を開くのが夢だ。

「ああ、おいしい」

鯛の天麩羅を味わってから、おしのが言った。

「あとで鯛茶と潮汁《うしおじる》もお出しできますので」

時吉が笑みを浮かべた。

「昆布が脇でいいつとめをしているやつだね」

隠居が言う。

「うちは上品な潮汁を出したことがないんで」

と、おしの。

「いつも濃いめの味噌汁やからな」

為助が和す。

「そりゃあ料理屋によって棲み分けだよ。どちらがいい悪いってものじゃないから」

いくぶんさとすように隠居が言った。

「汗をかくお客さんには、濃いめの味噌汁がいちばんなので」

鯛茶の支度をしながら、時吉が言った。

ほどよく昆布締めにした鯛の身を主役に、胡麻や三つ葉などで脇を固めた鯛茶はまさに口福の味だ。

「そうですね。明日からも、飯や味噌汁の『おかわり』の声がかかるような料理を出さないと」

為助は気の入った表情で言った。

「汁のおかわりでいっ、若おかみ」

おしのが客の声色《こわいろ》を遣って答えたから、長吉屋の一枚板の席に和気が満ちた。

五

翌日は長吉屋に初めての客が来た。

通塩町の蠟燭問屋、三河屋のあるじと番頭だ。

「このたびは、娘を助けていただいて、まことにありがたく存じました」

あるじの孝右衛門《こうえもん》が手土産を渡してから、時吉に向かってていねいに頭を下げた。

「近くに腕のいい按摩さんがいたもので。その後、娘さんのお加減はいかがですか？」

厨で手を動かしながら、時吉はたずねた。

「幸い、足がいくらか腫れたくらいで、いまはもう本復《ほんぷく》しております」

光沢のある結城紬《ゆうきつむぎ》をまとった蠟燭問屋のあるじが言った。

「それは良うございましたね」

時吉は笑みを浮かべた。

「次の習いごとの帰りに、お嬢さまとともにのどか屋さんにもごあいさつにと」

番頭の忠三《ちゅうぞう》が言った。

「さようですか。伝えておきますので」

時吉はそう言うと、料理の仕上げにかかった。

隠《かく》れ蛤《はまぐり》椀だ。

蛤の潮汁に、さらに趣向を加えたひと品で、蛤を海苔《のり》で半ば包み、木の芽をあしらって椀の中に浮かべている。上品な波の文様の入った黒塗りの椀に盛られているから、海のさまがそこに立ち現われているかのようだった。

「これは、いただくのがもったいないようなたたずまいですね、旦那様」

番頭が言った。

「そうだね。でも、見ているばかりじゃ殺生だ」

あるじはそう言うと、椀を両手で持ってまず汁を啜った。

「おお、これは蛤のうま味が出ていますね」

孝右衛門は満足げに言った。

「だしをいっさい使わず、水と酒と蛤のうま味だけでつくった汁ですから」

時吉は笑みを浮かべた。

「おいしゅうございます」

忠三が感に堪えたように言う。

「食べるのはもったいないですが……」

そう言いながらも、あるじが海苔に包まれた蛤を嚙んだ。

「磯の香りがじゅわっと口の中で広がりますね」

蠟燭問屋のあるじの顔に喜色が浮かんだ。

「ほんに、おいしゅうございます」

番頭が同じ言葉を繰り返した。

「来て良かったね、番頭さん」

あるじが言う。

「はい。のどか屋さんも楽しみで」

番頭は笑顔で答えた。

六

三河屋の番頭と娘のおいねがのどか屋ののれんをくぐってきたのは、二日後の二幕目のことだった。

「もうおみ足は大丈夫なんですか？」

おちよが気遣って問うた。

「ええ。すぐ按摩さんのもとへ連れて行ってくださったので」

蠟燭問屋の娘は笑顔で答えた。

「それは良うございました」

と、おちよ。

「猫もたくさんおりますので、ゆっくりしていってください」

若おかみのおようが座敷を手で示した。

「それじゃ猫屋みたいだよ」

厨から千吉が言った。

「はは、半ばは猫屋みたいなもんだからね」

一枚板の席から、元締めの信兵衛が言った。

「それはちと言いすぎでしょう」

今日は大松屋のあるじの升太郎も来ていた。

二代目の升造がおうのという若おかみを得て、むやみに張り切っているし、大おかみもにらみを利かせている。おかげで、以前より羽を伸ばせるようになったらしい。

「ほんと、かわいい猫がたくさん。……おいで」

おいねが手を伸ばすと、立派な尻尾の小太郎が少し迷ってから寄ってきた。

「わあ、ふさふさ」

毛並みをなでながら言う。

「夏は暑そうですね」

番頭が言った。

「そのあたりは猫も心得ていて、暑くなるとわさっと毛が抜けたりするんです」

おちよが言った。

「へえ、賢いもんですね」

蠟燭問屋の番頭は妙に感心した。

ここで料理ができた。

焼き餅入りの茶碗蒸しだ。

時吉が折にふれて買っておいた料理の書《ふみ》を、千吉は折にふれて繙《ひもと》いている。そのなかに載っていた料理をつくってみることにした。

「焼き餅が入ってる茶碗蒸しって初めてだね」

元締めが言った。

「ほうれん草を散らしてあって、見た目も華やかで」

大松屋のあるじが和した。

「あっ、おいしい」

蠟燭問屋の娘が声をあげた。

「しっとりした茶碗蒸しに、さくっとした焼き餅がよく合いますね」

番頭も感心の面持ちで言った。

おようが千吉のほうを見て目配せをした。

(評判いいよ)

(良かったね)

のどか屋の若夫婦は、目と目でそんな話をした。

「ほんと、おいしい」

おいねが笑顔で言う。

難に遭った娘のその表情を見て、のどか屋の人々の顔にもおのずと笑みが浮かんだ。

第八章　海山雑炊《うみやまぞうすい》と鯛煮麵《たいにゅうめん》

一

南のほうから、江戸にも花だよりが聞こえてきた。

そんなある日、二代目のどかは無事お産を済ませた。

「えらかったわね、のどか」

おちよは目を細くして言った。

「でも、おんなじ柄ばっかりね」

おけいがおかしそうに言った。

「この子のお産のときもおんなじ柄ばかりだったけど」

おちよはちょうど通りかかったふくを指さした。

のどか屋に残ったのはこの雄猫だけだが、里子に出した猫もみな茶白の縞猫だった。

「ゆきちゃんはいろんな子を産んでくれたけどね」

千吉が厨から言った。

すでに二幕目に入っている。今日の中食の膳は浅蜊の玉子丼だった。玉子の煮え具合が難しい料理だが、幸いにも大きなしくじりもせず、好評のうちに売り切れた。

「そうね。よく頑張ってくれたね」

座敷の隅のほうで大儀そうに寝ている老猫に、おちよは声をかけた。

おのれと同じ柄の猫ばかり産む二代目のどかと違って、ゆきの子は真っ黒なしょうや、銀と黒と白の模様が美しい小太郎など、さまざまな色合いと毛並みだ。

「で、五匹もいますけど、どうするんでしょう」

おようがたずねた。

「そりゃあ、なんとかなるわよ。いままでもそうだったんだから」

おちよが軽く答えた。

「ほうぼうから声がかかってるから、きっとあっと言う間に里子に出ることになると思う」

千吉も言った。

「力屋さんも、行徳のおたえさんのとこもあるし」

　おちよが言う。

「猫侍も声がかかってました」

　と、おけい。

「猫侍ですか？」

　おようが怪訝そうな顔つきで問うた。

「うちの猫は、これまでもいくたりも猫侍に取り立てられてるんですよ」

　おちよが笑顔で答えた。

「鼠を獲るのが役目で」

　千吉が笑って言った。

「なるほど、それは大役で」

　おようも笑みを浮かべる。

「どの子が取り立てられるか分からないけど、決まったら気張ってつとめるのよ」

　小さな口を開けて、懸命に母の乳を呑んでいる子猫たちに向かって、おちよは言った。

二

「雄と雌、一匹ずつでもいいかもしれぬな」

杉山勝之進《すぎやまかつのしん》が腕組みをした。

「たしかに。のどか屋の猫侍は鼠を捕るばかりじゃなく、藩士の心もなごなせてくれますゆえ」

分厚い眼鏡をかけた寺前文次郎《てらまえぶんじろう》がつるに指をやった。

ともに大和梨川藩の勤番侍《きんばんざむらい》だ。

あるじの時吉が武家だったころに禄を食んでいた縁で、宿直《とのい》の弁当などをだいぶむかしから頼んでくれている。

弁当ばかりではない。猫の縁も深い。のどか屋から大和梨川藩の上屋敷に猫侍として取り立てられた者たちは、みな鼠をよく捕ってくれているらしい。その評判を聞いた近くの大名家からも引き合いが来るほどだから大したほまれだ。

「かわいがっていただければ、里子に出した甲斐があります」

おちよが笑みを浮かべた。

「では、選びにかかりましょう」

上背《うわぜい》があって容子《ようす》のいい杉山勝之進が言った。

藩でも指折りの剣士だから、背筋がすっと伸びている。

「そやな」

寺前文次郎が地の言葉で言った。

こちらは囲碁の名手だ。小柄で剣術などは見るからに駄目そうだが、知恵比べなら負けない。

どことなくでこぼこした雰囲気の二人は、その後もよもやま話をしながら子猫の品定めをしていた。

話によると、どちらも勤番が長くなってきたため、そろそろ国元へ戻ることになるらしい。

「さようですか。何か大きな御役につかれるのでしょうか」

おちよがたずねた。

「そこまでは聞いておりませんが、そのうち懐かしい顔が……」

杉山勝之進がそこまで言ったとき、寺前文次郎が口をはさんだ。

「それはまだ黙っとかな」

と、いくらか口早に言う。

「ああ、すまぬ」

杉山勝之進は口をつぐむしぐさをした。

今年はいろいろと役の変わりがあるようだが、くわしいことはそれより先は教えてくれなかった。

ほどなく、猫侍に取り立てられる二匹の子猫が決まった。

「よし、お屋敷へ行くぞ」

二人の勤番侍は、子猫を入れる籠を抜かりなく用意していた。

「達者でね」

千吉も出てきて声をかける。

「気張ってつとめるのよ」

若おかみのおようも和した。

二代目のどかは、せっかく産んだ子猫を取られて不服そうな顔だ。

「すまぬな」

それと察して、杉山勝之進が言った。

「ちゃんとえさをやって、大事に育てるさかい、堪忍してや」

寺前文次郎が猫にわびる。

「うちで飼ったらそれこそ猫だらけになっちゃうからね」

おちよが言う。

二代目のどかは、仕方ないにゃとばかりに前足であごのあたりをかきだした。

「では、いただいてまいります」

杉山勝之進が折り目正しく言った。

「どうぞよしなにお願いいたします」

おちよが深々と礼をした。

「われらが引き継ぎは、また改めて」

寺前文次郎が笑みを浮かべた。

「その節は、腕によりをかけて料理をつくらせていただきますので」

千吉が二の腕を軽くたたく。

「達者でね」

籠の中で心細そうにないている子猫たちに向かって、最後におようが声をかけた。

三

残りの子猫は三匹になった。

翌る日、知らせを聞いた力屋の親子が二幕目にのれんをくぐってきた。

信五郎とおしのだ。

こちらも周到に子猫を入れる籠や、中に敷く布や水呑み皿などを持参してきた。

「雑炊《ぞうすい》を多めにつくったのでお出しできますが、いかがいたしましょう」

おちよが水を向けた。

今日の中食は、名づけて海山《うみやま》雑炊膳だった。膳の顔は、海山の幸がふんだんに入った雑炊だ。

山の幸は山菜だ。蕨に筍に山独活、春の山の恵みがふんだんに入っている。

海の幸は貝だ。身のぷりぷりした蛤と浅蜊からは、うまい汁も出る。これが溶き玉子と響き合ってえも言われぬうまさになる。

「そりゃあ、食べていかないっていう手はないでしょう」

力屋のあるじが笑みを浮かべた。

「食べる気満々で来ましたから」

おしのが帯をぽんとたたいた。

今日の力屋は早じまいで、子の世話は為助たちに任せてきた。

ちなみに、力屋の膳は大盛り焼き飯だった。

なじみの蒲鉾屋から多めに蒲鉾が入ったときによく出す料理だ。焼き飯の具には葱と蒲鉾が合う。

思わず目を瞠《みは》るほどの大盛りの焼き飯に、濃いめの味噌汁と沢庵《たくあん》。ただそれだけの簡明な膳だ。汗臭い男たちが競うように匙を動かしながら大盛り焼き飯に挑むさまは、力屋ならではのものだった。

「なら、おつくりします」

千吉が厨から言った。

料理ができるまでのあいだ、力屋の親子は子猫の品定めをしていた。

「この子は元気そうね」

雌の首根っこをつかんだおしのが言った。

子猫は不服そうに口を開けたが、まだうまくなけないようだ。

「なら、おめえが選びな」

信五郎が娘に言った。

「うん。うちに来る？」

おしのが子猫に顔を近づけた。

子猫がまた口を開けた。

「行くわ、って」

おちよが笑みを浮かべた。

「ちょうど近くの蒲鉾屋さんにお乳の出る猫がいるから、おまえももらいなさい」

おしのが先走った話をした。

「それなら安心ね」

今度がおようが言う。

ほどなく、海山雑炊ができた。

仕上げに三つ葉を散らすと、味も彩りもぴりっと締まる。

「腕が上がったねえ、二代目」

力屋のあるじが感心の面持ちで言った。

「ありがたく存じます」

千吉が頭を下げる。

「山のものと海のものが響き合ってて、ほんとにおいしい」

おしのも満足げだ。

「うちじゃ、量が少ねえと言われそうだがな」

と、信五郎。

「どれもこれも大盛りだから」

おしのが笑みを浮かべる。

「うどんなんて、これくらい盛ってねえと文句を言われちまうんで」

信五郎が大仰《おおぎょう》な手つきをしたから、のどか屋に和気が漂った。

そんな調子で食事が終わり、力屋の二人は腰を上げた。

「なら、おうちへ帰ろうね」

子猫を籠に入れるときに、おしのが言った。

「ときどき様子を見に行きますから」

おちよが笑みを浮かべる。

「これからもよしなに」

力屋のあるじがそう言って、猫が入った籠を手に取った。

「どうぞよろしゅうに」

母猫の二代目のどかに成り代わって、のどか屋の大おかみがていねいに頭を下げた。

四

「うちは、かかあが咳《せき》が出るもんでな」

岩本町の湯屋のあるじが言った。

「猫がいると咳が出るんですかい？」

野菜の棒手振りの富八が訊く。

「そのとおりよ。前に娘のおとせが飼いたいって言うからもらったことはあるんだが、長生きしなかったしな」

寅次がそう言って、猪口の酒を呑み干した。

「うちの門人にも、猫に近づいたら咳が出る者がいる。存外に多いようだな」

室口源左衛門が言った。

黒四組の捕り物がないときは、道場で剣術の指南役をつとめている。今日は若い門人とともにのれんをくぐり、一枚板の席に陣取っていた。

「なら、室口さまのところも無理ですね」

と、おちよ。

「もらい手が足りぬのか？」

気のいい武家が問う。

「いえ、縁のある行徳の左官さんには文で知らせてありますので」

おちよが答えた。

「ならば、あと一匹だけだ」

日の本の用心棒が言う。

「うちで飼ってもいいんですけど」

厨で手を動かしながら、千吉が言った。

「でも、もう五匹もいるんだから、もらってくださる方がいるのなら里子に」

尻尾をぴんと立てて通りかかった小太郎をちらりと見て、おちよが言った。

ここで料理ができた。

「お待たせしました。鯛煮麺《たいにゆうめん》でございます」

おようが運んできた。

「おっ、豪勢じゃねえか」

湯屋のあるじが目を瞠った。

「揚げた小鯛を使ってますので」

千吉が自信ありげに言った。

「初めは中食の膳で出すと言いだしたんで、みなで止めたんですよ」

おちよがいくらかあいまいな顔つきで告げた。

「手間がかかるのに出したりしたら、大変なことになったかも」

おようも言った。

「たしかに、やめてよかったような気が」

千吉は髷に手をやった。

わたを抜いてうろこを取った小鯛を揚げ、湯をたっぷりかけて油抜きする。土鍋に昆布を入れ、だしと酒を張り、小鯛を入れて火にかける。煮立ったところで醤油や味醂で味を調える。

ここからまだ手間がかかる。ていねいにあくを取りながら煮ると、だんだんに鯛の味が引き出されてくる。昆布はやわらかくなってきたら取り出しておく。

仕上げは素麺《そうめん》だ。固めに茹でた素麺を煮て煮麺にする。仕上げに錦糸玉子と三つ葉と木の芽を散らし、好みで七味唐辛子を添えれば、鯛のうま味が存分に出たひと品の出来上がりだ。

「こりゃあ、二幕目じゃねえとな」

湯屋のあるじがすかさず言った。

「うん、三つ葉がうめえ」

野菜の棒手振りがお約束のように言う。

「焼き鯛が香ばしくてうまいのう」

室口源左衛門の髭面が崩れた。

「いい日にお供させていただきました」

門人も上機嫌だ。

お産を終えた二代目のどかが、ひょこひょこと座敷に上がってきた。

せがれのふくも一緒だ。

「偉かったから、尻尾は残しといてやらあ」

湯屋のあるじが言った。

「おいらの分もやるぜ」

と、富八。

「みゃあ」

礼を言うように猫がないたから、のどか屋に笑いがわいた。

五

それから三日後――。

若おかみのおようとおけいは、いつものように両国橋の西詰へ呼び込みに行った。

今日も大松屋の若夫婦と一緒だ。同じ元締めの二軒の旅籠が、競うように道行く人に声をかける。

「お泊まりは、内湯のついた大松屋へ」

「のんびりゆっくりできますよー」

升造とおうのが張りのある声で言う。

「のどか屋は料理自慢のお宿です」

「朝は名物豆腐飯」

「かわいい猫もたくさんおります」

おようが明るく言った。

今日のつまみかんざしは桜だ。江戸でもだいぶ咲きだしているから、いい按配に響き合っている。

「猫も売り物なのかい」

升造が思わず言った。

「升ちゃんとこもどう？　ちょうど子猫がいるよ」

千吉が水を向けた。

「おんなじような宿になっても仕方ないよ」

升造は笑って取り合わなかった。

そのうち、客のほうから声がかかった。

「おっ、のどか屋かい？」

「今夜、泊まれるかい」

二人の男がたずねた。

「はい、空いておりますので」

おようがすぐさま答えた。

「おれら、行徳から来たんだ」

「左官の大助のつれでよ」

背の高いほうの客がそう告げた。

「ああ、それはようこそ。行徳には文を送ってあるはずですが」

千吉が身を乗り出した。

「その返事がてら、江戸へ来たんだ」

小柄なほうの客が答えた。

「おれら、行徳の船大工でよ。江戸でしか手に入らねえ道具があるんで、買いに来たんだよ」

もう一人が伝える。

「では、子猫も引き取りに？」

おようが問う。

「いや、そいつぁ勘弁してくんな」

「おれら、猫の扱いは分かんねえから」

船大工たちは苦笑いを浮かべた。

そうこうしているあいだにも、大松屋の若夫婦はいち早く客を見つけていた。四人もいるから、升造もおうのもほくほく顔だ。

「では、子猫のほうは？」

千吉が問うた。

「そりゃあ、ぜひくれって言ってた。雌は増えちまうから、雄がいいらしい」

背の高いほうが答えた。

「ただ、大助はいま左官のつとめで忙しくてよ。しばらくは江戸に来られねえから、預かっておいてくんなっていうことづけで」

小柄なほうが和した。

「ああ、それは承知いたししました」

千吉がすぐさま答えた。

「子猫は元気にしていますので」

おようも笑みを浮かべる。

「そのあいだの餌代くらいは出すって言ってたぜ」

「大助は羽振りがいいからよ」

行徳から来た客はいくぶんうらやましそうに言った。

「いえいえ、まだ母猫の乳を呑んだりしてるだけですから」

「ともかく、ご案内いたします」

のどか屋の二人が言った。

「では、こちらもお宿へご案内いたします」

しばらく客と話をしていた升造が身ぶりをまじえて言った。

二軒の旅籠の呼び込みは、今日も上々の首尾だった。

六

のどか屋に荷を下ろした行徳の客は、さっそく道具の買い付けに行った。段取り良く進んだようで、夕方に戻ってきた二人の男の客には笑みが浮かんでいた。

ちょうどその日は、隠居の季川が良庵の療治を受け、のどか屋に泊まる日に当たっていた。行徳の船大工たちも療治を受け、隠居をまじえて機嫌よく呑みだした。

「道具の仕入ればかりか、身の療治までしてもらってよう」

「江戸へ来て良かったぜ」

客は上機嫌で言った。

「良庵さんの按摩は江戸一だからね」

おのれも療治を受けた隠居が笑顔で言う。

「それは言いすぎで」

一日《ひとひ》のつとめをおおむね終えた良庵が、座敷の隅で茶を呑みながら言った。

「あまりおだてないでくださいまし」

その女房のおかねが笑みを浮かべる。

「いや、江戸に出てきた甲斐があったぜ」

「肴もうめえしよ」

行徳の船大工たちは、さしつさされつの酒だ。

肴には赤貝《あかがい》と分葱《わけぎ》の辛子酢味噌和《からしすみそあ》えがまず出ていた。鹿の子包丁を入れた身ばかりではなく、霜降《しもふ》りにした肝《きも》も和えてある。分葱との取り合わせは目にも鮮やかだが、味もぴりっと締まる。

「なら、改めて行徳から猫の子を引き取りに来るという段取りかい」

隠居が言った。

こちらの肴は蕗の当座煮《とうざに》だ。青蕗の煮物もうまいが、さっと胡麻油で炒めてから煮汁を加えて炒りあげるこの料理も酒に合う。

「左官のつとめが峠を越えたら、こちらへ来たいって言ってました」

「なにぶん忙しいから、いつになるか分かりませんが」

船大工たちが答える。

「それまで待ってなよ」

背の高いほうが母猫の乳を呑んでいる子猫に声をかけた。

「だったら、うちからお届けに上がったらどうかしら」

おようが水を向けた。

すでにおけいは上がっている。もう少し暗くなれば時吉が戻ってくる時分だ。

「ああ、休みの日なら日帰りで行けるかも」

おちよが言った。

「そりゃあ、きっと喜ぶぜ」

「行徳にゃ、うめえ見世もあるからよ」

客がすぐさま言った。

「若いうちは旅に出て、学ぶのがいちばんだからね」

隠居がそう言って、猪口の酒を呑み干した。

「ご隠居さんの言葉だから重みがあります」

良庵が言った。

かたわらで女房のおかねがうなずく。

「なら、二人で届けに行くかい?」

千吉がおように問うた。

「千吉さんが良ければ、お供で行きます」

若おかみが答えた。

「朝の豆腐飯はうちの人がつくっていけばいいし、昼と二幕目だけお休みにすればなんとかなるから」

おちよが笑みを浮かべた。

「なら、帰ったら大助に伝えとくぜ」

「きっと喜ぶよ」

行徳の客が上機嫌で言った。

それからいくらか経って、時吉が戻ってきた。

「舌だめしにもなるからな」

話のあらましを聞いてから、時吉は言った。

「なら、日取りを決めちまいましょうか」

「大助に伝えとかねえと」

行徳の客は乗り気で言った。

段取りはとんとんと進んだ。

次の休みの日、千吉とおようは子猫を届けに行徳へ向かうことになった。

「そうすると、あとは雌が一匹か」

座敷の二代目のどかと子猫たちを見て、時吉が言った。

五匹生まれた子猫のうち、大和梨川藩の猫侍に二匹、力屋に一匹、行徳に一匹。早くも残るは一匹だけになった。

「あとはまた成り行きで」

おちよのほおにえくぼが浮かんだ。

「そうだな。もらい手がなければうちで飼えばいいだろう」

時吉は笑みを返した。

第九章　灯屋《あかりや》と笹屋《ささや》

一

「毎度ありがたく存じました」

「またのお越しを」

朝の豆腐膳だけ食べに来た客に向かって、のどか屋の若夫婦が笑顔で言った。

今日はこれからいよいよ行徳へ子猫を届けにいく。

「後片付けはいいから、早く支度して行っておいで」

おちよが言った。

「船に乗り遅れたら江戸へ帰れないからな」

時吉も言う。

「承知で」

千吉が短く答えた。

「では、さっそく支度を」

おようがばたばたと動きはじめた。

桜はあっと言う間に散り、葉桜になってしまった。桜の時季はのどか屋も長吉屋も忙しい。宴ばかりでなく、花見弁当の注文も入るからだ。ことに、初めて花板としてのどか屋の春を乗り切る千吉は大車輪の働きぶりだった。

おようが籠を運んできた。

「水と餌のお皿ね」

おちよも動く。

「砂入りの後架《こうか》（便所）も入れておくから、ひっくり返すんじゃないぞ」

時吉も支度に手を貸した。

しばらくばたばた動き、籠の段取りが整った。

だが……。

よそへやられると感づいたのかどうか、子猫があたふたと逃げはじめた。

「どっち？」

千吉が少々うろたえて問う。

二匹が競うように逃げ出したから、どちらが雄か分からない。

「分かんない」

と、およう。

「とにかく捕まえて」

おちよが言った。

「捕まえてたしかめるしかない」

時吉が口早に言った。

「雄と雌を間違えないようにしないと」

おちよが言う。

「待て」

千吉が追いかけたが、子猫は存外にすばしっこかった。

「どいて、しょうちゃん」

ほかの猫もあたふたしはじめたから、なおさら捕まらない。

「捕まえた」

おようがやっと片方の子猫の首根っこをつかんだ。

「見せてみて」

おちよが近づいて言う。

「あっ……これは雌ね。もう一匹のほう」

およう が放すと、子猫はぶるぶると身をふるわせた。

「そっちへ行ったぞ」

時吉が声をあげた。

「待て待て」

千吉が追う。

そんな調子で、存外に大捕物になってしまったが、雄の子猫はようやく捕まって籠に入れられた。

「ふう」

千吉が額の汗をぬぐう。

「みゃあ」

二代目のどかが、やにわにないた。

わが子を盗《と》られると思ったか、何がなしに不服そうな顔つきだ。

「のどか」

おちよが優しい口調で語りかけた。

「おまえが産んだ大事な子は、これから行徳へ里子に行ってもらうの。かわいがってもらうから、ごめんね」

さとすように言う。

二代目のどかは、じっとおちよの顔を見ていた。

「むかし縁があった方なの。ぜひおまえの子を欲しいって。請われて里子に行くんだからね」

おちよはなおも言った。

千吉も和す。

「前にものどか屋の猫をもらってくださったご家族だから、心配はいらないよ」

二代目のどかは、あきらめたのかどうか、もうなかなくなった。

「途中でうっかり逃がさないようにな」

時吉が言う。

「はい、承知で」

千吉はいい声で答えた。

「じゃあ、行ってきます」

千吉が籠を両手で抱えた。

「気をつけて」

「先様《さきさま》によしなにな」

おちよと時吉が声をかけた。

「行ってまいります」

最後におようが笑顔で言った。

二

「籠の中身は弁当かい？」

船に乗り合わせた男がたずねた。

立派な甘藷《かんしょ》や青菜を荷にしている。これから行徳へ届けてあきないをするようだ。

「いえ、知り合いに猫を届けるんです」

千吉が答えた。

「そうかい。弁当にしちゃ、でけえ籠だと思った」

気の良さそうな男が笑った。

「相撲取りでも、そんなに食わねえぜ」

「おむすびがたんと入りそうだ」

　乗り合わせたほかの客が言った。

　行徳船は、小網町《こあみちょう》の行徳河岸から本行徳までを結んでいる。行徳は塩の名産地だから、それを運ぶための船が日にいくたびも出る。

　初めのうちは塩だけだったが、そのうちほかの物や人も運ぶようになった。二十四人乗りだから、かなりの量を運べる。五十隻以上もの船数があるため、千吉もおようもさほど待たずに乗りこむことができた。

「猫にしちゃ、なかねえな」

　櫓を操りながら、笠をかぶった船頭が問うた。

「まだ子猫なんで、なけないんですよ」

　おようが答えた。

「はは、そうかい」

　船頭は笑って答えた。

「それはそうと、行徳でいちばんおすすめの食べ物の見世はどこでしょうか」

　千吉は船に乗り合わせた客たちにたずねた。

「食い物かい」

大きな薬箱をかたわらに置いた男が身を乗り出してきた。

「はい。横山町でのどか屋という旅籠付きの小料理屋をやっているものですから」

千吉はここぞとばかりに言った。

何か声が返ってくるかと思いきや、残念ながら行徳船に乗り合わせた客はだれも知らないようだった。それなりに名は上がってきているとはいえ、まだ江戸じゅうに名が轟《とどろ》いているわけではないから無理もない。

「食い物屋なら、やっぱり笹屋《ささや》のうどんだな」

客の一人がすぐさま言った。

「あそこのうどんは、こしがあるからよ」

「つゆもうめえんだ」

「船でも陸でも、行徳なら笹屋へ寄らねえと」

船の客たちは口々に言った。

「笹屋のうどんですね。帰りに寄ります」

千吉は笑顔で答えた。

「それから、灯屋《あかりや》っていう飯屋がある。酒も出る」

「おう、あそこの丼もうめえ」

「そりゃ、網元《あみもと》の見世だからよ」

気のいい客はまたべつの見世を教えてくれた。

「二軒も廻れるかしら」

おようが小首をかしげた。

「急いで廻れば大丈夫だろう。せっかくの舌だめしだし」

千吉は帯をぽんと一つ手でたたいた。

「常夜燈《じょうやとう》のすぐ近くだから」

「訊きゃあ、だれだって知ってるぜ」

船の客が教えてくれた。

左官の大助の住まいは、行徳からの客から事細かに聞いていた。

左官の親方に猫を届けると伝えると、行徳船の客はまたにぎやかになった。

「大助なら知ってるよ」

「行徳じゃ顔だから」

「わたしの家も、あの親方に壁を塗ってもらったんだよ」

そんな声がほうぼうから飛んだ。

「左官の親方の猫になるんなら、えさの食いっぱぐれはねえや」

「せいぜいかわいがってもらいな」

子猫が入っている籠にも声がかかった。

むろん、返事はなかった。まだなけない子猫は、中で心細そうにしているようだ。

「良かったわね」

代わりにおようが言った。

船は順調に進み、めざす行徳河岸が近づいた。

「まもなく着きますんで」

船頭が言った。

「着いたよ」

籠に向かって、おようが小声で言った。

三

左官の家はすぐさま分かった。

大助組は表店《おもてだな》で、いくたりも職人衆が出入りしていた。さすがは行徳では知らぬ者のない左官だ。

「のどか屋の千吉と申しますが、子猫をお届けにあがりました」

千吉がそう言うと、中からおかみのおたえが出てきた。

「まあ、遠いところをありがたく存じます。いま普請場へ知らせてきますので」

おたえはそう言うと、若い衆に声をかけてつなぎに走らせた。

千吉とおようがこの日に子猫を届けることはあらかじめ分かっている。出された茶を呑み終えるころには、大助はせがれの泰平とともにあたふたと戻ってきた。

「すまねえこって」

左官の親方が口早に言った。

「待ちきれなくて、先に見せてもらってたんだよ、おまえさん」

おたえが笑顔で手に乗せた子猫を示した。

「おっ、ちっちゃいな」

大助が笑みを浮かべる。

「おっかさんとおんなじ柄だな」

泰平が覗きこんで言った。

「後架と水呑み皿もお持ちしましたので」

　おようが笑顔で言った。

「それは手回しのいいことで」

　と、親方。

「何から何まで、ありがたく存じます」

　おたえが頭を下げた。

「じゃあ、いい子にしてるんだよ」

　いくぶんあいまいな表情で千吉が子猫に言った。

　短いあいだだったが、ここまで育てて行徳まで運んできたのだから、さすがに情が移る。

「もうお帰りですか?」

　おたえが問う。

「ええ。日帰りで、明日の仕込みもありますので」

　千吉は答えた。

　本当はおちよに仕込みを頼んできたのだが、ここは方便だ。

　子猫は何か言いたげな顔つきだ。

「達者でね」

およようは笑みを浮かべた。

「福猫なんで、大事に育てまさ」

大助が白い歯を見せた。

子猫はまた小さく口を開けた。

まだ泣けないが、いかにも心細そうだ。

「ここがおうちだからね」

それと察して、おようが言った。

「名はどうする？」

泰平がたずねた。

「そうさな……のどか屋さんからもらったんだから、頭に『の』がつく名がいいんじゃねえか？」

大助が答えた。

「いいですねえ、『の』がつく雄猫」

と、およう。

「の、の……」

千吉は腕組みをして思案したが、はかばかしい名は浮かばなかった。

「のんきに暮らせるように『のんき』はどうかしら」

かつて大火のおりに難儀をして子を産んだおたえが言った。

「おう、のんきか。いいじゃねえか」

大助が両手を打ち合わせた。

「言いやすくていいと思うよ」

泰平も言う。

「跡継ぎが泰平で、猫がのんき。こりゃあ一生、左うちわだぜ」

左官の親方があおぐしぐさをしたから、場に和気が漂った。

「なら、達者で暮らすんだよ、のんき」

千吉は名がついたばかりの子猫に言った。

「いい子でね」

おようも手を振る。

畳の上に置かれた子猫は、しばらく物珍しそうに臭いをかいだりおっかなびっくり歩いたりしていたが、その手の動きを見て動きを止めた。

みゃあ、と口が動く。

「もうすぐなけるわね」

おようが笑顔で言った。

子猫の元気な声が聞こえたような気がした。

四

日帰りで江戸へ戻らねばならないし、つとめも忙しそうだから、千吉とおようは早々に左官のもとを辞すことにした。

「おちよさんと時吉さんに、どうかよしなに」

おたえはていねいに頭を下げた。

「伝えておきますので」

「お邪魔をいたしました」

のどか屋の若夫婦が笑顔で答えた。

「わざわざありがたく存じました」

「気をつけてお帰りくださいまし」

左官の親子にも見送られ、千吉とおようは大助組を後にした。

「あっ、あれね」

通りを歩いていたおようが行く手を指さした。

軒行灯にははっきりと「灯屋」と記されている。

河岸の近くに、まだ建てられてさほど間がない常夜燈がある。それにちなんだ名の見世だ。

「なら、さっと舌だめしを」

千吉が足を速めた。

「うどん屋さんもあるし」

おようも続く。

灯屋ののれんをくぐると、わりかた奥行きがあり、小上がりの座敷では地元の職人衆とおぼしい男たちが呑んでいた。その端のほうに千吉とおようが座る。

「軽めの丼か何かできますか?」

千吉がおかみにたずねた。

「うちは盛りがいいことで有名なんですが」

おかみが笑みを浮かべる。

「うどん屋さんにも行きたいので、軽めがありがたいんですけど」

およう が素直に告げた。

「笹屋のうどんだな」

「そりゃ、ここと梯子《はしご》じゃつれえぜ」

先客がすかさず言った。

「なら、青柳《あおやぎ》の玉子とじ丼を少なめでいかがでしょう」

おかみが水を向けた。

「では、それで」

「相済みません」

のどか屋の若夫婦が答えた。

「浅蜊汁も付けますか？」

厨からあるじが問うた。

「ここの浅蜊汁は食っとかにゃ」

「食わなきゃ後悔するぜ」

客が先んじて言った。

「なら、いただきます」

おようが右手を挙げた。

「承知しました」

いい声が返ってきた。

ほどなく、玉子とじ丼と浅蜊汁が運ばれてきた。

少なめのはずなのに、丼を持つとずしりと重かった。

「行徳は青柳がたくさん獲れるからよ」

「浅蜊も魚の刺身もうめえんだが」

先客は上機嫌だ。

「あ、ほんと、おいしい」

おようが声をあげた。

「青柳の身がぷりぷりしてるね」

千吉も顔をほころばせた。

浅蜊汁もうま味が存分に出ていた。呑むだけで身の養いになりそうな汁だ。

思ったより量が多かったが、とりあえず舌だめしにはなった。

「ごちそうさまでした」

「おいしかったです」

のどか屋の二人は、笑顔で灯屋を後にした。

五

帰りの行徳船が出るまでには、いくらか間があった。

「どうする？　まだ食べられる？」

千吉がおように問うた。

「おうどんの小盛りなら」

おようは答えた。

「また盛りのいいのが出てきたら困るけどね」

と、千吉。

「そのときは千吉さんが食べて」

おようは笑みを浮かべた。

「まあ、せっかく舌だめしに来たんだから」

千吉はそう言って、笹屋のほうへ歩を進めた。

少し並んだが、さすがは繁盛店で、客あしらいは水際立っていた。のどか屋の二人は、ほどなく河岸が見える眺めのいい座敷に案内された。

「わたしはざるうどんを小盛りで」

おようが先に頼んだ。

「承知しました。かき揚げがうちの名物なんですが」

おかみが愛想よく言う。

「なら……かき揚げ付きのざるうどんで」

千吉は少し迷ってから告げた。

ややあって運ばれてきたものを見て、千吉は思わず目を瞠《みは》った。

うどんの量もさることながら、かき揚げが大きい。優にわらべの顔くらいある。

「どうぞごゆっくり」

おかみがにこやかに下がっていった。

「しくじったかも」

千吉は髷に手をやった。

「とにかく食べなきゃ」

おようが箸をとった。

予想どおりと言うべきか、小盛りでもかなりの量だ。

「田舎の人は加減を知らないから」

小声でそう言うと、千吉はまずうどんをたぐった。

「でも、こしがあっておいしい」

おようが言った。

「そうだね。つゆにもこくがある」

千吉もうなずいた。

昆布や鰹節《かつおぶし》ばかりでなく、干し椎茸《しいたけ》もだしに使っているとおぼしい。風味豊かであとを引く味だ。

続いて、かき揚げを食した。

「あっ、さくっとしてる」

千吉の顔つきが変わった。

小柱《こばしら》と三つ葉が入ったかき揚げだ。衣《ころも》が軽くて舌ざわりがいい。これなら見た目が大きくても食べられそうだ。

「おいしい？」

おようが訊いた。

「ああ、このかき揚げは学びになるね」

千吉はそう答えてまた箸を動かした。

「ちょっとくれる?」

おようが小声で訊いた。

人が食べているものを見ると、おのれも欲しくなってくるのが常だ。

「うん、いいよ」

千吉はそう答え、小柱が入ったところを箸で取り分けた。

「あっ、ほんと、おいしい」

ひと口食べるなり、のどか屋の若おかみの顔に笑みが浮かんだ。

六

帰りの行徳船では、成田《なりた》帰りの客たちと一緒になった。

「おっ、蒲焼《かばや》きが余ってるけど、食うかい?」

客の一人が千吉に問うた。

「いえいえ、行徳で二軒廻ってきたところなので」

千吉は帯をぽんとたたいた。

「もうおなかいっぱいで」

　およーも笑みを浮かべる。

「そうかい。おれらは成田で鰻《うなぎ》の梯子だったたからよ」

「ちいと食い過ぎた」

「土産にしてもらったが、食い切れなくて」

　成田帰りの客が口々に言った。

「成田山新勝寺《しんしょうじ》の参道には鰻屋さんがたくさんあるんですか？」

　およーが問うた。

「鰻屋って言うか、川魚料理だな」

「鰻も川魚だからよ」

「鯉《こい》の洗いとかもうめえぜ」

　客が答える。

「鯉こくとかもおいしいですからね」

　千吉が言った。

「若えのに渋い料理を知ってるじゃねえか」

　客の一人が驚いたように言った。

「小料理屋の若あるじなので」

千吉は少し胸を張って答えた。

「そうかい」

「そりゃ大したもんだ」

相席の客の顔に驚きの色が浮かんだ。

「横山町の小料理のどか屋です。旅籠も付いてるんですよ」

おようが引札《ひきふだ》（広告）めかして言った。

「旅籠も付いてるんだって？」

「そんな小料理屋は聞いたことがねえな」

客の言葉に、千吉は思わず苦笑いを浮かべた。

旅籠付きの小料理のどか屋はそれなりに名が通ってきたかと思っていたのだが、それは横山町から両国橋の西詰界隈とかぎられた常連だけの話で、いざ江戸を出てみるとまだまだ知らない人ばかりだった。

これからも地道に気張らなければ。

千吉はそう思った。

「お泊まりのお客さんの朝餉には、名物の豆腐飯をお出ししてるんです」

若おかみがここぞとばかりに言った。

「ほう、豆腐飯かい」

「どういう食い物だ？」

客が問う。

「まず豆腐を甘辛く煮るんです」

まず千吉が答えた。

「それをほかほかのご飯に載せて、まずお豆腐だけ匙ですくっていただきます」

おようが続ける。

「それから、お好みで薬味を入れて、わっとかきまぜて食べると、一膳で二度、三度のおいしさ」

千吉は唄うように言った。

「そりゃうまそうだ」

「今度寄ってみるぜ」

客は乗り気で言った。

「お待ちしております」

帰りの行徳船で、おようの明るい声が響いた。

第十章　最後の一匹

一

「そうですか。千吉さんが子猫を届けに行ったのですか」

つややかな総髪の学者が笑みを浮かべた。

千吉の恩師でもある春田東明だ。

「ええ、若おかみと一緒に、行徳の見世の舌だめしもしてきたようです」

時吉が答えた。

長吉屋の一枚板の席だ。ほかに、隠居の季川と、ここから近い善屋のあるじの善蔵が陣取っている。

「行徳は貝や魚がうまいだろう」

隠居がそう言って、猪口の酒を呑み干した。

「青柳の玉子とじ丼と浅蜊汁は、さっそくのどか屋の中食の膳に出すことになりました。今日は朝から大車輪で仕込みをしていました」

時吉は笑みを浮かべた。

「そりゃあ、いいことだね」

隠居が笑みを返す。

「残る子猫は何匹だい？」

善屋のあるじがたずねた。

「一匹、雌が残っています。善屋さんでいかがでしょう」

時吉は水を向けた。

「はは、うちは女房があまり猫を好かないのでね」

善蔵は軽く手を振った。

ここで、一緒に厨に立っている信吉がやや緊張の面持ちで肴を出した。

「豆腐の鼈甲《べっこう》あんかけでございます」

千吉の兄弟子が皿を下から出した。

「上に載っているのは百合根《ゆりね》ですか？」

春田東明がていねいな口調でたずねた。

「そうです」

と、信吉。

「『散ってしまった桜を惜しんで、花びらに見立てています』とか、少し能書きを入れたほうがいいかもしれないな」

時吉が若い料理人に言った。

「はあ、すんません。口が回らねえもんで」

信吉は鬢に手をやった。

「時さんだって、むかしはそんなに口が回るほうじゃなかった。そういった口上《こうじょう》などは、だんだんに身についてくるものだよ」

隠居が温顔で言った。

「ああ、これはおいしいねえ」

善蔵が食すなり言った。

「鼈甲あんが、いい塩梅です」

春田東明も続く。

だしが十、味醂が一、醤油が一の割りで火にかけ、水溶きの葛《くず》を加えてとろみをつける。上品でこくのある鼈甲あんはいろいろな料理に合うが、その最たるものが豆腐だ。

それだけではひと味足りないので、花びらに見立てた百合根をあしらった。いささか遅いが惜春《せきしゅん》の料理だ。

「まあ残りものに福があると言われるから、残った一匹がいちばんの福猫かもしれないね」

隠居が子猫の話に戻した。

「雄ならうちで飼ってもいいんですが、雌だとどんどん増えますから。次の休みの日に、千吉が紅葉屋さんへ行ってみると言ってはいるんですが」

時吉が告げた。

「紅葉屋にも猫はいるだろう？」

と、隠居。

「ええ。名前としては三代目になるのどかがいますので、見世では無理だと思いますが、向こうのご常連さんにも声をかけてみると」

時吉は伝えた。

「近くに猫屋さんもありましたね」

春田東明が言った。

「ええ。日和屋《ひよりや》さんもうちの猫縁者なんですが」

貝柱のかき揚げを揚げながら、時吉が言った。

「いたるところに、のどか屋の猫がいるねえ」

隠居の白い眉がやんわりと下がった。

「もらっていただけるところが多くて、ありがたいかぎりで」

時吉はそう言うと、かき揚げの油を小気味よく切った。

二

「じゃあ、行ってまいります」

若おかみの明るい声が響いた。

「ああ、気をつけて」

おちよが答えた。

「行ってくるね」

千吉が声をかけたのは、二代目のどかと、その乳を呑んでいる子猫だった。

今日の二幕目は休みにした。旅籠はおちよとおけいに任せ、これから久々に上野黒門町の紅葉屋と、そのすぐ近くにある猫屋の日和屋をたずねることになった。

「では、お忙しいところ、相済みません」

おちよにそう声をかけたのは、おようの母のおせいだった。

「いえいえ、たまには皆さんで」

おちよが笑みを浮かべた。

「餡巻き、楽しみ」

おようの弟の儀助もいる。

娘の働きぶりを見に来たおせいに今日のことを伝えたところ、儀助がぜひ行きたいと手を挙げた。千吉が紅葉屋の花板をつとめていたころ、好物の餡巻きをよくつくってもらったものだ。

「餡があるかどうか分からないわよ」

姉がクギを刺すように言う。

「もし餡がなくても、ぐずらないようにね」

母のおせいも言った。

「うん。せっかく寺子屋を休んで行くんだから」

儀助がいくらか大人びた口調で言ったから、のどか屋に和気が漂った。

こうして、一行はのどか屋を後にした。

むろん、押し売りではないから、子猫は母猫と一緒に留守番だ。初代を祀《まつ》ったのどか地蔵と、のどかとちのの墓に手を合わせてから、上野黒門町の紅葉屋へ向かう。

「あっ、平ちゃん」

途中で千吉が声をあげた。

薬売りに扮した万年同心と往来で出くわしたのだ。

「おう、連れ立ってどこへ行くんだい」

万年同心が問うた。

「紅葉屋さんと猫屋の日和屋さんにごあいさつをと。ついでに、里親が決まってない子猫はいかがかと」

千吉が答えた。

「儀助は餡巻きを食べたいばっかりなんですけど」

おようが笑みを浮かべた。

「そうかい。なら、ゆっくりな」

同心は右手を挙げた。

「気張ってね」

千吉は例によって気安く言った。

儀助の手習いや、つまみかんざしづくりの手伝いの話などを聞いているうちに、上野黒門町の紅葉屋が近づいてきた。

「餡巻き、できるよ、儀助ちゃん」

千吉が笑顔で行く手を示した。

路地にある紅葉屋のほうから、風に乗って、甘い餡の香りが漂ってきた。

三

「ちょっとしくじっちゃったけど」

跡取り息子の丈助が髷に手をやった。

「焼きが甘いよりは、焼きすぎのほうがいいよ」

焦げる一歩手前の餡巻きを指さして、千吉が言った。

餡巻きのつくり方を丈助に指南したのは、ほかならぬ千吉だ。

「うん、おいしい」

さっそく食しはじめた儀助が声をあげた。

「せっかく来てもらったのに、あいにくだったわね」

お登勢がすまなそうに言った。

「いえいえ、そちらののどかちゃんもお産ならおめでたいことで」

久々に紅葉屋の田楽を味わいながら、千吉が言った。

最後に残った雌の子猫をどうかと思い、前にももらってくれたことがある紅葉屋に足を運んでみたのだが、三代目ののどかもまもなくお産をするという話だった。それなら里子どころではない。

「また雌が来たら、猫だらけになってしまうから」

座敷で将棋を指していた鶴屋の隠居の与兵衛が笑みを浮かべた。

「紅葉屋が里親を探さなきゃならねえんで」

その好敵手の重蔵《しげぞう》が言った。

陶器の絵付けがなりわいだが、仕事場が近くで、折にふれて将棋を指しに来る。

紅葉屋の小上がりの座敷に置かれている将棋盤は一台だけではない。今日はまだ来ていないが、先々有望なわらべの指し手も訪れて腕を磨いている。そこだけを見ると将棋道場のような趣《おもむき》だ。

「里親のあたりはついてるんですか？」

千吉はたずねた。

「日和屋さんとそこのお客さんからもう手が挙がってるのよ」

お登勢は笑みを浮かべた。

「これから行くつもりなんですよ、日和屋さんには」

おようが言った。

「だったら、今日はただの猫見物だね」

千吉は白い歯を見せた。

「田楽もお味噌が甘くておいしいから食べてごらん」

おせいが儀助に言った。

「うん」

わらべがうなずく。

紅葉屋の跡取り息子の丈助は十二だからだいぶ背丈が伸びてしっかりしてきたが、こちらはまだ九つだ。

「うちは田楽と蒲焼きが看板だからね」

与兵衛が言う。

「蒲焼きのたれは先代から受け継いだもので」

お登勢が誇らしげに言った。

父の跡を継いで女料理人になったお登勢は、のどか屋の時吉と料理の腕くらべで競った仲だ。夫の丈吉《じょうきち》が若くして亡くなったあと、いろいろと紆余曲折《うよきょくせつ》はあったが、いまはこうして紅葉屋を再興して幸せに暮らしている。

「じゃあ、蒲焼きをいただけるかしら」

おせいが乗り気で言った。

「承知しました」

お登勢は笑顔で答えた。

田楽に続いて、蒲焼きも供された。

「わあ、おいしい」

おようが驚いたように言った。

毎日、継ぎ足しながら使ってきた秘伝のたれだ。料理人の腕も申し分がない。思わずうなるような味だ。

「おまえも食べてごらん」

おせいが儀助に言った。

「うなぎ？」

わらべはちょっと二の足を踏んだ。

「だんだん大人になるんだから、鰻の蒲焼きくらい食べないと」

千吉が言った。

儀助はこくりとうなずくと、母が取り分けた蒲焼きを恐る恐る口中に投じた。

将棋を指していた二人も盤から顔を上げて見守る。

「どう？」

おようが訊いた。

「……おいしいっ」

姉に向かって、儀助は花のような笑みを浮かべた。

四

日和屋は盛況だった。

おもな客は習いごと帰りの娘たちだ。好みの猫をつかまえてはひざにのせ、団子を食べて麦湯を呑む。そのあいだ、みな楽しげに語り合うから、見世にはおのずと活気が生まれた。

「大きくなったね、ちさちゃん」

千吉がのどか屋から里子に出した猫をひざに乗せた。

「この子はゆきちゃんの子？」

おようがたずねた。

「そう。小太郎ときょうだいで、ほかには、大和梨川藩の猫侍と、青葉清斎先生の療養長屋の猫になってる」

千吉はすらすらと答えた。

「この子はお母さんにそっくりだから、よく分かるわ」

おようが笑みを浮かべた。

しっぽだけ縞模様が入っている白猫で目が青い。母猫のゆきにそっくりだ。

「お母さんは達者ですか？」

おかみのおこんがたずねた。

「猫のほうですか？」

千吉が問い返す。

「人も猫も」

おこんが笑って答えた。

「人のほうは達者にやってます。猫のほうは、もうだいぶ弱ってきたので」

千吉はややあいまいな顔つきで答えた。

「うちのほうも虹の橋を渡った子がおりまして」

日和屋のおかみは指を上に向けた。

「ああ、いい言葉ですね。虹の橋を渡るって」

およう がしみじみとした口調で言った。

儀助は猫そっちのけで団子をぱくぱく食べている。その様子を、ひざに毛のふさふさした猫を乗せたおせいが見守っていた。

「虹の橋の向こうでは、なつかしい猫や人が安楽に暮らしているんですよ」

おこんが言った。

日和屋のおかみの言葉だけに重みがあった。のどか屋から里子に出した猫の名の「ちさ」は、亡くなった娘のおちさから採られている。深い悲しみを経て、笑顔の絶えないいまの日和屋があった。

「そうそう。紅葉屋の三代目のどかの子がこちらに入るって聞きましたけど」

千吉が言った。

「ええ。いただくことになってます」

おかみが答えた。

「猫屋には新たな血を入れていかなきゃなりませんから」

客の相手を終えたあるじの子之助《ねのすけ》が言った。

とりどりの猫をそろえ、客は団子や麦湯などを楽しみながら猫を愛《め》でる。いまなら猫カフェだが、存外に古いあきないで、江戸の世からすでにあった。

「その子もうちの血筋ですから、どうかよしなに」

千吉は如才なく言った。

「承知しました。紅葉屋さんから無事頂戴したら、みなで仲良くやりますよ」

その名にちなんだ鼠のお面を頭にのっけたあるじが笑って言った。

「そのうちまた来ますので」

おようが言う。

「お待ちしております」

「ぜひお越しください」

日和屋の夫婦の声がそろった。

五

残る一匹の里親が決まった。

「こちらからお願いしに行こうかと思っていたくらいで、渡りに船ですよ」

笑顔でそう言ったのは、本道の医者の青葉清斎だった。

古くからのなじみの医者は、薬の調達の帰りにのどか屋に立ち寄って子猫の里親探しの件を聞き、すぐさま手を挙げてくれた。

清斎の話によると、療治長屋に長く入っていた患者が本復し、晴れてわが家へ帰れるようになった。

療養しているあいだ、のどか屋から里子にもらった猫をいちばんの友として暮らしていた。

別れるのは忍びないし、本復したのは毎晩添い寝をしてくれた猫のおかげだから、ぜひに譲ってもらえまいか。

そう言われた医者は、一も二もなく譲ることにした。

「うちから里子に出した甲斐がありました」

おちよが笑みを浮かべた。

「猫に命を助けてもらったようなものだねえ」

一枚板の席に陣取った元締めの信兵衛が感慨深げに言った。

「正直言って、どうだろうかと思われた患者さんなんですが、わたしも驚くほどの本復ぶりで」

清斎はそう言って、しらすと針生姜の炊き込みご飯を口に運んだ。

赤紫蘇《あかじそ》も散らした彩り豊かなご飯だ。薬膳《やくぜん》にくわしい清斎によると、身の養いにもなるらしい。

「猫にはそういう力があるんですね」

おようが感慨深げに言った。

「人がずっと付き添うわけにはいかないけれど、猫ならできるので」

清斎が笑みを浮かべた。

「療治長屋を出たあともお達者で？」

元締めが訊いた。

「ええ。実は今日、薬屋の帰りに寄ってみたんです。ここからそう遠くない豊島町《としまちょう》の提灯屋さんなので」

本道の医者が答えた。

「なら、もうつとめをされているわけですか」

と、おちよ。

「はい。気張って提灯をつくっていましたよ」

清斎は嬉しそうに答えた。

患者が本復し、日々のつとめや暮らしに戻るのは、医者にとってみればこの上のない喜びだ。

「猫ちゃんは提灯に悪さをしたりしませんか？」

おようがたずねた。

「それが、賢い猫で、あるじのつとめの邪魔はせず、日中は表でのんびりと日向ぼっこをしているそうです」

清斎は笑顔で答えた。

「うち出身の猫はみな賢いから」

千吉が自慢げに言ったから、のどか屋に和気が満ちた。

「では、どういたしましょう。このまま子猫を籠に入れてお持ち帰りになりますか、清斎先生」

おちよが座敷のほうを手で示した。

「いやいや、今日は薬と書物を持ち帰らねばなりませんので」

清斎はあわてて手を振った。

「じゃあ、後日、お運びいたしましょう。羽津先生にもお目にかかりたいし」

おちよが乗り気で言った。

「二幕目なら、わたしも」

おようが手を挙げた。

「そうね。後架なども運びたいし、一人じゃ無理かも」

と、おちよ。

「わたしは？」

千吉がおのれの胸を指さした。

「おまえは厨があるでしょう。そうたびたび休んでばかりもいられないわよ」

おちよが言った。

「旅籠はわたしが受け持ちますから」

帰り支度を始めていたおけいが言った。

「じゃあ、お願いします」

千吉はあっさり引き下がった。

炊き込みご飯を食べ終えた清斎は、座敷の隅のほうにいた子猫のもとへ歩み寄った。

「これこれ、逃げなくてもいいよ」

おちよが言う。

何かされると思ったのか、子猫はひょこひょこ逃げ出した。

「うちの療治長屋の猫になって、また患者さんを治しておくれ」

清斎は猫に向かってまじめな顔で言った。

「気張るのよ」

おちよも言う。

子猫の動きが止まった。

ふしぎそうにみなを見たかと思うと、最後に残った子猫は小さな口を開けた。

そして、細い声で、

「みゃあ」

と、ないた。

「あっ、ないた」

おようが声をあげた。

「なけるようになったんだね」

千吉が笑顔で言った。

「それならもう一人前ね。どこへ行っても大丈夫だわ」

おちよが心強そうにうなずいた。

六

出かける支度が整った。

今日は青葉清斎の療治長屋へ子猫を届ける日だ。

おちよが運ぶ籠の中には水呑み皿と後架を入れた。子猫が安心するように、母猫の匂いがついた手ぬぐいなども持っていく。それらの荷はおようが運ぶ段取りだ。

「しっかり届けるからね」

おちよは母猫の二代目のどかに言った。

籠の中で子猫が心細そうになく。

離ればなれにするのは不憫《ふびん》だが、致し方ない。

「じゃあ、行きましょう」

おちよはさっと籠を抱いて立ち上がった。

「気をつけて」

千吉が厨から言った。

「はい、お願いします」

若おかみがいい声で答えた。

あまり別れを惜しんでいると情が移る。おちよとおようはいくらか速足でのどか屋を出た。

二代目のどかは釈然としないような様子だったが、先に産んだ雄猫のふくがなだめるように身をすり寄せると、前足を投げ出してぺろぺろなめはじめた。その日、手が空いたら、千吉もおけいも二代目のどかを念入りになでてやるようにした。

籠の中から心細そうな声がたまさか聞こえていたが、あきらめたのかどうか、そのうち響かなくなった。

「もうすぐだからね」

籠の子猫に話しかけながら歩を進め、竜閑町の清斎の診療所を目指す。

もとは皆川町《みながわちょう》にあったのだが、火事で焼け出され、いまの場所に移った。のどか屋とは縁が深い醤油酢問屋の安房屋《あわや》の敷地で、清斎と妻の羽津の診療所に加えて、奥まったところに療治長屋がある。身の養いになる食事付きの長屋に入り、本復するまでゆっくり療養する者がいくたりも入っていた。

その療治長屋の新たな付き添い猫として、のどか屋の子猫が運ばれてきた。

「では、ひと区切りついたら、所望される患者さんを探しましょう」

清斎はきびきびとした口調で言った。

名医のほまれの高い清斎だから、療治を待つ患者は多い。

「でしたら、先に羽津先生にごあいさつしてきます」

おちよは告げた。

「ああ、悪いですね」

患者の脈を取りながら、清斎が答えた。

「じゃあ、ここで待っててね」

籠の蓋を少し開け、おちよは中の子猫に小声で言った。

「いい子でね」

おようも和した。

羽津の診療所をたずねてみると、ちょうど療治が一段落したところだった。

おちよとおようは、弟子の綾女《あやめ》から出された茶を呑みながら、女産科医としばらく話をした。

「猫の次と言うと変だけれど、次はおようさんの番ね」

羽津は笑みを浮かべて言った。

「はい」

おようは少し恥ずかしそうに短く答えた。

「猫みたいにたくさん産まなくていいから」

おちよが戯《ざ》れ言《ごと》めかして言った。

「療治長屋に来た子猫は雄ですか？」

綾女がたずねた。

もう何年も修業を続けているから、ひとかどの腕になっているらしい。

「いえ、雌なので、またここで子を産むかも」

おちよが答えた。

「それなら、わたしも一匹いただきたいです」

綾女が瞳を輝かせた。

「近くの野良《のら》に餌をあげてるものね」

羽津が言う。

どうやら弟子はかなりの猫好きらしい。

「ええ。前から飼いたいと思っていたので」

綾女は元気のいい声で言った。

「だったら、気の早い話だけど、子猫の子が生まれたら飼えばいいわ」

羽津が笑みを浮かべた。

「それまで待ってます」

と、綾女。

「きっとあっという間ですよ。猫の成長は人よりずっと早いから」

おちよのほおにえくぼが浮かんだ。

その後は、せっかく来てくれたのだからと、羽津がおようの触診をしてくれた。

「はい、どこも悪いところはありません」

女医者は自信たっぷりに言った。

「ありがたく存じます」

おようは頭を下げた。

髷に挿したつまみかんざしの蝶々が小気味よく揺れた。

七

「では、あとを頼む」

清斎の声が診療所に響いた。

「承知しました」

弟子の文斎《ぶんさい》が答えた。

患者がだんだんにさばけて、あとは弟子に任せておいても大丈夫になった。いよいよこれから子猫の飼い主選びだ。

「提灯づくりの縁屋《えんや》さんみたいに、猫と相性の合う患者さんを選びましょう」

籠を抱えた医者が言った。

「縁屋さんと言うんですね、提灯師さんは」

おちよが言った。

「ええ。のどか屋さんからはそう離れていないから、道順をお教えしましょう」

清斎は手際よく行き方を教えてくれた。

「軒提灯もいいかなっていう話をしていたところなので、今度行ってみます」

おちよが笑みを浮かべた。

「それはいいですね。縁屋という名の通り、猫の縁もありますから」

清斎が歩きながら答えた。

療養長屋には、いま五人の長患《ながわずら》いの者が入っていた。身の養いになる食事の経費《かかり》も要るから、それなりに蓄えのある患者しか入れないが、もうけは出ないように抑えた値になっていた。そのあたりは、医は仁術と考える清斎らしい。

「寝ている患者さんを起こしてまで訊いてみることはないでしょう」

清斎が言った。

「べつにみなで飼ってもいいですからね」

おちよが笑みを浮かべた。

「そうですね。そのあたりはまあ成り行きで」

子猫を入れた籠を抱えながら、清斎が答えた。

進んで手を挙げたのは、三人目の患者だった。

正市《しょういち》という植木職の親方で、体が何ともないときはいくたりも弟子を抱えて大店《おおだな》や旗本の屋敷などにも出入りしていたらしい。

「わらべのころから、猫は飼ってましたんで」

胃の腑を悪くして療養しているという正市は、そう言って渋く笑った。

「じゃあ、猫の扱いは手慣れたものですね」

おちよがそう言って、まだおどおどしている子猫の首筋をとんとんとたたいた。

「いろんな猫と一緒に生きてきました。向こうで待ってる猫もおりまさ」

植木職の親方は指を上に向けた。

「もうちょっとゆっくりしてから行きましょう」

清斎が笑みを浮かべた。

「下の娘の嫁入り姿を見てえもんで」

正市は思いを込めて答えた。

「そのためにも、この子をかわいがりながら養生なさってくださいましな」

おちよはそう言うと、子猫を慎重に渡した。

「よろしゅうにな」

正市のやせ衰えた顔に笑みが浮かんだ。

子猫はくんくんと患者の匂いを嗅いでいたが、やがて小さな舌でぺろりとなめた。

「お、なめやがった」

正市が笑う。

「よろしくねって」

と、おちよ。

「では、餌や水などは、文斎にも手伝わせますし、わたしも見にまいりますので」

清斎が言った。

「承知しました。名もつけていいんですかい？」

正市はおちよの顔を見た。

「どうぞどうぞ。まだ名のない子猫なので」

おちよは答えた。

「なら、無い知恵を絞って、いい名を思案しまさ」

植木職の親方はそう言うと、数々のつとめをこなしてきたほまれの手で子猫の頭をひとしきりなでた。

八

「では、ここで。ありがたく存じました」

診療所の入口で、清斎が頭を下げた。

「こちらこそ、お邪魔いたしました」

おちよが笑みを浮かべる。

「またお越しくださいまし」

おようが若おかみの顔で言った。

「千吉さんの料理をいただきに行きますよ。腕がめきめき上がっていますから」

清斎がそう言ったから、おちよもおようも笑顔になった。

まだ日はずいぶん高かった。

「存外に早く済んだわね」

おちよが言った。

「ええ。幸い、すぐ飼い主が見つかったから」

と、およう。

「じゃあ、出世不動にお参りしてからゆっくり帰りましょう」

おちよが水を向けた。

「はい、分かりました」

おようがすぐさま答えた。

出世不動へ向かうまで、おちよはいろいろと昔話をした。

三河町にあったのどか屋のこと、まだ千吉が生まれる前のこと、思い出は数珠《じゅず》つなぎになってよみがえってきた。

「なんだか夢のようね」

おちよは感慨深げに言った。

「時が経つのは早いものですから」

幼いころに父を亡くしたおようもしみじみと言う。

「そうねえ。初めにのれんを出したときに生まれてなかった千吉が、いまやひとかどのあるじの顔で厨に立ってるんですもの」

と、おちよ。

「昔からのご常連さんも通ってくださって、ありがたいことです」

おようは歩きながら軽く両手を合わせた。

行く手に出世不動が見えてきた。

のどか屋が三河町があったころ、そして焼け出されて岩本町といまの横山町へ移ったあとも、折にふれてお参りしてきた場所だ。おちよと時吉にとっては、心のふるさとと言ってもいい。

「あそこで初代ののどかちゃんとまた巡り合ったんですよね」

おようが石段のほうを指さした。

その話はかつてくわしく聞いた。

「そう。大火ではぐれたあとに」

おちよがうなずいた。

あきらめていたのどかとまた巡り合ったのも出世不動だった。

「ふしぎな縁ですね」

おようが言う。

「そうね。いまは、その初代ののどかがお地蔵さまになってるんだから」

おちよは笑みを浮かべた。

出世不動に着いた。

短い石段を上り、まずはお参りを済ませる。

「おとっつぁんの無事も祈っとかないと」

おちよはそう言って両手を合わせた。

「なら、わたしも大師匠の無事を」

おようも続いた。

やはり、と言うべきか、長吉は文をよこしたりはしなかった。

いまごろどこでどうしているのか。無事に弟子のもとを廻っているのか。案じだしたらきりがない。

どうか、おとっつぁんが息災《そくさい》に暮らしていますように。

何事も起きませんように。

そして、また江戸に戻ってきて、達者な顔を見せてくれますように……。

おちよは心からそう祈った。

出世不動にお願いしたあと、おちよはふと空を見上げた。

青い空に、白い雲が切れぎれに浮かんでいる。

なつかしい場所で風に吹かれながら、おちよはそのさまをしばし見つめた。

終章　あたたかな灯《ひ》

一

同じころ――。

長吉は三河《みかわ》にいた。

「長々と世話になったが、そろそろ宮《みや》の渡しから京と上方《かみがた》に行かにゃならねえ。ひと息ついたら出させてもらうぜ」

弟子の梅吉《うめきち》に向かって、古参の料理人は言った。

「さようですか。こちらこそお引き留めしてしまって」

梅吉が答える。

「今日はどちらにお泊まりで」

おかみがたずねる。

「渡しの手前の旅籠でいいや。ここまでは、弟子たちがみな達者でやってくれていてほっとしたぜ」

長吉は胸に手をやった。

手始めに、大磯《おおいそ》の富士家《ふじや》という船宿へ行った。弟子の由吉《よしきち》は、初めのころは目が付いた魚をさばけないほど頼りない料理人で、先々がずいぶん案じられたが、見違えるほどたくましくなっていた。

いつのまにか女房《めと》を娶り、跡取り息子も生まれた。名物の船盛りを味わったが、腕もずいぶん上がっていた。これなら大丈夫だ。

その後は富士宮《ふじのみや》と駿府《すんぷ》の弟子のもとをたずねた。どちらも手堅いあきないぶりで、昔話に花が咲いた。駿府で味わった茶葉《ちゃば》の天麩羅はなかなかに乙《おつ》な味だった。

「うちも、なんとかやらせてもらってます」

梅吉が答えた。

「跡取りと一緒に厨に立って、その妹が看板娘だ。言うことねえじゃねえか」

長吉は満足げに言って、猪口の酒を呑み干した。

「ご常連さんに恵まれて、どうにかのれんが続いておりまして」

　おかみが次の酒を注ぐ。

　長吉屋と同じく、檜《ひのき》の一枚板の席と小上がりの座敷があるつくりだ。座敷のほうでは、常連客が二人、しきりに箸を動かしていた。

「人が食ってるのを見ると、おのれも食いたくなるな」

　長吉が座敷をちらりと見て言った。

「では、おつくりします、酢味噌そうめん」

　梅吉が笑みを浮かべた。

「おう、頼む」

　長吉は軽く右手を挙げると、串浅蜊を口に運んだ。

　このあたりでよく獲れる浅蜊を串に刺して天日干しにした肴だ。これだけで存分にうまい。聞けば、上様《うえさま》への献上品にもなっているらしい。

　ほどなく、酢味噌そうめんが来た。

　三河特産の八丁《はっちょう》味噌に、知多《ちた》の半田《はんだ》の粕酢《かすず》をまぜたものを冷やしそうめんに載せて食す。具は葱と茗荷《みょうが》、それに炒り胡麻だ。

「暑気払いにはまだ早いんですが、お客様のご所望があるもので」

　梅吉が言った。

「おう、うまそうだな」

そう言うなり、長吉はさっそく箸を動かした。

「さっぱりしててうめえな」

古参の料理人の目尻に、いくつもしわが浮かんだ。

「味噌と酢がよく合いますので」

弟子が笑みを返す。

「どちらも地《じ》のものだからな。いくらでも胃の腑に入るぜ」

長吉の箸がまた動いた。

「煮味噌もいいが、やっぱりそうめんだで」

「夏場はこれにかぎるがや」

座敷から地元の客の声が響いてくる。

「煮味噌ってのは？」

耳ざとく聞きつけた長吉がたずねた。

「いろいろな野菜を八丁味噌で煮ただけの料理ですが、冬場はよくつくらせていただいています」

梅吉が言った。

「煮込みうどんや、きしめんも」

おかみがどこか唄うように和す。

「そうかい。なら、暑くても寒くても大丈夫だな」

長吉はそう言って、残りのそうめんを胃の腑に落とした。

その後は、徳利の酒が空になるまで弟子のもとで過ごした。

最後に出た南京豆《なんきんまめ》と荒布《あらめ》の煮つけも渋い肴だった。荒布はこのあたりの磯で獲れる藻《も》だ。

出立の頃合いになった。

支度を整えた長吉を、弟子は家族総出で見送った。

「どうかお気をつけて」

梅吉が深々と頭を下げた。

「おう、達者でな」

長吉が右手を挙げた。

「帰りにもお立ち寄りくださいましな」

おかみが愛想よく言う。

「いつになるか分からねえがな」

古参の料理人は笑みを浮かべた。

跡取り息子と看板娘が笑みを返す。

「なら、みなで仲良く気張ってやりな」

そう言い残すと、長吉はしっかりした足どりで次の見世に向かった。

二

「そうかい。軒提灯を出すのかい」

一枚板の席に陣取った元締めの信兵衛が言った。

「ええ。これも縁ですから、縁屋さんへ行ってみようかと」

おちよのほおにえくぼが浮かんだ。

「だったら、うちもつくり直すかなあ」

力屋のあるじの信五郎が言った。

「早くしまうから、べつに軒提灯は要らないのでは?」

元締めがやや不審そうに問う。

「まあそうなんですがね。あんまりぼろぼろなのもどうかと思って」

信五郎は答えた。

「どうしてぼろぼろになるんでしょう」

おようがたずねた。

「うちのお客さんには、荷車引きや駕籠かきがいるだろう？　つい勢い余ってぶつけたりするもんでね」

力屋のあるじが、ややあいまいな顔つきで答えた。

「はは、そりゃしょうがないね」

元締めが笑みを浮かべた。

「なら、ひとまずうちが様子を見に行ってきますよ」

おちよが乗り気で言った。

「そうだね。こちらはみなと相談だ」

信五郎はそう言って、猪口の酒を呑み干した。

「提灯師さんのところへ行ったのは、雉猫《きじねこ》だったよね」

厨で手を動かしながら、千吉がたずねた。

「そうそう。ゆきちゃんが産んでくれた子で、この子の弟」

おちよはちょうど通りかかった小太郎を指さした。

尻尾を纏のように立てて歩く姿が相変わらず優雅だ。

「どんな名になったのかしら」

おようが小首をかしげた。

「さあ？　行ってみれば分かるわね」

おちよが答えた。

「じゃあ、近いから今度はわたしも」

千吉が言った。

「いいわ。なら、若夫婦に任せるから」

話がそれで決まった。

ほどなく、料理ができた。

「お待たせしました。鰹《かつお》の油焼きでございます」

千吉が自信ありげに皿を差し出した。

値が落ち着いた鰹は、むろんたたきやあぶりにしてもうまい。竜田揚《たつたあ》げなども乙な味がする。

しかし、今日は趣を変えて油焼きにした。

平たい鍋に油を引き、血合いを除いて粉をはたいた鰹の身を焼く。まずは表面だけを焼きつけたら、酒と醤油と味醂をさっとからめる。

ここで鰹をいったん取り出し、たれを煮詰めているあいだに身をほどよい厚みに切る。

これを鍋に戻してたれをからめ、薬味を加える。

葱、生姜、茗荷、貝割れ菜、青紫蘇の葉、たっぷりの薬味をからめて味をなじませれば出来上がりだ。

「こりゃあ、いい日に来たね」

元締めが相好《そうごう》を崩した。

「うちなら、これがあればみな丼飯だよ」

力屋のあるじが身ぶりをまじえて言ったから、のどか屋に笑いがわいた。

三

次の休みの日――。

千吉とおようは豊島町《としまちょう》の縁屋へ向かった。

「あっ、あれかな？」

千吉が行く手を指さした。

大小とりどりの提灯が通りに出ている。

「そうね。ただのお見世だったら多すぎるから」

おようが笑みを浮かべた。

見世の前には小ぶりの酒樽が置かれていた。

「あっ、猫が」

おようが指さした。

目の黄色い雉猫が、酒樽の上でのんびりしている。

「わあ大きくなったね」

千吉が思わず声をあげた。

それを聞いて、奥で提灯を組み立てていた男が顔を上げた。

その女房とおぼしい女が出てくる。

「こちらは縁屋さんでございましょうか」

おようがていねいにたずねた。

「はい、提灯づくりの縁屋でございます」

おかみが答えた。

「横山町の旅籠付き小料理のどか屋から、軒提灯の頼みごとでまいりました」

千吉がはきはきした口調で言った。

「横山町ののどか屋……」

あるじの手が止まった。

「この子を青葉清斎先生の療治長屋へ里子に出したのどか屋です」

千吉はそう明かした。

「ああ、猫をくださったのどか屋さんですか。ごあいさつに行かなきゃと思ってたんです。少々お待ちくださ い。きりのいいところまでやりますんで」

縁屋のあるじが言った。

「あ、どうぞお入りください。この子のおかげで、あるじが本復しまして、ほんにありがたいことで」

おかみが頭を下げた。

「そのお話を聞いて、みな喜んでいるところです」

おようが若おかみの顔で言った。

「元気だったか？　大きくなったね」

千吉が大きな雉猫の首筋をなでてやった。

ごろごろ、ごろごろと猫が気持ちよさそうにのどを鳴らす。

「こいつのおかげで、病がおおむね治って寿命が延びました」

縁屋のあるじがそう言って、組んでいる最中の提灯を慎重に置いた。

ゆっくりと立ち上がり、のどか屋の若夫婦のほうへ歩み寄る。

「あるじの源太《げんた》でさ。よしなに」

提灯屋のあるじが言った。

「のどか屋の跡取りの千吉と……」

千吉はおようのほうを手で示した。

「若おかみのようと申します」

おようが頭を下げた。

「まあまあ、似合いの若夫婦で」

おかみが笑顔で言った。

奥の仕事場では、跡取り息子とおぼしい若者がほかの職人たちとともに提灯づくりに精を出している。あるじが戻ってきた縁屋には活気があった。

「この子は何という名で?」

雛猫を手で示して、千吉が問うた。

「はは、ちょうちんっていう名にしちまいました」

源太が笑って言った。

「目が黄色いし、ふっくらしてるんで」

おかみが身ぶりをまじえる。

「ああ、たしかに『ちょうちん』っていう感じかも」

千吉が笑みを浮かべた。

「かわいがってもらって、よかったね、ちょうちん」

おようが雉猫に声をかけた。

「ほんとに、こいつのおかげで」

源太が猫に歩み寄って、のどをなでてやった。

「また元気になって提灯をつくるんだと、そんな気持ちもこめてつけた名なんですが、やっと帰ってこれてありがてえこって」

縁屋のあるじは感慨深げに言った。

「偉かったね、ちょうちん」

千吉が猫の労をねぎらった。

「情の濃い猫で、愚痴も聞いてくれたんで……おお、よしよし」

今度は首筋をなでる。

その節くれだったほまれの指を、ちょうちんはぺろりとなめた。

「で、肝心な要件なんですが」

千吉はそう前置きしてから続けた。

「うちの軒提灯をお願いできればと思って、今日はうかがったんです」

のどか屋の二代目は告げた。

「さようですか。それは腕によりをかけてつくらせていただきますよ」

源太は二の腕をたたいた。

「では、中のほうへどうぞ。いまお茶を入れますので、じっくり段取りの打ち合わせを」

おかみが愛想よく言った。

「はい、承知しました」

千吉が歯切れよく答えた。

「またあとでね」

きょとんとしているちょうちんに向かって、おようが笑顔で言った。

四

「さようですか。縁屋のあるじは元気でつとめを」

のどか屋の一枚板の席で、青葉清斎がうなずいた。

「ええ、そろそろ軒提灯ができあがるころだと思いますけど」

おようが笑顔で答えた。

「里子に出した猫も元気そうで」

と、おちよ。

「えさをたんともらってるのか、ころころしてました」

厨で手を動かしながら、千吉が言った。

「行徳の猫も、そのうちころころになりまさ」

「みなでかわいがってるんで」

座敷の客が言った。

左官の大助は行徳で顔が広い。ありがたいことに、折にふれてのどか屋の紹介をしてくれているらしく、今日も客が向こうからたずねてきてくれた。

その話によると、のどか屋から里子に出したのんきは、日に日に猫らしくなって達者に過ごしているようだ。

「ありがたいことで」

おちよが両手を合わせた。

「おかげでうめえもんも食えたしよ」

「おれらもありがてえや」

行徳の客が笑みを浮かべた。

このところ、すっかり千吉の得意料理になった鰹の油焼きだ。時吉に舌だめしをしてもらったところ、たちどころに太鼓判を捺された。気を良くした千吉は、進んで客に出している。

「これはほんとにおいしいですね」

同じ油焼きを食しながら、総髪の医者が言った。

「ありがたく存じます」

千吉が頭を下げた。

「薬味も薬膳の理《り》にかなっています。なにより、食べておいしい」

清斎が笑みを返す。

「そうそう、食ってうめえのがいちばんで」

「鰹が成仏してらあ」

座敷の客の声がいちだんと高くなった。

それを聞いて、おちよとおようも笑顔になった。

「ところで、療治長屋の里子にはどんな名前が？」

おちよがたずねた。

「植木屋さんは『のび』と名づけました」

清斎が答えた。

「のびちゃん、ですか」

おちよが言う。

「ええ。猫がのびをしたところで思いついたそうです。植木は伸びるものだし、寿命も延びるようにと」

医者は伝えた。

「そうなるといいですね」

おちよは心から言った。

五

それから三日後の七つ（午後四時ごろ）すぎ――。

のどか屋には隠居の季川と按摩の良庵、それに女房のおかねの姿があった。

すでに療治を終え、腰の具合が良くなった隠居が上機嫌で呑みはじめたところだ。

むろん、今日はのどか屋に泊まる。

「お待たせしました。納豆《なっとう》の青紫蘇揚げでございます」

千吉が肴を出した。

「おお、これはうまそうだね」

季川はさっそく箸を伸ばした。

納豆を手際よく包丁でたたき、醬油と若干の練《ね》り辛子《がらし》をまぜる。これを青紫蘇で包み、衣をつけてからりと揚げれば出来上がりだ。

「さくっとしていておいしい」

おかねが言った。

「風味が豊かだね」

良庵も笑みを浮かべた。

「辛子がいいつとめをしてるじゃないか」

隠居の評判も上々だった。

と、そこへ、だしぬけに人が入ってきた。

客ではなかった。

「まあ、縁屋のおかみさん」

おようが真っ先に気づいて声をかけた。

「お待たせいたしました。品ができあがりましたので」

縁屋のおかみが布袋に入れたものをかざした。

中身は注文した軒提灯のようだ。途中でもし雨に降られでもしたら事だから、抜かりなく布袋に入れて運んできたらしい。

「それはそれは、ご苦労さまでございます。のどか屋のおかみでございます」

おちよがていねいに頭を下げた。

「縁屋でございます。本来ならあるじがごあいさつに来るべきところですが、なにぶん病み上がりなもので」

おかみがすまなそうに言った。

「ようございましたね、本復されて」

と、おちよ。

「こちらからいただいた猫のちょうちんのおかげで。あ、まずは出来をごらんくださいまし」

おかみはそう言って布袋から提灯を出した。

「ほう、これは見事な仕上がりだね」

隠居が感に堪えたように言った。

目が不自由な良庵には、女房のおかねがどういう提灯かを小声で伝えていた。それを聞いて、按摩がうなずく。

頼みに行ったときに入れた内金の残りの代金を支払うと、真新しい軒提灯はのどか屋のものとなった。

軒行灯と重ならないようなところに出す支度はすでに整っていた。掛けてみると、ちょうどいい按配だった。

「いいですね。灯が入ると、とても目立つと思います」

縁屋のおかみが満足げに言った。

「あるじが夕方に帰ってきますので、さっそく灯を入れてみます」

おちよが笑顔で答えた。

せっかくだから、ちょうちんの母猫のゆきと、きょうだいのしょうと小太郎を紹介した。

「おっかさんは目が青いのね」

提灯屋のおかみが言う。

「ええ。もうだいぶおばあちゃんですけど」

と、おちよ。

「いい子をありがとうね」

頭をなでられた老猫は、気持ちよさそうにのどを鳴らした。

六

仕込みに時がかかり、だいぶ帰りが遅くなってしまった。

暗くなってきた空を見やり、時吉は先を急いだ。

おや？

のどか屋が近づいたとき、時吉はふといぶかしく思った。

景色がいくらか違っているような気がしたのだ。

ほどなく、そのわけが分かった。

真新しい軒提灯が飾られている。

ちょうどそこへおちよが出てきた。

「あっ、おまえさん。来たわよ、軒提灯」

おちよは弾んだ声で告げた。

「ちょうどいい大きさだな」

時吉はうなずいた。

千吉とおようも出てきた。

すでにのれんはしまわれている。おけいは浅草に帰り、療治を終えた良庵たちも引き上げた。

「なら、灯を入れようよ」

千吉が言った。

「わあ、楽しみ」

おようが笑みを浮かべた。

話し声を聞いて、二階の泊まり部屋から季川も出てきた。

「初灯《あか》りだね」

隠居の白い眉がやんわりと下がる。

「よし、灯を入れるぞ」

時吉が蠟燭をともした。

「わあ」

千吉が思わず声をあげた。

真新しい軒提灯に記された字が鮮やかに浮かびあがったのだ。

の

たった一文字、そう記されていた。

見ただけで心がほっこりするような字で――そんなむずかしい注文に、縁屋は見事に応えてくれた。

「もっと暗くなったら、なおさら映《は》えるだろうな」

時吉はそう言って瞬《まばた》きをした。

これから先も、長吉屋の仕込みが長引いて帰りが遅くなることがあるだろう。雨の晩、難儀をしながら帰路に就くこともあるだろう。そんなとき、軒提灯に浮かぶこの「の」を見たら、きっと疲れも吹き飛ぶに違いない。

「縁屋さんに頼んで良かったわね」

おようが笑みを浮かべた。

「そうだね」

千吉がすぐさま答えた。

縁ありて掛かる提灯横山町

季川がだしぬけに発句を口にした。

「『さあ、付けておくれ、おちよさん』」

千吉が声色《こわいろ》を使った。

「うまいね」

隠居が笑みを浮かべる。

「そうねえ」

おちよは腕組みをして、軒提灯を見た。

そして、いくたびか瞬きをしてから付句を発した。

　遠くに見ゆる「の」のあたたかさ

「いいね」

隠居がうなずいた。

「これからも、あたたかい灯を守っていきましょう」

おちよが言った。

「はいっ」

若おかみが真っ先にいい声で答えた。

［参考文献一覧］

『一流料理長の和食宝典』（世界文化社）
田中博敏『お通し前菜便利集』（柴田書店）
田中博敏『旬ごはんとごはんがわり』（柴田書店）
田中博敏『野菜かいせき』（柴田書店）
畑耕一郎『プロのためのわかりやすい日本料理』（柴田書店）
『人気の日本料理2　一流板前が手ほどきする春夏秋冬の日本料理』（世界文化社）
野﨑洋光『和のおかず決定版』（世界文化社）
松本忠子『和食のおもてなし』（文化出版局）
志の島忠『割烹選書　秋の料理』（婦人画報社）
志の島忠『割烹選書　冬の料理』（婦人画報社）
料理・志の島忠、撮影・佐伯義勝『野菜の料理』（小学館）

『土井善晴の素材のレシピ』（テレビ朝日）
土井勝『日本のおかず五〇〇選』（テレビ朝日事業局出版部）
柳原尚之『正しく知って美味しく作る和食のきほん』（池田書店）
鈴木登紀子『手作り和食工房』（グラフ社）
本橋清ほか『日本料理技術選集　婚礼料理』（柴田書店）
高井英克『忙しいときの楽うま和食』（主婦の友社）
栗原はるみ・菊間博子『覚えておきたい母の味』（扶桑社）
『復元・江戸情報地図』（朝日新聞社）
日置英剛編『新国史大年表　五-II』（国書刊行会）
今井金吾校訂『定本武江年表』（ちくま学芸文庫）
ウェブサイト「うちの郷土料理」

時代小説

二見時代小説文庫

新春新婚《しんしゅんにいめとり》　小料理《こりょうり》のどか屋《や》　人情帖《にんじょうちょう》30

著者　倉阪鬼一郎《くらさかきいちろう》

発行所　株式会社 二見書房
〒一〇一-八四〇五
東京都千代田区神田三崎町二-一八-一一
電話　〇三-三五一五-二三一一［営業］
　　　〇三-三五一五-二三一三［編集］
振替　〇〇一七〇-四-二六三九

印刷　株式会社 堀内印刷所
製本　株式会社 村上製本所

落丁・乱丁本はお取り替えいたします。
定価は、カバーに表示してあります。

©K. Kurasaka 2020, Printed in Japan.

ISBN978-4-576-20163-4
https://www.futami.co.jp/

倉阪鬼一郎

小料理のどか屋人情帖 シリーズ

以下続刊

剣を包丁に持ち替えた市井の料理人・時吉。
のどか屋の小料理が人々の心をほっこり温める。

①人生の一椀
②倖せの一膳
③結び豆腐
④手毬寿司
⑤雪花菜《きらず》飯《めし》
⑥面影汁
⑦命のたれ
⑧夢のれん
⑨味の船
⑩希望《のぞみ》粥《がゆ》
⑪心あかり
⑫江戸は負けず
⑬ほっこり宿
⑭江戸前祝い膳
⑮ここで生きる
⑯天保つむぎ糸
⑰ほまれの指
⑱走れ、千吉
⑲京なさけ
⑳きずな酒
㉑あっぱれ街道
㉒江戸ねこ日和
㉓兄さんの味
㉔風は西から
㉕千吉の初恋
㉖親子の十手
㉗十五の花板
㉘風の二代目
㉙若おかみの夏
㉚新春新婚《にいめとり》

井川香四郎

ご隠居は福の神

シリーズ

以下続刊

①ご隠居は福の神
②幻の天女
③いたち小僧
④いのちの種

「世のため人のために働け」の家訓を命に、小普請組の若旗本・高山和馬は金でも何でも可哀想な人たちに分け与えるため、自身は貧しさにあえいでいた。ところが、ひょんなことから、見ず知らずの「ご隠居」を屋敷に連れ帰る。料理や大工仕事はいうに及ばず、体術剣術、医学、何にでも長けたこの老人と暮らすうち、和馬はいつしか幸せの伝達師に！「ご隠居」は何者？ 心に花が咲く新シリーズ！

二見時代小説文庫

青田 圭一

奥小姓裏始末

シリーズ

以下続刊

①奥小姓裏始末1 斬るは主命
②ご道理ならず

竜之介さん、うちの婿にならんかね――。故あって神田川の河岸で真剣勝負に及び、腿を傷つけた田沼竜之介を屋敷で手当した、小納戸の風見多門のひとり娘・弓香。多門は世間が何といおうと田沼びいき。隠居した多門の後を継ぎ、田沼改め風見竜之介として小納戸に一年、その後、格上の小姓に抜擢され、江戸城中奥《なかおく》で将軍の御側近くに仕える立場となった竜之介は……。

藤木 桂

本丸 目付部屋 シリーズ

以下続刊

① 本丸 目付部屋 権威に媚びぬ十人
② 江戸城炎上
③ 老中の矜持《きょうじ》
④ 遠国御用
⑤ 建白書
⑥ 新任目付
⑦ 武家の相続

大名の行列と旗本の一行がお城近くで鉢合わせ、旗本方の中間がけがをしたのだが、手早い目付の差配で、事件は一件落着かと思われた。ところが、目付の出しゃばりととらえた大目付の、まだ年若い大名に対する逆恨みの仕打ちに目付筆頭の妹尾十左衛門は異を唱える。さらに大目付のいかがわしい秘密が見えてきて……。正義を貫く目付十人の清々《すがすが》しい活躍！

二見時代小説文庫

沖田正午

大江戸けったい長屋

シリーズ

以下続刊

①大江戸けったい長屋　ぬけ弁天の菊之助

②無邪気な助っ人

上方《かみがた》大家の口癖が通り名の「けったい長屋」。お人好しで風変わりな連中が住むが、その筆頭が菊之助だ。元名門旗本の息子だが、弁天小僧に憧れる傾奇者《かぶきもの》で勘当の身。女物の長襦袢に派手な小袖を着て伝法な啖呵《たんか》で無頼を気取るが困った人を見ると放っておけない。そんな菊之助に頼み事が……。菊之助、女形姿で人助け！　新シリーズ！

二見時代小説文庫

氷月 葵

御庭番の二代目

シリーズ

以下続刊

将軍直属の「御庭番」宮地家の若き二代目加門。
盟友と合力して江戸に降りかかる闇と闘う！

①将軍の跡継ぎ
②藩主の乱
③上様の笠
④首狙い
⑤老中の深謀
⑥御落胤の槍
⑦新しき将軍
⑧十万石の新大名
⑨上に立つ者
⑩上様の大英断

⑪武士の一念
⑫上意返し
⑬謀略の兆し
⑭裏仕掛け

二見時代小説文庫

井伊和継

目利き芳斎 事件帖

シリーズ

以下続刊

① 目利き芳斎 事件帖1

二階の先生

「お帰り、和太郎さん」「えっ」――どうして俺の名を知ってるんだ…いったい誰なんだ? 家を飛び出て三年、久しぶりに帰ってきたら帳場に座って俺のあれこれを言い当てる妙なやつが――。湯島の骨董屋「梅花堂」に千里眼《せんりがん》ありと噂される鷺沼芳斎と、お調子者の跡取り和太郎の出会いだった。骨董の目利きだけでなく謎解きに目がない芳斎が、持ち込まれる謎を解き明かす事件帖の開幕!

二見時代小説文庫